Mes seuls dieux

W0323315

Originaire du sud de l'Inde, Anjana Appachana partage sa vie entre l'Arizona et Delhi. Avec *Mes seuls dieux*, elle poursuit une investigation quasi sociologique de l'imaginaire indien, en y ajoutant cette ampleur intimiste, frémissante de nuances, qui nous rend si proches ses personnages. En rupture avec la respectabilité et les conventions, Anjana Appachana place le lecteur au cœur même de la sensibilité féminine indienne.

« Rien de mélo dans *Mes seuls dieux*, au contraire, il en émane une énergie combattive. »

ISABELLE LORTHOLARY, *Elle*

À découvrir également, chez Zulma :

L'Année des secrets, roman.

ANJANA APPACHANA

MES SEULS DIEUX

Nouvelles traduites de l'anglais (Inde)
par Alain Porte

ZULMA
122, boulevard Haussmann
Paris VIIIe

Titre original :
Incantations and Other Stories.

© Anjana Appachana.
© Zulma, 2010, pour la traduction française ;
2013, pour la présente édition.

Couverture : David Pearson.

Si vous désirez en savoir davantage sur Zulma
ou sur *Mes seuls dieux* et être
régulièrement informé de nos parutions,
n'hésitez pas à nous écrire
ou à consulter notre site.
www.zulma.fr

z

BAHU

Ce jour-là c'était le premier film que l'on voyait depuis des mois. Nous n'avions plus jamais de temps pour ces choses-là. J'avais (bêtement) imaginé que mon mari et moi nous irions seuls tous les deux, mais la famille au grand complet décida qu'elle voulait nous accompagner. Si bien qu'à la fin nous étions sept : mes beaux-parents, ma belle-sœur, mon beau-frère, leur fils âgé de huit ans, mon mari et moi. Cela faisait un an que nous n'étions pas sortis juste nous deux.

Le film était épouvantable. Je serais partie s'il n'y avait pas eu les membres de la famille rivés à leurs fauteuils, les femmes pleurant à chaudes larmes aux malheurs de l'héroïne. L'héroïne, effacée et pleine d'abnégation, était belle, aimée de tous. Belle-fille et épouse aimante, elle gère sa maison et sa belle-famille avec douceur et efficacité. Entre ses tâches domestiques, elle et son mari folâtrent dans le parc voisin, chantent des chansons d'amour, dévalent des collines aux flancs sinueux, et se poursuivent parmi des fleurs éblouissantes et des flamboyants. Mais le méchant convoite l'héroïne. Son mari et sa belle-famille, imaginant à tort qu'elle a une liaison avec lui, la chassent de la maison. Elle se jette à leurs pieds, en vain. Enceinte mais pleine de mansuétude, elle erre dans les rues de la ville, et finit par donner le jour à un bébé. C'est un garçon, dit l'infirmière. Je le savais, réplique-t-elle, j'ai toujours voulu un fils. Elle retourne avec l'enfant dans sa belle-famille qui, entre-temps, a découvert son innocence. Une fois encore, elle se jette à leurs pieds et implore leur pardon pour tout le mal qu'elle a pu commettre. Cette fois-ci elle est pardonnée. Tu es ma *Sita**, dit son mari très ému. Même le Seigneur *Rama* a abandonné sa femme enceinte dans la forêt.

À ce moment-là j'ai dit à mon mari que j'allais les attendre à l'extérieur de la salle. Je sortis dans une nuit à la chaleur suffocante. Les pluies n'étaient pas encore arrivées. La mousson avait deux semaines de retard et si elle ne survenait pas bientôt, on prédisait une terrible sécheresse. J'étais trempée de sueur. Combien de temps encore cela allait-il durer ? Je songeais aux mois de mousson passés à la maison (ma maison, la maison de mes parents) assise dans la véranda avec Ma et Pa, à regarder la pluie, Ma me racontant de très anciennes histoires de nuages lourds de pluie qui jouaient les messagers entre un amoureux et sa bien-aimée, Pa absorbé dans la contemplation des lointains. Depuis combien de temps avais-je quitté la maison ? Un an. Et mes parents n'étaient qu'à une quinzaine d'heures de train. Mais la domestique de ma belle-famille s'était enfuie voilà six mois et il n'était pas question que je puisse rentrer chez moi avant qu'on en ait trouvé une autre. Et quand (simple hypothèse) nous en trouverions une autre, il est plus que probable que le bureau ne m'accorderait pas de congé. Je parcourus lentement le parc de stationnement. Il me sembla qu'il y avait une éternité que je n'avais parlé à personne, ou que personne ne m'avait adressé la parole. Je me sentis submergée par le mal du pays. Nos parents nous donnent un amour si total, si inconditionnel. Pourquoi

* Les termes en italique ainsi que la plupart des références de civilisation sont expliqués dans un glossaire en fin de volume.

sentons-nous qu'il ne nous fera jamais défaut ? Je sais qu'il est toujours là. J'entrepris de revenir sur mes pas. Le film serait bientôt terminé. Je perçus derrière moi un mouvement, un homme entre deux âges me frôla, me palpant la cuisse tout en marmonnant une cochonnerie. Pour la première fois dans ma vie mes réflexes répondirent. Je courus après lui, avec mon sari et le reste, et lui administrai un grand coup de sac, et me ruai à toute vitesse dans le cinéma. J'étais à l'intérieur, haletante. Il ne m'avait pas suivie, Dieu merci. Jamais auparavant je n'avais fait une telle chose, dans les innombrables situations où tant d'hommes répugnants m'avaient tripotée. Soit j'avais peur de ce qu'ils feraient si je réagissais, soit mes réflexes ne fonctionnaient tout simplement pas. Ils s'imaginent que c'est leur prérogative. Quelle ville malade. Il y a tant de cruauté et de frustrations sous le vernis des apparences distinguées. Pourquoi font-ils ça ? Je n'aurais aucun plaisir à palper les cuisses d'un étranger dans la rue ou dans un bus. Les transports en commun à Delhi sont un cauchemar. Personne ne réagit, souvent les passagers ou les passants ne font qu'observer et rigoler. Ou alors ils regardent ailleurs. Quand je rentre à la maison et que je pleure, il y a des gens pour dire, tu es trop sensible, les autres filles s'en remettent. Oui, elles s'en remettent, on s'en remet toutes.

Ils sortirent du cinéma, et ma belle-mère dit, il y a quelqu'un, ici, qui n'aime que les films intellectuels, les émotions simples n'ont pas d'intérêt pour elle. Tout le monde se mit à rire. Je souris, moi aussi. J'ai dit, quelles émotions simples, *Ammaji* ? Elle a été victime d'un abus, elle n'aurait pas dû revenir. Ma belle-mère répondit, vraiment ? Mais remarque, elle n'est pas comme toi. C'est une fille simple. Elle faisait son devoir. Mon mari me lança un regard de mise en garde. Nous revenions vers la voiture. J'ai ignoré mon mari. *Ammaji*, ai-je dit en riant, est-ce que je ne fais pas mon devoir ? Avec un sourire contraint, elle m'a dit, pose-toi la question. Es-tu jamais à la maison ? Mon mari me pinça le bras. Nous étions dans la voiture. J'ai dit, je ne suis pas tout le temps à la maison parce que j'ai un emploi, *Ammaji*. Elle répliqua, c'est ton choix. Personne ne t'a forcée à avoir un emploi. Il y eut un silence de mort dans la voiture. Mon beau-frère poussa un gloussement nerveux. J'attendis que l'élancement dans mes oreilles s'apaise, ensuite j'ai dit, *Ammaji*, est-ce que je ne fais pas toujours tout le travail dans la maison ? Elle répondit, c'est ton devoir.

Il y eut un silence plus long, puis elle dit, il n'est pas nécessaire de me répondre de cette façon. Parfois je me demande pour qui tu te prends. Estime-toi heureuse de t'être mariée dans cette famille. Combien de familles de notre caste ne prennent pas de dot ? Nous n'avons pas demandé un centime à tes parents. Notre fils avait plein de propositions émanant de familles de notre communauté. Cependant nous t'avons accueillie à bras ouverts. Et regarde-toi un peu. Tu n'as aucun égard pour nos sentiments, tu fais exactement ce que tu veux. Combien de belles-filles portent un pantalon devant leur belle-famille ? Elles se couvrent au contraire la tête devant leurs aînés. Nous ne t'avons pas empêchée de travailler. Tu dépenses ton salaire exactement comme tu le souhaites. Les autres belles-filles qui travaillent donnent la totalité de leur salaire à leur belle-mère. T'avons-nous jamais interdit d'aller voir tes parents un mois d'affilée ? Nous t'avons même permis d'appeler notre fils par son nom en notre présence. Tout cela parce que nous sommes libéraux, éclairés. Nous t'avons accordé toutes ces concessions. Et cependant tu affiches partout une figure de six pieds de long en donnant aux gens l'impression qu'on te bat, qu'on te maltraite.

Et tu continues, gémit mon beau-père.

Voilà qu'au bout de deux ans les choses venaient au grand jour. J'avais toujours su les sentiments qu'elle avait à mon égard. Chaque jour, pendant deux ans, j'avais écouté ses insinuations. Elle avait enfin parlé.

Je tremblais. *Ammaji*, ai-je dit, je n'ai pas vu mes parents depuis un an. Votre propre fille est avec vous depuis deux mois. Seulement, ce n'était pas ce que j'avais l'intention de dire. J'avais l'intention d'en dire plus. J'avais l'intention de tout dire.

Assez, dit-elle. Je ne veux pas en entendre davantage. *Ammaji*, ai-je dit avec désespoir (Ô Dieu ! S'il te plaît, qu'elle comprenne !), je pourrais vraiment faire ce qu'il faut si l'on m'aidait un peu dans la maison.

Il y eut dans la voiture un silence glacial.

Eh bien, dit ma belle-mère, tout ça pour en arriver là. La prochaine fois, tu vas demander à mon pauvre fils de t'aider à la cuisine alors qu'il rentre fatigué du bureau.

Toujours tremblante, je regardai par la portière. Je percevais la colère de Siddharth devant mon comportement inattendu. Il fallait que je lui parle. Il le fallait. Il m'était impossible de parler avec elle. Mais quand ?

Le repas se passa en silence, sauf pour mon beau-père qui vanta à haute voix ma cuisine et me pressa de préparer un curry de poulet pour le week-end. Ma belle-mère émit un grognement sceptique.

Quand arrivait le moment de laver les assiettes et nettoyer la cuisine, il était largement minuit passé. Je gagnai notre chambre pour trouver que le neveu de mon mari s'était endormi sur le sofa près de notre lit. Il aime tellement son oncle, disait ma belle-sœur chaque fois que cela se produisait. Mon mari, lui aussi, était endormi. Comme, de fait, l'était toute la maisonnée. Je ne pourrais pas avoir d'explication cette nuit. Ni aucune autre nuit si les choses continuaient ainsi, et elles continueraient ainsi aussi longtemps que notre vie durerait, et nous allions vivre ainsi pour les siècles des siècles.

J'ouvris la porte d'entrée et pénétrai dans la véranda. Enfin seule. Le ciel était gris et sans étoiles, tout était tranquille et brûlant. J'entendais le gardien faire ses rondes nocturnes, au loin un chien aboya. Je m'assis sur les marches et me mis à pleurer. J'étais lasse de programmer le moment de mes larmes.

Les livres parlent de l'instant de la révélation, la soudaine et absolue prise de conscience de son propre malaise. En réalité ça ne se produit pas comme ça. Il n'y a pas d'instant unique. Chaque fois que vous cédez, vous vous persuadez que l'adaptation est indispensable au mariage. Inutile de contrarier les gens quand vous vivez avec eux. Il n'y aura pas de prochaine fois. Mais si, il y en a une. Vous cédez encore, et encore, et encore. Puis arrive un moment où ce n'est plus une affaire anodine. Mais, toujours submergée par la culpabilité, toujours résolue à faire plaisir, vous succombez encore. Insensiblement, mais irrévocablement, vous glissez dans le genre de vie qui est l'opposé total et affreux de tout ce en quoi vous croyez. Le genre de vie dont vous parliez avant le mariage (un temps de bonheur parfait en principe) en disant, jamais je n'accepterais une telle chose. Plutôt partir.

Maintenant cette situation est la vôtre. Vous n'êtes pas partie.

Vivrez-vous toujours comme ça ?

Quand nous sommes tombés amoureux Siddharth et moi, c'était vraiment un rêve qui se réalisait. Je marchais sur un petit nuage à cette époque. Je pensais à lui tout le temps, à son sourire, à sa démarche, à sa voix, à son parfum. J'aimais sa gentillesse envers autrui, sa douceur infinie. Sa douceur me désarmait, sa tendresse me subjuguait entièrement. Il était intelligent et cultivé. Il était ce dont j'avais toujours rêvé, l'homme qui serait mon ami, mon compagnon, mon amant. En tout cas mon mariage ne serait en rien comme les « autres ». Je les voyais autour de moi, ces mariages-là où aucun des deux ne partageait les rêves de l'autre, avec pour seuls sujets de conversation les enfants, la hausse des prix, le coût des légumes et des fruits. Ils ne se parlaient jamais d'eux-mêmes. Les femmes, c'étaient elles qui subissaient, elles avaient tant à subir. Comme ma mère. Seules mes sœurs et moi connaissions ses angoisses, tant de frustrations, des années et des années de frustrations. Mon père n'était pas conscient de sa souffrance, puisqu'il n'était pas conscient de ses causes. Elle ne lui en parlait jamais, il n'aurait jamais compris. Je suppose qu'à sa façon il l'aimait, il est clair qu'il n'aurait rien pu faire sans elle. Il ne saurait jamais que ma mère avait des rêves bien différents de celui d'être une bonne épouse et une bonne mère. Elle en réalisa certains à travers nous, ses trois filles. Avec ses filles, mon père n'était pas le même. Il nous encourageait dans nos intérêts divers et dans tout ce que nous voulions entreprendre, il passait du temps avec nous. Mais pas avec ma mère.

Avec Siddharth, mes rêves semblaient possibles. Quelles journées ! L'été de Delhi malmenait nos amours : pénurie d'eau, coupures de courant et une chaleur implacable qui nous laissait, après le travail, épuisés, brûlants, trempés de sueur et pleins de désir. Nous avons dû passer des heures à nous regarder avec passion, avec désespoir, dans une totale impuissance, par-dessus des kyrielles de tasses de thé et de café. Nous vivions tous deux chez nos parents, il n'y avait aucun endroit où aller. Une fois, dans un parc, nous nous tenions par la main, et aussitôt nous fûmes suivis par un groupe de jeunes gens entonnant des chansons.

Après le mariage, ai-je pensé, ce sera différent. Enfin du temps pour être ensemble.

Quelques jours avant notre mariage, je découvris que mes parents dépensaient quinze mille roupies en cadeaux pour Siddharth, ses parents, sa sœur, son beau-frère, son neveu, ses oncles et ses tantes. J'étais furieuse. J'enrageais, j'en pleurais. Mes parents n'écoutaient pas. Cela concerne les parents, disaient-ils. Siddharth et toi, restez à l'écart. En plus, ajoutèrent-ils, ses parents n'ont pas exigé d'argent liquide. Alors pourquoi offrir tout ça ? ai-je demandé. Ma mère répliqua, ils l'attendent.

Je parlai à Siddharth le jour même. J'étais pleine d'appréhension. Il se moqua de mes craintes. Ne dis pas de bêtises, dit-il. Ce sont des traditions qu'on ne peut pas ne pas respecter. Ta mère a raison. Nous devons rester à l'écart. J'ai dit, mais c'est nous qui sommes les mariés. Il répondit, ne t'en fais pas, il n'y a vraiment pas de quoi s'énerver. J'ai dit, ta mère a donné à la mienne une liste de vos parents auxquels nous devons donner saris et costumes. Ça va coûter à mes parents dix mille roupies. Siddharth dit, eh bien, ils en ont les moyens, n'est-ce pas ? Ça me glaça le sang. Siddharth, ai-je dit, tu sais qu'il ne s'agit pas de ça. Il soupira et dit, ce sont des cadeaux qu'on offre avec un grand bonheur à l'occasion d'un mariage. Accepte-le dans cet état d'esprit et cesse d'y voir autre chose.

J'essayai d'accepter dans cet état d'esprit, mais sans y parvenir. Selon sa propre logique, des cadeaux si volontiers offerts devraient être réciproques. Et nous savions tous deux qu'il était hors de question pour ma famille de recevoir de la sienne des « cadeaux offerts avec un grand bonheur ». Je cédai. Nous étions à une semaine du mariage, et je ne voulais pas faire de drame.

Après mon mariage, j'emménageai dans la maison à trois chambres de ma belle-famille. Peu après, mon père fut muté à l'extérieur de Delhi.

Nous ne sommes jamais partis en lune de miel. Ma belle-mère voulait que je passe du temps avec les parents venus pour le mariage. Elle estimait que c'était le meilleur moment pour faire connaissance et recevoir leurs bénédictions. Siddharth ne protesta pas. Pour moi, c'était impossible. Les parents, autour d'une vingtaine, séjournaient dans notre maison, ils s'en allèrent deux semaines après le mariage. Siddharth et moi passions les matinées, les après-midi et les soirées avec eux. Ils s'intéressaient sincèrement à moi, voulaient tout savoir de moi, me prodiguaient leur affection. Comme je me sentais coupable de mon déplaisir ! Mais je voulais tellement avoir du temps pour être seule avec Siddharth, du temps à jouir des rires et des silences, du temps pour nous découvrir mutuellement. Ne sois pas stupide ma chérie, me disait Siddharth, c'est juste une question de quelques jours. Je fus une impeccable belle-fille ces jours-là. Je portais les plus pesants de mes saris de soie et les plus lourds de mes bijoux, et je touchais les pieds de tout le monde chaque matin.

Quand ils partirent, ce fut pour Siddharth et moi le

moment de retourner travailler. Non sans soulagement, je remballai les lourds saris et reléguai mes bijoux dans leur écrin. Les jours suivirent alors un schéma bien connu – partir travailler le matin, revenir le soir, invités et parents en visite à l'heure du thé, restant souvent pour le dîner. Mon beau-père, fervent admirateur de mes talents culinaires, me pressait de cuisiner leurs plats favoris. Les week-ends se passaient encore avec des parents. Il y en avait tant à aller voir, tant de déjeuners et de dîners à rendre, tant d'obligations à remplir. Je dis avec tristesse à Siddharth, nous avons si peu de temps ensemble. Nous ne parlons jamais. Il parut surpris. Nous n'aurons jamais plus de temps qu'aujourd'hui, dit-il, et tu dois passer plus de temps avec tous mes parents, ils sont désireux de te connaître. Je passais en effet du temps avec eux, mais ce n'était jamais en plus de celui passé avec Siddharth, c'était en lieu et place. On aurait dit que nous n'avions jamais de temps pour mes propres parents et amis.

Et puis, ça commença. Ma belle-mère soupirait et disait à quel point c'était difficile pour elle de gérer la maison tandis que j'étais au travail. Certes, la domestique faisait la cuisine et nettoyait la maison, mais cependant, gérer était une autre affaire. Elle eut un sourire triste et dit, je pensais qu'il en serait autrement après ton arrivée. Gentiment, elle dit, occupe-toi davantage de la maison au retour de ton travail, tout est dans un tel désordre. Je ne voyais aucun désordre, mais je m'affairais une heure à la tâche. Elle disait, au moins deux ou trois fois par semaine, prépare-nous un repas. Nous faut-il recevoir la nourriture des mains d'une domestique alors qu'une toute nouvelle belle-fille est arrivée dans la maison ? Ainsi je fis. Il n'y a aucune variété dans les fruits et les légumes que nous mangeons, disait-elle, quand je gérais la maison, nous avions quelque chose de différent au petit déjeuner, au déjeuner, et au dîner. Je ne sais pas ce qui se passe ces temps-ci. Il y avait de la variété. Elle dit, on gaspille tant de nourriture dans cette maison, personne ne semble faire de budget ici. Sa fille vint séjourner deux mois d'affilée. Elle dit, il n'y a personne pour choyer ma pauvre enfant, personne pour cuisiner ses plats favoris, elle n'accepte pas de recevoir sa nourriture des mains d'une domestique. Autrefois je le faisais pour elle. Maintenant je suis trop vieille et on dirait que personne d'autre ne peut le faire. Si tu es tellement occupée, au moins emmène-la dans ses restaurants préférés. C'est ce qu'on fit. Le jour où sa fille jeûna, elle fondit en larmes. J'avais à peine un pied dans la maison au retour de mon travail qu'elle dit, ma pauvre enfant a le ventre creux, et il n'y a pas de fruits pour elle ici. Elle s'essuya les yeux avec son sari et dit, personne dans cette maison n'a jamais été radin, il y a toujours eu des fruits. Je ne sais pas ce qui se passe ces temps-ci. *Ammaji*, ai-je dit, la boutique de fruits est juste derrière la maison. Elle répondit, alors va au moins lui chercher des fruits. Elle adorait son petit-fils. Elle dit, laisse-le jouer dans ta chambre. Il aime ta chambre. Il est inutile de fermer la porte. Dans une grande famille, on doit avoir le cœur grand. On doit apprendre à partager. Un soir que je revenais d'un récital de sitar, elle dit, à mon époque une belle-fille était plus responsable, elle passait plus de temps à la maison. Passer plus de temps à la maison était devenu son refrain lancinant. À toutes nos trop rares sorties, nous avions déjà mis un terme, car son déplaisir à notre retour aurait rempli la maison. Je ne supportais pas ces retours à la maison. Siddharth disait, puisque ça la bouleverse, nous ne sortirons pas. Ce n'est pas la fin du monde si tu ne vois pas une exposition ou si tu ne peux pas jouer du sitar. Il y a d'autres choses dans la vie. Je répliquai, et lesquelles ? La cuisine, la nourriture, les parents, les conversations insignifiantes – tout sauf ce qui nous intéresse ? Il dit, ça ne me dérange pas, tu ne devrais pas te laisser perturber par ça. Je me demande encore si c'était vrai que ça ne le dérangeait pas ou si c'était sa façon à lui de préserver la paix. J'attendais que Siddharth remarque les réflexions de sa mère. Mais en sa présence, elle ne disait rien. La nuit, j'étais allongée tout éveillée, regardant mon mari endormi, et je me disais, ce qui arrive, est-ce que c'est de ma faute ? Je finis par aborder la question. Siddharth me dit, comme d'habitude, tu te fais des idées. Je ne l'ai jamais entendue te dire quoi que ce soit. J'ai dit, elle n'arrête jamais. Il répliqua, oh ! pour l'amour du ciel, arrête d'exagérer. Si elle te critique, c'est qu'elle doit avoir une bonne raison de le faire. Ta mère ne te critique pas ? J'ai dit, ma mère m'aime. Devant de tels éclats, il gémissait, ô ! Dieu, et il se retournait, et il s'endormait.

Comme j'avais envie de voir mes parents ! Ma belle-mère n'était pas d'accord. Incrédule, elle a dit, tu veux t'en aller alors que ma fille est ici ? Je ne pouvais pas obtenir un congé de mes employeurs pour le mois en cours. Sa fille était là pour deux mois. Dans ce cas, dit-elle, tu devrais prendre un congé le mois prochain et en passer la moitié avec nous. On n'a pas l'impression qu'il y a une belle-fille dans cette maison, à la façon dont vont les choses. Tu as des obligations envers nous aussi. Bien entendu, Siddharth n'avait aucune obligation à l'égard de mes parents.

Ainsi s'écoulèrent les jours, et mon sitar se couvrit de poussière, tandis que j'écoutais ma belle-sœur parler de vie et de liberté, mon beau-frère de la nécessité d'avoir plus de gens honnêtes dans le pays, ma belle-mère de l'influence négative de la culture occidentale sur les femmes indiennes. J'écoutais, tandis que mon beau-père faisait des citations poétiques et que Siddharth pestait contre la faiblesse du peuple indien, l'amour indien de l'autorité. Personne ne tient tête à personne, disait-il au désespoir, notre pays s'en va à vau-l'eau. Ça le chagrinait que je n'exprime aucune opinion politique. C'est mal, disait-il, c'est très mal d'être si apolitique. Ce qui se passe dans notre pays, ça ne te touche pas ? demandait-il. Même ma mère possède une opinion. Tu me désespères. Je les désespérais tous. Je n'avais pas de convictions politiques, je n'étais pas religieuse, je ne priais pas, je ne jeûnais jamais, je ne formulais pas d'opinion sur la vie.

Un an après notre mariage, je tombais enceinte. Je ne voulais pas de bébé. Ce que la maternité impliquait me remplissait d'horreur. Je serais absolument prise au piège. Il me faudrait renoncer à mon travail pour m'occuper de l'enfant et par-dessus le marché de tout le monde. Je n'aurais pas d'autre choix que d'être une brave belle-fille vingt-quatre heures sur vingt-quatre. Une fois que l'enfant irait à l'école, j'aurais été trop longtemps absente du marché du travail pour trouver un autre emploi. Mes beaux-parents étaient ravis. Ils disaient que ce serait un garçon. Il ressemblerait à leur Siddharth. Ils le nommaient Mohan. Ils planifiaient son avenir. Ils disaient, au moins maintenant tu renonceras à ton précieux travail. Un enfant a besoin de sa mère.

Ce fut ma vieille amie qui, en toute innocence, me posa la question : est-ce que la famille observait les coutumes habituelles au cas où le nouveau-né serait un garçon ? Quelles coutumes, ai-je demandé, déroutée. Elle gloussa de rire. Les habituelles, dit-elle. Tes parents devront venir chargés de cadeaux pour eux. Elle vit mon expression et me toucha le bras. Elle dit, ça n'arrive pas tout le temps. Mes beaux-parents n'ont rien exigé, je suis sûre que les tiens feront de même.

J'interrogeai Siddharth. Il dit, je n'en ai aucune idée. Pourquoi faut-il que tu passes tout ton temps à penser à des choses aussi stupides ? Je répondis, parce que cela doit forcément surgir après la naissance du bébé, et à ce moment-là je ne serai pas en état de me battre pour ça. Siddharth émit une exclamation de dégoût. Il dit, c'est toi qui te fabriques ton propre malheur. Tu passes le plus clair de ton temps à anticiper les problèmes. Je répondis, il le faut, cette fois-ci il le faut.

J'interrogeai sa mère. En souriant, je dis, je suis certaine que vous ne croyez pas en de telles coutumes démodées. Elle ne me rendit pas mon sourire. Elle dit, il n'y a rien de démodé dans ces coutumes. Ce sont des traditions qui remontent à très loin. Quand ton fils sera né, tes parents seront heureux d'offrir des cadeaux à notre famille pour célébrer l'événement. À peine capable de parler, je demandai, quels cadeaux, *Ammaji* ? Elle haussa les épaules, oh eh bien, ça dépend de tes parents. Des saris de Kanjivaram pour les femmes de la maison, et des costumes pour les hommes.

Je calculai mentalement – douze mille roupies. En souriant, je dis, et qu'est-ce que mes parents et mes sœurs auront en devenant grands-parents et tantes ?

Ma belle-mère me regarda avec méfiance. Elle dit, parfois tes questions n'ont aucun sens. Le chapitre était clos.

Je revins vers Siddharth. Je dis, mes parents devront dépenser douze mille roupies en cadeaux pour ta famille si c'est un garçon.

Siddharth se mit à rire. Peut-être, dit-il, que ce sera une fille. Il me caressa la joue. J'espère que ce sera une fille.

Je repoussai sa main et fermai la chambre à clé. Je dis, je veux te parler. Pour une fois écoute-moi. Je ne suivrai pas ces coutumes. Je ne laisserai pas ta famille plumer la mienne au nom d'un prétendu heureux événement. Tu m'écoutes ? Je n'arrivais pas à croire que c'était ma voix. J'avais l'air hystérique, folle.

Siddharth semblait sidéré. Il secoua lentement la tête. Il dit, on dirait que tu es en train de devenir folle. Je n'ai pas envie de te parler. Il se dirigea vers la porte.

Je m'interposai en m'adossant à la porte. Non, ai-je dit, non, je ne te laisserai pas sortir avant qu'on ait pu en parler. Tu ne veux jamais parler de rien. Il est temps de le faire.

Il restait planté là, son regard fixé sur moi. Il finit par dire, de quoi faut-il parler ?

Es-tu d'accord avec ce que ta mère m'a dit ?

Que je sois d'accord ou pas, c'est sans importance. Si ça doit se faire, ça doit se faire.

Ça ne devait pas se faire.

Il haussa les épaules. C'est ta migraine, alors. Il prit une profonde inspiration et dit, ça ne te coûte pas grand-chose de rendre ma mère heureuse. Tu sais qu'elle est d'une autre époque. Comment peux-tu t'attendre à ce qu'elle pense comme toi ? Qu'est-ce que ça te coûte d'observer ces traditions ?

Douze mille roupies et tout ce en quoi je crois.

Totalement mélodramatique.

On frappa à la porte. Siddharth m'écarta et ouvrit. C'était sa sœur. Elle nous regarda curieusement. Amusée, elle dit, querelle d'amoureux, hmmm ? Ça arrive. Elle entra, s'assit sur le lit et se mit à parler de ses courses.

Cette nuit-là, je fis une fausse couche. On m'emmena à l'hôpital, mais il était trop tard. Les quelques jours qui suivirent, je restai allongée sur mon lit dans la maison, complètement vidée de mes forces. Je n'éprouvais aucun chagrin pour l'enfant que j'avais perdu. Bien au contraire, je ressentais un soulagement absolu. Siddharth resta auprès de moi, pour une fois, à me réconforter. Le troisième jour, ma belle-mère entra dans notre chambre et nous dit, mon cœur se brise à voir ma pauvre fille travailler dans la cuisine. La pauvre enfant ne veut pas voir sa mère travailler. Elle fait pour nous des *chappatis*, de ses propres mains.

Quand elle sortit de la pièce, je me mis à pleurer. Siddharth était horrifié. J'ai dit, même maintenant elle ne peut s'empêcher de faire des insinuations. Si je peux faire des *chappatis*, pourquoi pas elle ? Siddharth répliqua, elle n'a rien insinué. Si tu n'étais pas si souffrante, je me serais mis en colère. Je continuais à pleurer, et Siddharth était assis près de moi, impuissant, sans comprendre, contrarié. Il retourna travailler le lendemain. Ma belle-mère fit clairement savoir que je devais reprendre mes responsabilités dans la maison. Ce que je fis, et je retournai aussi à mon travail.

Plus tard, Siddharth me dit que la fausse couche était entièrement de ma faute. Il dit, tu t'es mise toi-même dans cet état. À ce rythme-là, tu ne pourras jamais avoir de bébé. Je répliquai, je n'en veux pas. Il dit, je suppose que de ça aussi tu rends ma mère responsable. J'ouvris la bouche pour répondre et il m'arrêta. S'il te plaît, dit-il, je suis fatigué de tout ça. Si tu n'es pas capable de t'adapter à notre famille, s'il te plaît ne t'en prends pas à moi.

Cette nuit-là, j'ai pensé, ils ont pris un total contrôle sur ma vie. Je les ai laissés faire. Mais que pouvais-je faire ? Tout était si étrange, si déconcertant. Toutes ces personnes nouvelles, ces nouvelles relations, ces soudains, inattendus fais ceci, ne fais pas cela. Avaient-ils tort, ou était-ce moi ? J'étais submergée de culpabilité. Était-il possible qu'ils aient tort tous ensemble et que j'aie raison toute seule ?

Et Siddharth. Qu'en était-il de Siddharth ? Je dois accepter, n'est-ce pas, qu'il laisse faire ? Il choisissait de laisser faire. Il voyait. Comment pouvait-il ne pas voir, il n'était pas aveugle. Oui, il choisissait de laisser faire.

Il aurait pu arrêter tout ça, me protéger. Si seulement il pouvait le faire. J'avais besoin de protection, j'avais besoin de lui. Je connaissais à peine les autres. Il n'avait qu'à leur dire, elle est fatiguée, laissez-la se reposer. Elle travaille, et vous, non. Elle ne peut pas faire face. Il aurait pu tout changer. Au lieu de quoi il a dit, tu ne donnes pas de temps à la famille, ça ne sert à rien de passer une heure par jour à ton sitar. Il aurait pu dire, je vais t'aider dans ton travail, et ma mère et ma sœur aussi. Au lieu de quoi il a dit, tu ne souris jamais. Il aurait pu dire, j'ai besoin de plus de temps avec ma femme. Au lieu de quoi il a dit, c'est totalement inutile d'être de si mauvaise humeur quand des gens viennent dans notre chambre, tu ne dois pas être aussi égoïste. Il aurait même pu dire, je ne sais ce qu'on aurait fait sans toi. Mais il a dit, tu as tout d'une loque. La plupart du temps il ne disait rien.

Avait-il changé ? Ou avait-il toujours été comme ça ? Je n'étais plus sûre de rien. J'ai pensé d'abord qu'il avait changé, terriblement changé. Chaque matin, c'était un étranger qui me faisait face, un étranger qui me tournait le dos toutes les nuits, grognant, s'il te plaît arrête de faire l'enfant, je suis fatigué. Il me fallait parler à quelqu'un. Il ne voulait pas écouter. Ou bien peut-être, comme me le disait avec sagesse ma vieille amie mariée depuis longtemps, c'était simplement une autre facette de lui que je voyais. Qu'aurais-je pu en voir avant notre mariage ? De plus, rien ne laissait présager que des conflits surgiraient. Qu'avait-il connu de moi en effet ? Je ne me rappelle pas que nous ayons eu une seule dispute avant notre mariage. Je me souviens qu'il disait m'aimer pour ma douceur, pour mon calme, pour le fait que je ne disais jamais de mal de personne. Et voilà que j'en étais à me plaindre sans cesse, quasiment chaque nuit, du moins chaque fois qu'il était éveillé pour m'entendre. Tu es devenue une enquiquineuse, disait-il, et l'horreur me pétrifiait sur place. Une enquiquineuse. J'étais devenue une enquiquineuse. Mon père appelait ma mère une enquiquineuse quand ils se disputaient, mon beau-père appelait ma belle-mère une… étais-je devenue ça ? Où, mais où étaient ma douceur, mon calme ? Je n'aurais jamais cru que je pourrais être si obsessionnellement malheureuse.

Un jour, croulant sous le poids de la souffrance, je pris un congé pour parler à mon amie. Je parlai, elle écouta. Au bout d'un moment elle me demanda, est-ce que tu l'aimes ? Je ne pus répondre. Elle répéta, est-ce que tu l'aimes ? J'ai dit, oui, je l'ai aimé autrefois. Maintenant, je ne sais pas. En prendre conscience (jusqu'alors je l'avais à peine admis) me secoua terriblement. Il est important que tu saches. S'il prenait une décision et que vous viviez séparément, est-ce que ce serait différent pour toi ? Ça l'était, pour nous. Au désespoir, je dis, je ne sais pas. Je ne sais simplement pas. Il ne le fera jamais. Je ne peux pas penser au-delà du présent. Et lui, est-ce qu'il s'inquiète de toi ? Je savais la réponse et ça ne la rendait pas plus facile. J'ai dit, oui, à sa façon à lui, oui. Elle attendit. J'ai dit, ça ne marchera pas, il ne veut pas m'écouter. L'amour n'a rien à voir avec ça, rien à voir du tout.

Comme ils me semblaient loin les jours d'avant le mariage. J'avais connu l'indépendance alors, j'avais poursuivi ce qui m'intéressait, y compris ma seule passion, la musique. Quatre fois par semaine, je me rendais à ma classe de sitar. J'avais donné sur scène deux concerts avec succès. Mes parents et moi assistions à tous les festivals de musique dans la capitale ; la période d'octobre à février était un régal. La musique classique indienne touchait quelque chose en moi comme rien d'autre, absolument rien d'autre, ne le faisait. Mes parents comprenaient. Ils ne partageaient pas ma passion, mais ils m'accompagnaient fidèlement à tous les événements auxquels je voulais assister. Je n'y allais jamais par moi-même, car il était dangereux de rentrer sans être escortée à ce moment-là de la nuit. Nous n'avions pas de voiture et nous dépendions des transports publics de Delhi, peu fiables, et souvent, cauchemardesques.

À la maison, personne ne pensait que je laissais choir les miens (sauf quand je refusais de m'intéresser à un mariage arrangé et que mes parents prophétisaient d'un air lugubre que je mourrais vieille fille). Je contribuais à la bonne marche de la maison et j'aidais ma mère dans les tâches domestiques. J'eus moins de temps pour mes passions, une fois que j'eus commencé à travailler, néanmoins je continuais à les cultiver. Et revenir à la maison après le travail était si… différent. C'était un refuge. Je m'asseyais avec mes parents et nous bavardions. C'était ma première année de travail, j'étais excitée par la moindre réussite, me désolais si les choses n'allaient pas comme je pensais qu'elles auraient dû aller. Parfois nous nous disputions, essentiellement à propos de mon mariage. Ils étaient malheureux, désolés de la véhémence avec laquelle je m'y opposais, de la colère que j'éprouvais toutes les fois qu'ils mettaient sur le tapis la question d'un bon parti pour moi. Je disais, je ne peux pas vivre avec un homme que je ne connais pas. Ma mère disait, il se pourrait bien que tu ne rencontres jamais personne que tu aimes. Mon père disait, ton chevalier à la brillante armure ne viendra peut-être jamais. Mais ils n'exerçaient aucune pression sur moi. Au bout de deux ans ils cessèrent d'en parler, et à la place, prirent un air malheureux. Pour moi la vie se poursuivait comme à l'accoutumée, et si parfois je me disais, est-ce que cela m'arrivera un jour, je sentais aussi que si ça ne se produisait pas, ça n'avait peut-être pas d'importance. J'avais un excellent travail, j'avais ma musique, je ne dépendais de personne. Et le plus important, j'avais des gens qui m'aimaient, qui dans les périodes de stress étaient toujours là. Je me souviens de moments où je fus malheureuse, mais seule, jamais.

Désormais j'étais seule. Personne à qui parler. Même si mes parents avaient été présents, je ne me serais pas confiée à eux ; ils n'auraient pas arrêté de se faire du souci. Mes amies les plus intimes ne venaient plus à la maison ; elles m'y trouvaient invariablement aux petits soins avec mes proches, et quand j'étais enfin libre, c'était pour elles le moment de partir. Avec compréhension et affection, elles disaient, il vaudrait mieux que tu viennes nous voir chez nous, nous aurions du temps pour parler. Il était rare que ça marche. Aussi je leur téléphonais du bureau et leur parlais dans le langage codé que nous avions à l'école (l'opératrice était immanquablement à l'écoute). Les seuls moments qui m'appartenaient étaient ceux du trajet en bus aller et retour. Je les passais à échapper aux cuisses insistantes et à me frayer un chemin à travers des travées bondées vers l'avant du bus, où je trouvais un peu de calme. Parfois j'avais la chance d'occuper un siège où mon voisin masculin ne se tassait pas contre moi. Ensuite je restais une heure assise, libre de me plonger dans mes pensées et de regarder passer les gens. C'est étrange le confort qu'un bus peu rempli de monde peut vous offrir. Vous vous laissez dériver avec un vrai plaisir, vous vous rappelez les temps heureux, et même vous rêvez un peu. Je rêvais de Siddharth et de moi avec un lieu à nous ; j'imaginais à quoi ça ressemblerait d'avoir l'un pour l'autre tout le temps possible. Bienheureuse solitude. Merveilleuse, merveilleuse indépendance. Elle n'existerait jamais. Siddharth ne la voulait pas.

Que voulait-il ? Pourquoi m'avait-il épousée ? Si c'était pour avoir quelqu'un qui s'occupe de la cuisine et des parents tous les jours de sa vie, quelqu'un qui doive se conformer à tout ce que l'on attend traditionnellement d'une bonne belle-fille... Alors pourquoi moi ?

Avait-il conscience à cette époque qu'il en serait ainsi ? Sans doute non. Il est probable qu'il n'en avait pas plus conscience que moi.

Mais maintenant il savait. Pourquoi alors l'acceptait-il ? N'avait-il pas de rêves pour nous ?

Et l'amour... L'amour... c'est par là que tout avait commencé. Ça ne continuera jamais, jamais, jamais ça ne continuera.

Que pouvais-je faire ? J'avais choisi cette vie. J'étais obligée de la vivre. Je ne pouvais pas la changer.

Je ne l'avais pas choisie. Non, jamais je n'avais choisi ça. Je n'avais aucune idée que c'était ça, ce que le mariage entraînait pour Siddharth, pas la plus petite idée. Comment donc aurais-je pu savoir ? Ils étaient tous largement instruits. Pourquoi avais-je supposé que l'éducation impliquait une ouverture d'esprit ? Je l'avais tenu pour acquis. Comment aurais-je pu faire autrement ? Quel indice avait annoncé que leur comportement allait changer ? Aucun. Non, ce n'est pas ce que j'avais choisi.

Je ne pouvais rien changer. Je ne pouvais pas changer leur manière de penser. Pensaient-ils réellement ainsi, ou était-ce simplement plus commode pour eux d'agir de la sorte ?

Je ne pouvais rien changer. Surtout depuis que Siddharth acceptait la situation. Est-ce que moi aussi je l'acceptais ? Était-ce possible ? Et comment faire marche arrière ? Accepter signifiait que je vivrais de cette façon, pour toujours. Ça ne voudrait jamais dire que je l'acceptais comme une chose juste à faire. Comment alors pourrais-je vivre ainsi, jour après jour, année après année ? Pour qui ? Et pourquoi ?

Et si je ne pouvais l'accepter ni comme une façon de vivre, ma façon de vivre, ni comme ce qui était juste… où cela me conduisait-il ? Je ne pouvais pas les quitter. Comment en parler ? Ils ne comprendraient pas. Que leur dire ? Ma belle-mère répliquerait, je l'ai toujours su, elle est comme ça, je m'y attendais. Mon beau-père chuchoterait, ma petite, qu'es-tu en train de faire ? Qu'avons- nous fait ? Je voyais déjà la lumière s'éteindre dans ses yeux.

Et Siddharth, que dirait-il ? Et que lui dire, à lui ? Vivons séparés. Chacun de son côté. Il dirait, pourquoi, qu'est-ce qui ne va pas dans cette maison, est-ce que mes parents te maltraitent ? Alors que lui dirais-je ? Oui eux, oui, vous tous. Ça ne peut pas continuer comme ça. Je n'ai aucune vie privée, aucune indépendance. Ce n'est pas ma maison. Nous n'avons pas de temps ensemble. Il répondrait, mais nous en avons, ne sommes-nous pas ensemble tous les jours après le travail ? Je lui demanderais, tu crois vraiment, Siddharth ? Toi devant la télé, moi dans la cuisine ? Eh bien, dirait-il, je ne peux rien y faire, n'est-ce pas ? Je dirais, oh si, si, tu peux, oui tu peux. Et je dirais aussi, personne ne se préoccupe réellement de moi, pas même toi Siddharth. Sa réponse serait, tu es névrosée, et comme d'habitude, tu imagines des choses. Quelqu'un entrerait dans notre chambre et la conversation serait suspendue. Une heure plus tard, peut-être, je dirais, Siddharth, quel genre de mariage est le nôtre ? Il répliquerait, ô ! Dieu, voilà que tu recommences, et il irait dans le salon regarder la télé. Je le suivrais et le trouverais avec tous les autres. Parle-moi, j'implorerais en silence, écoute-moi… mais mon message se perdrait et il serait l'heure de préparer le dîner. Après le dîner la famille viendrait s'asseoir dans notre chambre pour bavarder. Une heure plus tard je dirais, Siddharth, je ne peux plus assumer ça. Il serait profondément endormi.

Irais-je alors le réveiller pour lui dire, je m'en vais ?

Où irais-je ? Pas chez mes parents. Ils me presseraient de revenir, me diraient à quel point il est important de préserver un mariage. Ils diraient, ce n'est pas facile d'être une femme divorcée en Inde. Et que diront les gens ? Ma mère ajouterait, tout bien pesé, c'est la femme qui doit céder le plus. Mieux vaut que tu acceptes. Dans dix ans tu seras contente d'avoir suivi notre conseil. Sinon leurs cœurs seraient brisés.

Je ne pouvais pas quitter cette ville. Où trouver un si bon travail ? Je n'avais que quatre ans d'expérience professionnelle et les emplois étaient durs à trouver, je pouvais partir et prendre une *barsati* quelque part, à condition que quelqu'un veuille bien en louer une à une femme séparée de son mari. J'aurais rejoint le modeste contingent de « ces femmes-là ». Non, ce ne serait pas facile de trouver un lieu. En attendant, j'avais mon amie.

À quoi ça ressemblerait de vivre par moi-même ? Uniquement moi et ma chambre, mes livres, ma musique, mes amies ? Certains hommes penseraient que j'étais une proie facile. Que diraient-ils au travail ? Nous pensions que c'était une fille si bien. On ne se serait pas attendus à ça de sa part.

À l'aube, j'étais toujours assise sur les marches, à bout de forces. Les nuages s'amoncelaient. J'entendis enfin un cliquetis de vaisselle dans la cuisine des voisins. Des gens se hâtaient avec leurs récipients métalliques vers la boutique de lait. Des hommes âgés, en *pyjama-kurta*, avec leurs bâtons de marche, partaient vivement pour leur promenade matinale, bien résolus à la terminer avant l'averse.

Siddharth me trouva dans la véranda et je lui dis que je le quittais. Il demeura silencieux un long moment. Il finit par demander, où vas-tu aller ? J'ai dit, je trouverai un endroit. Il s'assit à mes côtés sur les marches. Écoute, dit-il d'une voix entrecoupée, je sais que tu es fatiguée. Nous allons bientôt avoir une domestique. Il attendit que je dise quelque chose. Il dit, tu ne peux partir comme ça. Tu ne songes pas à quel point mes parents en seront affectés ? Il attendit encore. Il dit, tu as besoin de faire une pause. Prends-en une après l'arrivée de la domestique. Va chez tes parents pendant deux semaines. Je suis certain qu'*Amma* te le permettra.

Je me levai. Je dois faire mes valises, ai-je dit.

Il me saisit par le bras. S'il te plaît, dit-il, il faut qu'on parle.

Sa mère surgit dans la véranda. Il me lâcha le bras. Elle leva les sourcils.

Le thé n'est pas prêt ? me demanda-t-elle.

Non, ai-je répondu.

Aujourd'hui c'est toi qui prépares le thé, *Amma*, dit Siddharth. Elle ne se sent pas bien.

Ma belle-mère me regarda d'un air entendu et s'en alla dans la cuisine.

Siddharth me suivit dans la chambre. Il ferma la porte. Son neveu était toujours endormi sur le sofa. Je m'assis sur le lit, épuisée.

Ne crois pas que je ne comprends pas, dit Siddharth. Mais qu'est-ce qu'on peut y faire ? C'est comme ça que sont les choses. Tu dois apprendre à les accepter.

Non, ai-je dit. Je marchai jusqu'à la fenêtre et jetai un coup d'œil au ciel chargé. Il allait pleuvoir à verse.

Pourquoi non ? a-t-il dit. Moi je le fais.

J'ouvris mon armoire et commençai à en sortir mes saris. Il s'approcha, il me tournait autour. Ne pars pas, dit-il. Ses yeux étaient pleins de douleur.

Siddharth, ai-je dit –

Où vas-tu, mon oncle ? Son neveu était réveillé et il écoutait. Je n'ai pas relevé.

Va dans ta chambre, lui a dit Siddharth.

Non, fut sa réponse, je veux rester ici. Siddharth lui jeta un regard impuissant. Sois un gentil garçon, pars, dit-il.

Les yeux de son neveu se posèrent sur lui, puis sur

moi. Son visage se plissa. Je veux rester, dit-il.

Siddharth prit une profonde inspiration. C'est bon, dit-il, mais ne parle pas.

Je commençai à faire mes bagages.

Siddharth dit à voix basse, essaie de comprendre. Renoncer à ses responsabilités n'est pas une réponse.

Je continuai à emballer mes affaires. Tous deux me regardaient.

En une heure j'avais fait mes valises et j'étais prête. Je n'ai rien dit à ma belle-famille. Je laissais ça à Siddharth. Je me demandais qui préparerait le petit déjeuner et le dîner aujourd'hui. Je téléphonai à mon amie et je lui dis que j'allais venir chez elle pour quelques jours. Elle dit qu'elle m'attendait. J'ai ajouté, s'il te plaît, prends un jour de congé. Elle répondit, d'accord. J'appelai un taxi. Ma belle-sœur et mon beau-frère étaient toujours endormis. Mes beaux-parents ne dirent rien. Siddharth leur avait peut-être parlé. Peut-être savaient-ils. Je l'ignore. Ils étaient assis dans la véranda en train de remuer leur thé, sans m'accorder un regard. Mon beau-père me parut soudain très vieux. Oui, la lumière avait disparu de ses yeux. Ma belle-mère avait l'expression qui va avec les mots que j'avais imaginés. Siddharth m'aida à charger les valises et mon sitar dans le taxi. Je pris place à l'intérieur. Il posa sa main sur la mienne. Il dit, je t'attendrai. Je secouai la tête. Il se mit à pleuvoir quand le taxi démarra. Je respirai profondément – enfin – le parfum de la terre humide.

MES SEULS DIEUX

J'avais alors quatre ans, mais certains souvenirs sont restés vivaces, gravés dans mon esprit, comme le bougainvillier rouge près de la maison de mes grands-parents. Des couleurs, partout des couleurs ; dehors, dans le jardin ; dedans, jaillissant des vases dans chaque pièce. Les broderies de ma mère partout dans la maison, des nuances chatoyantes de rouge, d'or et de vert, comme les saris qu'elle portait. Souvenirs de brouillard et de lucioles, et Ponni dans sa robe violette… ses poux… mes poux. Odeur du bois à brûler se propageant de la salle de bains à la cuisine, se mêlant à l'odeur du curry de viande. Oui, le curry de viande et ma crise, la Reine de toutes les crises.

Ma mère et moi vivions avec ses parents. Depuis plus d'un an, me précise-t-elle aujourd'hui. Mon père, un être lointain mais adoré, était absent. Il était toujours absent, dit-elle. C'est à peine si on le voyait à cette époque. Papa. Mon papa. Qui me lançait en l'air, encore et toujours, me faisait voler. Qui, dans son uniforme vert, avec son béret bordeaux, était le plus bel homme du monde. Qui me faisait faire des promenades et me disait les noms de toutes les fleurs et de tous les arbres. Qui m'a appris, à l'âge de deux ans, à reconnaître et à dire *pottilocus* avec aplomb. À qui je faisais toujours des signes d'adieu, serrée dans les bras de ma mère. Car mon père était dans l'armée.

Là où nous vivions, il pleuvait tout le temps et je me

souviens du bruit de la pluie cette nuit-là, quand ma mère me racontait une histoire pour m'endormir. Elle alternait les récits du *Ramayana* et les contes pour enfants. C'était au tour de Jeannot Lapin. Mère Lapin avertissait ses petits de ne pas batifoler dans le jardin de M. McGregor. Rappelez-vous comment a fini votre père, dit-elle, M. McGregor en a fait un civet. À cet endroit-là ma mère se mettait à rire. Je l'interrogeai, pourquoi ris-tu ? Parce que, répondit-elle, ils ont fait de Papa Lapin un civet. Qu'est-ce que c'est un *civet* ? ai-je demandé. (Je ne connaissais pas le mot à cette époque.) Ma mère se creusa la tête pour trouver un équivalent. Elle finit par dire, curry de viande, ma Rani, M. McGregor a fait de Papa Lapin un curry de viande et l'a mangé. Aussi Maman Lapin n'avait-elle pas envie que ses petits folâtrent dans le jardin de M. McGregor. Elle se remit à rire.

Un curry de viande ? Papa Lapin découpé en petits morceaux ? Des bouts rôtis de Papa Lapin nageant dans une sauce épaisse, disparus pour toujours ? Abandonnés, sans espoir de retour ? J'agrippai d'une main le sari de ma mère, et de l'autre je me mis à marteler ses cuisses. Les larmes dévalaient sur mes joues, tandis que je criais, ne ris pas, ne ris pas, ne ris pas. Mais elle ne pouvait pas s'en empêcher et je me jetai sur le sol, en hurlant et en battant des jambes, en un accès de colère et d'angoisse. Qu'est-ce que tu as, dit ma mère, en essayant de me relever, mais je résistai et criai plus fort. Elle me ramassa et me plaqua sur le lit. Sage, dit-elle, sage. Papa, ai-je crié, *mon* papa. Si quelqu'un faisait de *lui* un curry de viande et le mangeait, est-ce que tu rirais, est-ce que tu rirais ? L'expression de ma mère changea et elle essuya mes larmes. Personne ne fera ça, dit-elle. Je hurlai, est-ce que tu riras *alors*, est-ce que tu riras *alors* ? Elle me serra dans ses bras. Je me calmai, mais je me raidis en sentant que son corps était secoué de rire. Je la repoussai, et en recommençant à crier, je me jetai sur le sol.

Ma crise dura une heure. Mon grand-père me flanqua une fessée et je le bourrai de coups de poing, ma grand-mère voulut me consoler avec des sucreries et je les lançai par terre, ma mère essaya de m'embrasser et je la repoussai avec mépris. C'était l'une de mes quelques crises à cause de mon père, qui les laissaient tous épuisés. Quand, finalement, elle fut finie, je m'assis en silence sur le sol, en hoquetant, et ma mère me fit ses excuses pour avoir ri. Je regardai son visage d'un air soupçonneux, mais je n'y vis nulle trace de plaisanterie, et j'acceptai ses excuses. Pardonnée, elle répéta notre rituel du soir qui consistait à me dire à quel point elle m'aimait – plus qu'elle n'aimait mon père, plus qu'elle n'aimait mes grands-parents, plus même qu'elle n'aimait Dieu, qu'elle connaissait très bien.

Oui, ma mère connaissait Dieu. Ils étaient en relation permanente. Quand je mentais, elle plongeait ses yeux dans les miens, puis déclarait, tu mens. Abattue, je disais, tu le sais ? Et elle répondait, Dieu me l'a dit. Dieu lui disait tout. Quand je disais la vérité, Il lui disait que c'était la vérité. J'étais sûre que ma mère était de mèche avec les dieux dans la chambre de mes grands-parents, où s'affichaient leurs photographies et leurs statuettes. Faisaient-ils tous bloc avec elle – le Seigneur Rama, le Seigneur Krishna, le Seigneur Shiva, le Seigneur Venkateshvara, la Déesse Parvati, la Déesse Sarasvati, la Déesse Lakshmi ? Je présumai que c'était le Seigneur Rama qui parlait à ma mère, car c'était à Lui qu'elle adressait ses prières, c'étaient Ses histoires qu'elle me racontait tous les soirs. À moins que ce ne fût le dévoué serviteur de Rama, le Seigneur Hanuman. Plus j'y réfléchissais, plus j'étais certaine que c'était Hanuman. Hanuman était un fauteur de troubles, il avait créé les pires ennuis à l'ennemi de Rama, Ravana, il avait ravagé ses vergers, incendié son royaume. Comme je riais quand ma mère me racontait ses frasques, comme je l'aimais pour sa loyauté envers Rama ! Quand je priais Hanuman, les mardis, au petit temple à l'extérieur de notre maison, je déposais à ses pieds des fleurs d'hibiscus supplémentaires avec l'espoir qu'il s'abstiendrait de raconter des histoires à ma mère. En vain. Ma seule amie, Bina, âgée de quatre ans, refusait de me croire quand je lui parlais des relations de ma mère avec Dieu. Une boîte d'allumettes glissée dans sa blouse, elle insistait pour que je vienne avec elle au bout de l'allée où nous pourrions les brûler toutes, une par une. Mes mains en étaient démangées d'envie, mais ma mère nous avait surprises une fois dans cette activité et l'avait sévèrement interdite. Dieu va le lui dire, ai-je chuchoté à Bina. Mais non. Il n'en fera rien, dit-elle, et me prenant par la main, elle m'emmena au bout de l'allée qui faisait un coude. La maison était hors de vue. Nous passâmes dix minutes de pur bonheur à gratter à tour de rôle les allumettes contre la boîte, à les regarder s'enflammer et à les jeter sur le sol où elles se consumaient lentement. Ensuite, main dans la main, nous sommes revenues à la maison pour nous asseoir dans la véranda. Aussitôt ma mère apparut avec du lait et un gâteau. Eh bien, dit-elle, en les posant sur la table, vous avez encore joué avec les allumettes ? La bouche de Bina s'ouvrit toute grande. Je hochai la tête sans rien dire. Regarde-moi dans les yeux, ordonna ma mère, et, plongeant profondément son regard dans le mien, dit, Dieu me dit que tu mens. Ne recommence plus. Elle sortit, et Bina, les yeux écarquillés, dit, c'est vrai. Oui, ai-je répondu, d'une voix où l'orgueil le disputait à l'humiliation, c'est vrai.

J'aimais ma mère passionnément, obsessionnellement, jalousement. Je me comportais correctement aussi longtemps que personne ne nous faisait des avances amicales, à elle ou à moi. En ma présence, elle prenait la précaution de ne pas manifester d'affection à qui que ce soit. Les rares fois où elle commettait un écart – donner un baiser à une sœur, une accolade à une amie – la maisonnée retentissait de mes cris. Tout geste affectueux qui m'était destiné se heurtait à un rejet immédiat, sans équivoque. Ma mère prévenait le plus de personnes possibles, mais il y avait toujours ceux qui ne savaient pas, et s'en repentaient. Une femme, que j'avais sauvagement rembarrée, dit de moi, elle a toute l'arrogance de sa famille sans en avoir la beauté. Ce fut promptement rapporté à ma mère qui me dit à quel point ça la mettait hors d'elle, d'autant plus qu'elle ne pouvait prouver le contraire. C'est vrai, je n'avais rien de la beauté familiale, j'étais en réalité presque laide, et en étais complètement inconsciente. Un nez plat, des narines disproportionnées, pratiquement pas de sourcils, un front démesuré, des oreilles en feuilles de chou et une expression d'une telle acrimonie que la plupart des gens gardaient leurs distances. À côté de mes parents, je semblais une anomalie, car ils étaient tous deux exceptionnellement beaux. J'étais une enfant tardive, née au bout de dix ans de mariage. Pendant la grossesse de ma mère, tout le monde lui prédisait que je serais une beauté. Puis je naquis, et tous virent que je n'étais pas une beauté, que j'étais en réalité tout le contraire. Mais, dit ma mère, ils ne firent que des remarques polies, ils dirent que tu étais une enfant en bonne santé.

Comme je l'aimais ! Chaque soir et chaque matin, elle me disait combien elle m'aimait, un rituel dont je ne me lassais jamais. Et si l'on pouvait dire d'une enfant disgracieuse qu'elle s'épanouissait, devant de telles déclarations d'amour, je m'épanouissais. Les histoires qu'elle me racontait au lit me comblaient de bonheur car elles concernaient essentiellement mères et enfants, et elle montrait à quel point une mère aimait un enfant en me couvrant de baisers et de câlins. C'était ma mère qui confectionnait mes robes et mes chandails, et quand on me complimentait sur ce que je portais, je répondais aux compliments sans un sourire. On ne faisait que rendre son dû à ma mère, et c'est à elle que je réservais mes sourires. Pourquoi étais-je aussi insatiable ? Il lui aurait été impossible de me donner plus qu'elle ne le faisait. Mais j'en voulais toujours plus, toujours plus, toujours plus. Quand les assiettes étaient nettoyées après les repas, j'exigeais que la mienne soit placée sur la sienne. Une fois, alors que j'observais d'un œil soupçonneux l'empilement des assiettes, celle de mon grand-père fut placée sur celle de ma mère. Ce n'était pas tolérable, pas plus, dit ma mère, que la crise qui suivit. Les jours où elle se lavait les cheveux, je trouvais la séparation insupportable et j'attendais à l'extérieur de la salle de bains pour vérifier qu'elle en sortait. Quand je ne pouvais plus y tenir, je criais à travers le trou de la serrure, Ma, appelle-moi ta Rani, et elle répondait, ma Rani, ma Rani à moi. Ma, appelle-moi ta chérie. Chérie, ma chérie à moi. *Comme il faut, Ma, comme il faut. Ma chérie, ma Rani*. Et ensuite, les termes d'affection devenaient de plus en plus courts tandis que ma mère savonnait ses cheveux, mélangeait l'eau chaude d'un gros bidon à l'eau froide dans le seau. J'entendais le bruit de l'eau qui se déversait, et j'attendais. Et puis enfin, Rani, j'ai fini, et je savais alors que le pire était derrière moi.

Nous écrivions à mon père tous les jours. Ma mère remplissait des pages auxquelles j'ajoutais quelques lignes en imitant scrupuleusement sa façon de faire, avec les mêmes gribouillis circulaires et la même ponctuation. Et chaque jour le facteur nous remettait une lettre de mon père. Ma mère me donnait l'enveloppe et lisait la lettre à plusieurs reprises. Une fois où elle avait déchiré l'enveloppe, j'avais eu une crise prolongée.

Mes grands-parents que j'aimais. On m'avait fait comprendre que ma mère était pour eux ce que j'étais pour ma mère et pour mon père. Néanmoins, cela me paraissait impossible, car ils avaient des cheveux gris et des rides, ils rotaient et ronflaient, sentaient le tabac à priser et l'encens, avaient huit autres enfants, et jamais n'avaient raconté des histoires à ma mère ou ne l'avaient cajolée. Ils ne lui demandaient même pas de venir s'asseoir sur leurs genoux. Une fois j'ai exigé que ma mère s'asseye sur les genoux de sa mère. Ma mère le fit, avec précaution, ma grand-mère rechigna à voix basse, et toutes deux ensuite me regardèrent d'un air suppliant. Non, leur relation n'avait aucun sens. Mon grand-père était ravi du tableau, il me pinça les joues et me dit qu'après tout je n'étais pas si mauvaise que ça.

Et Ponni, la servante, trois fois plus âgée que moi. La Ponni de la robe violette, la Ponni avec des poux. Je voulais passionnément la robe, à la place j'ai eu les poux. Ponni, ma compagne, ma camarade de jeu, mon éducatrice. Pendant que ma mère me racontait nuitamment les histoires du *Ramayana*, et *le Petit Chaperon rouge*, Ponni m'apprenait que des jeunes mariés *devaient* dormir ensemble sans vêtements. Ma tante, jeune mariée, vint nous rendre visite avec son mari, et dans une pièce pleine de parents excités et bavards, je lui agitai un doigt réprobateur sous le nez. J'ai dit, je sais ce que tu as fait. Oh, Ponni, Ponni, ils t'ont mise à la porte, je n'ai jamais eu l'occasion de porter ta robe violette, et l'épouillage a été douloureux.

Les gens débarquaient comme s'il en pleuvait. Tout le monde voulait voir mes grands-parents. Ils mangeaient mon gâteau, tenaient ma mère loin de moi, remplissaient la maison de leurs paroles. En été, qui est la saison des mariages, c'était pire – un torrent de fils, filles, petits-enfants, venus de cités lointaines, des parents pour la plupart, arrivaient dans notre ville, et débarquaient tous à la maison. Ils apportaient avec eux des cartes, des faire-part de mariage imprimés en lettres d'or, avec en en-tête le dieu Ganesh et la déesse Lakshmi, eux aussi en or, une promesse de plus de brillant, de plus de couleur.

Et c'est par une soirée crépusculaire, quand on ne peut plus voir les collines à cause du brouillard et des lucioles qui dansent sous l'arbre massif, qu'il arriva. C'était un lointain cousin de ma mère. C'était son premier voyage depuis des années dans notre petite ville. Je n'avais jamais vu quelqu'un d'aussi grand, avec des yeux mobiles qui riaient, couleur de cendre, des cheveux bruns qui étincelaient quand la lumière les touchait. Après le dîner, nous nous sommes assis dans le salon et je le regardais sans cligner des yeux. Il plongea la main dans sa poche, en sortit une invitation de mariage et la lança sur la table. C'est pour toi, dit-il, je veux que tu viennes à mon mariage. Je ramassai la carte et y fis courir mon doigt. Les caractères dorés laissèrent de la poussière d'or sur le bout de mes doigts. Extra. Pour moi, c'est ce que produisaient les vrais faire-part de mariage. Ma mère murmura, ce n'est pas une enfant très sociable. Il leva les sourcils et m'examina de ses yeux rieurs. Est-ce que tu viendras à mon mariage ? Je fis signe que oui. J'irais. Toutes ces couleurs, toutes ces belles femmes, et, plus que tout, la jeune mariée, comme une grosse poupée, aussi muette, et exquise en rouge et or. Je m'assis aux pieds d'Oncle-aux-yeux-gris et retirai mes chaussettes. J'ai dit, j'ai des pieds rouges, et je les levai pour qu'il les voie. Il exprima son plaisir, tandis que ma mère me regardait, choquée. Après lui avoir montré mes pieds rouges, je fis cinq fois un saut périlleux et lui dis, aucune de mes amies n'est capable d'en faire autant. Il eut un hochement de tête admiratif. Ma mère me dit, tu me donnes la sensation que je suis une belle idiote. Je ne voulais pas le laisser partir. Je lui montrai tous les chandails que ma mère avait tricotés pour moi et je lui chantai deux chansons que Ponni m'avait apprises. Finalement ma grand-mère m'emmena me coucher malgré mes protestations.

Ensuite je me souviens de ses fréquentes visites, et toujours avec un faire-part de mariage pour moi. Les matins où de la musique nuptiale parvenait jusqu'à notre maison, provenant du *samaj* de la colline en dessous, je m'imaginais que c'était lui qui se mariait et j'insistais auprès de ma mère pour qu'elle m'y emmène. Mais on me disait que c'était encore dans très longtemps. Souvent, le soir, lui, ma mère et moi partions nous promener à travers les collines. Ils parlaient beaucoup, ma mère et lui, et je me souviens qu'elle riait souvent. Il parvenait même à me tirer de petits rires – ce qui n'était pas un mince succès. Les collines vertes, d'un vert brumeux, le sari de ma mère d'un jaune brillant, lui si grand et vêtu de gris, derrière elle, moi dévalant la colline.

J'aurais aimé mieux me souvenir. J'en ai tellement

envie, il a dû se passer quelque chose de plus. Réellement. Impossible de me souvenir, et ça, je ne peux le demander à ma mère. On m'a abreuvée de tant de détails liés à cette époque, mais celui- là, non. Et d'ailleurs, pourquoi l'aurait-on fait, nul ne savait, cet homme n'accordait d'intérêt à personne, sauf à nous deux. À quoi ressemblait-il, je me le demande ? Gentil, rude, plein d'humour ? Méchant, tendre, calculateur ? Innocent ? Beau ? Je ne sais plus.

Car, après cela, je me souviens uniquement de *ce jour-là*, un jour plein de soleil, quand notre jardin offrait une profusion de roses, et que le bougainvillier flamboyait. Il était revenu nous rendre visite, il buvait un café à l'intérieur avec ma mère. Mon grand-père sommeillait à l'étage, et ma grand-mère et moi étions dans le jardin, à admirer les fleurs. Nous arpentions l'allée, nous parlions aimablement. L'amour pour ma mère me remplissait, il ne pouvait être contenu. J'ai dit à ma grand-mère, grands grands yeux, elle a. Oui, fit-elle de la tête. J'ai dit, longs longs cheveux. C'est vrai, approuva-t-elle, c'est vrai. J'ai dit, c'est *ma* mère, en me frappant la poitrine de la main. Oui, a dit ma grand-mère, en coupant une rose rouge. *Seulement* ma mère, j'ai dit. Incapable d'en dire plus, j'ai couru vers la maison pour lui dire ce que je ressentais.

Ils étaient dans le salon, elle sur le canapé, lui sur la chaise en face, et il y avait un calme épouvantable dans l'atmosphère. Il la regardait et elle le regardait et je fus remplie d'une telle terreur que je me mis à crier son nom très fort. Ils sursautèrent. Je hurlai, va-t'en, toi va-t'en. Il me regardait sans comprendre. Je faisais des bonds sur le tapis, les poings serrés, haletante, toi va-t'en, va-t'en, va-t'en, va-t'en. Il se leva et vint vers moi. Je baissai la tête, fonçai sur lui et le percutai au-dessous du genou. Je l'entendis reprendre son souffle et je sentis les doigts de ma mère saisir mes épaules, alors que je baissai de nouveau la tête. Je n'ai pas cessé de crier jusqu'à ce qu'il s'en aille, accompagné vers la sortie par ma grand-mère passablement énervée et se confondant en excuses, et par mon grand-père, somnolent et irrité.

Quelle enfant gâtée, dit mon grand-père à ma mère quand ils rentrèrent. Elle ne sait pas se conduire, aucun sens des convenances. Ma mère, pâle dans son sari rouge, ne disait rien. Je jetai des regards noirs à mon grand-père. Ma grand-mère avait des hochements de tête réprobateurs. Elle dit, une enfant si imprévisible. Elle devrait se mêler davantage à des enfants de son âge. Mon grand-père se pencha et me dit, méchante fille, me réveiller avec tes hurlements. Furibonde, j'ai répondu, c'est *toi* le méchant garçon, tu ronfles et tu *me* réveilles. Ma mère dit, shhh.

Je me souviens qu'il revint juste une seule fois, et quand je le vis dans l'allée, je me mis à crier comme une possédée. Il s'arrêta, fit demi-tour et s'éloigna. Je suivais partout ma mère avec une obstination renouvelée, refusais d'aller nulle part sans elle, ne lui permettais pas d'aller quelque part sans moi. Les histoires que ma mère me racontait le soir dans mon lit cessèrent.

Puis soudain, ce furent d'interminables journées sans elle. Ma grand-mère me dit qu'elle avait la fièvre et que le docteur faisait tout pour qu'elle aille mieux. J'étais inconsolable. J'errais de pièce en pièce, la cherchais dans la salle de bains, dans la cuisine, sous les lits et dans les placards, pour finir par m'enfermer dans son armoire, respirant son odeur au milieu de ses saris et de sa poudre de talc. C'est là que bien longtemps plus tard ma grand-mère me retrouva, un jupon pressé contre mon visage. Elle me dit qu'elle n'avait plus la force de supporter tout ça, elle fondit en larmes et demanda à mon grand-père d'envoyer un télégramme à mon père.

Et mon père arriva. Ma grand-mère dit, tu t'es pendue à lui et tu ne l'as pas lâché de toute la soirée. Tu ne lui as même pas permis de se lever pour manger ou aller à la salle de bains. Ton pauvre, ton patient papa. Cette nuit-là c'est un corps inhabituel qui occupait le lit que je partageais avec ma mère, et je me suis mise à l'appeler en pleurant.

Et ma mère arriva. Ça n'a duré que cinq jours, tu sais, me dit-elle. Les retrouvailles furent euphoriques, du moins théâtrales. Comme vous pleuriez, vous les femmes, dit mon grand-père, en hochant la tête. Toi, ta mère, ta grand-mère. En larmes, vous toutes. Mais au moins cette fois-ci tu n'as pas eu ta fameuse crise. Et, dit mon père, j'ai eu mon ordre d'affectation à ce moment-là, il n'y aurait plus de séparations pour nous. Je demande, mais que s'était-il passé, qu'est-ce que *c'était* cette maladie ? Nous sommes assis dans la véranda de la maison de mes grands-parents, ce sont les vacances d'été, et une fois encore, le jardin explose de couleurs. Dépression nerveuse, dit mon grand-père. Quoi ! m'écrié-je. Rien de grave, dit-il. Ça doit être courant dans la famille, ta grand-mère aussi en a eu une. C'était une chance pour toi que ta mère ait été de retour au bout de seulement cinq jours. Ma grand-mère dépose un baiser sur sa main, qu'elle pose sur ma joue, en disant, c'est seulement à cause de toi qu'elle est revenue. Elle ne pouvait pas vivre sans toi. Je dis, oh Ma, comme tu as dû te sentir seule à cette époque. Très, répond-elle, très.

Ça doit être courant dans la famille, a dit mon grand-père. Oui, c'est soit la dépression soit la crise. À trente-six ans, tu n'aurais pas pu choisir la crise, n'est-ce pas, Ma ? À vingt-cinq ans non plus. Trop âgée pour les crises, trop âgée. Et je me suis débrouillée pour ne pas avoir de dépression, à la place je suis revenue ici, les souvenirs ont ressurgi, ils ont comblé le reste et lentement la poussière s'est déposée. Oui, finalement.

Il y a un long silence, et ensuite ma mère sourit et me dit, la nuit où nous fûmes enfin réunis tous les trois, tu as entouré de tes bras les jambes de ton père, tu as tendu le cou et tu lui as embrassé le derrière. Tu as dit, papa, ils n'ont pas fait de toi un curry de viande.

SHARMAJI

Sharma était en retard à son travail. Quand il signa son nom sur le registre des présences, l'employé du service du personnel hocha la tête avec désapprobation.

« Pas très bon, pas très bon, Sharmaji, dit-il en faisant claquer sa langue, c'est la quatorzième fois que tu es en retard ce mois-ci. »

Le front de Sharma s'assombrit. « Toi, Mahesh, tais-toi, répliqua-t-il. Qui tu es pour me dire que je suis en retard ? Tu es un employé, je suis un employé. Tu n'as aucune autorité pour me dire quoi que ce soit. Compris ? »

Mahesh battit en retraite derrière son bureau. « Ce que je te dis, je le dis pour ton bien. Pourquoi faut-il que tu le prennes mal à chaque fois, ça je ne comprends pas.

— Tu n'as pas à me dire ce qui est bien pour moi », dit Sharma. Il haussa le ton. « J'ai vingt-cinq ans de plus que toi. »

Un auditoire s'était formé. Les autres retardataires et ceux qui travaillaient dans le service du personnel observaient la scène avec un intense intérêt.

Sharma poursuivit. « Je suis dans cette société depuis vingt-cinq ans. À cette époque, tu étais dans le ventre de ta mère. » Il toisa son public, ravi. « Il pense qu'après avoir lu nos dossiers personnels il a du pouvoir sur nous. » Il fit claquer ses doigts sous le nez de Mahesh. « Je peux te montrer quel pouvoir tu as sur nous !

Qu'est-ce qu'un morveux comme toi peut m'apprendre ? C'est à *moi* de t'instruire !

— Sharmaji, dit Mahesh en joignant les mains, je retire ce que j'ai dit. Maintenant, s'il te plaît, laisse-moi tranquille. Et, je t'en conjure, ne crie pas dans le service du personnel. Ça fait très mauvais effet. »

Sharma pouffa de rire. Il haussa le ton. « Moi crier ? Je ne crie pas. Je te parle. C'est interdit de parler dans le service du personnel ? On est où, dans un bureau ou dans une école ? » Il sourit de nouveau à son auditoire. Tous étaient sous le charme. « Ainsi, Mahesh, tu penses que tu peux me dire comment je dois me conduire. Très bien. Et tu peux m'apprendre quoi d'autre ?

— Allez, Mahesh, dis-le-lui, insista Gupta, un employé du service comptabilité. » Lui aussi était en retard, mais seulement pour la neuvième fois dans le mois.

Mahesh sembla excédé. « Reste en dehors de ça, Gupta. Ce ne sont pas tes oignons.

— Mahesh, dit Gupta, tu t'es trompé de boulot. Tu aurais dû faire instituteur, professeur. Entre à l'université de Delhi. On te donnera tous une recommandation ! »

Éclat de rire général. Mohan, le boy, était le plus bruyant. « Qu'est-ce qu'on s'amuse aujourd'hui, dit-il entre deux quintes. Oh là là, c'est merveilleux !

— Qu'est-ce qui est merveilleux, Mohan ? »

C'était la responsable du personnel, Miss Das. Un soudain silence s'abattit dans la pièce. Tout le monde regarda ailleurs. Elle jeta un coup d'œil à sa montre, puis au groupe silencieux. « Que se passe- t-il ? demanda-t-elle. Pourquoi cet attroupement, ici ?

— Madame, nous sommes venus signer le registre des entrées », dit Sharma.

Gupta s'éclipsa en douce.

Elle regarda ostensiblement sa montre. « Le registre aurait dû être signé voici trois quarts d'heure. »

Sharma la regarda droit dans les yeux. « Madame, dit-il, comment faire ? Ma fille avait de la fièvre. J'ai dû l'emmener à la clinique, et je me suis mis un peu en retard.

— Avez-vous prévenu votre chef que vous seriez en retard ?

— Je n'ai pas de téléphone chez moi, madame.

— Pourquoi vous ne l'avez pas averti hier ?

— Madame, hier je n'en savais rien. Ma fille est tombée malade ce matin. »

Elle consulta le registre. « Votre fille est-elle malade quatorze jours par mois ? »

Mahesh eut un sourire en coin.

« Oh, madame, dit Sharma, c'était mon autre fille. Vous connaissez ce virus, madame. Toutes mes filles tombent malades, l'une après l'autre. J'en ai trois.

— Quatorze jours, répéta-t-elle en hochant la tête.

— Oui, madame, trois filles avec ce virus. Ce n'est pas tout ça, madame, il va falloir que j'y aille. » Et il sortit de la pièce d'un pas nonchalant.

Dans le couloir, il tomba sur Gupta qui fumait une cigarette.

« Alors quoi Gupta, dit-il. Tu m'as laissé seul avec elle.

— Que faire ? dit Gupta. Elle m'a déjà dit deux fois de déguerpir. Elle croit qu'on est encore sous la férule d'Indiraji. Cigarette ?

— Pourquoi pas, dit Sharma, et il en prit une. Alors, comment ça se passe pour toi ? »

Gupta alluma sa cigarette. « Ça va, couci-couça. » Il lui adressa un sourire timide. « Mes parents me cherchent une femme. Je dois me marier avant décembre. L'astrologue a dit que les deux années après décembre seraient très défavorables pour un mariage.

— Est-ce que tu cherches une femme avec un emploi, ou quoi ?

— Oui. On pense que ce serait préférable. Comment se débrouiller avec mon seul salaire ? Et puis il y a moins de dot. Et ma sœur doit se marier le mois prochain. C'est très difficile.

— Quelque chose a déjà été arrangé ?

— Non. J'ai vu quatre filles jusqu'ici. Elles ont toutes le teint sombre.

— Ne t'en fais pas, Gupta. Tu vas sûrement trouver un beau brin de femme. Bon, qu'est-ce que tu dirais d'un thé ?

— Bonne idée. »

Ils déambulèrent vers la cantine et commandèrent du thé. Il arriva tout fumant, et ils le burent avec satisfaction. « Épouvantable, dit Sharma. Cette société se fiche pas mal de ses employés. Ils sont radins même pour le thé qu'ils nous donnent – pas de lait, pas de sucre. Ce thé vaut dix *païsa*, ils nous le font payer cinquante. Pour nous dire ensuite qu'il est subventionné. Ah ! subventionné !

— Qu'est-ce qu'ils en ont à foutre ? dit Gupta. La seule chose qu'ils veulent, c'est faire du fric. Le profit, le profit, le profit. C'est tout ce qui les intéresse. C'est nous qui faisons tout le boulot, et c'est eux qui encaissent les bénéfices. C'est la vie. »

Sharma soupira. « Oui, c'est la vie, fit-il en écho. Donne-moi une autre cigarette, Gupta. Après le thé, une cigarette s'impose. »

Ils en allumèrent une tous les deux.

« Comment va ta madame ? » demanda Gupta.

Sharma esquissa un sourire hésitant. « Elle va devenir mère.

— Allez ! s'exclama Gupta. Mais qu'est-ce que tu fabriques, Sharmaji ? Tu as déjà trois enfants et le gouvernement a dit qu'après un ou deux, stop.

— Je n'ai que des filles, Gupta. Qui s'occupera de nous quand nous serons vieux ?

— Excuse-moi, Sharmaji, dit Gupta en faisant claquer sa langue. Mais je te parle en ami. Tu as déjà trois filles. Tu vas devoir dépenser tout ton argent pour les marier. Et voilà qu'un quatrième arrive. Supposons que ce soit aussi une fille ? »

Sharma poussa un profond soupir. « C'est dans les mains de Dieu. Après tout, c'est le destin. C'est ce que je dois endurer dans cette vie pour les péchés que j'ai commis dans ma vie antérieure. » Il soupira de nouveau. « Gupta, mon vieux, c'est si difficile d'y arriver par les temps qui courent. Depuis que mes filles sont nées, je mets de côté cinquante roupies par mois pour leur mariage. Mais ce ne sera pas suffisant pour les marier. »

Gupta lui tapa affectueusement sur l'épaule. « Pourquoi t'inquiéter de l'avenir. Prends les choses comme elles viennent. Dis-toi que tu as de la chance d'être dans le service des achats.

— C'est vrai, c'est vrai, approuva Sharma. Où iraisje avec un salaire de simple employé ? »

Ils commandèrent un autre thé et fumèrent une autre cigarette. Pendant quelque temps il se fit un silence amical. Puis Gupta se pencha confidentiellement vers Sharma. « As-tu appris la dernière ?

— C'est quoi ?

— Tu ne sais pas ?

— Non. Qu'est-ce que c'est ?

— Tu ne vas pas me croire.
— Allez, raconte, Gupta.
— Miss Das fume.
— Impossible !
— Si, si, elle fume. Rahul l'a vue en train de fumer.
— Où ?
— Dans un restaurant de Connaught Place.
— Seule ?
— Non. Elle était avec un homme et elle fumait. Et quand elle a vu Rahul, elle a écrasé sa cigarette.
— Je n'arrive pas à y croire.
— Moi aussi je trouve ça difficile à croire.
— Elle a un petit ami ?
— Elle doit avoir un petit ami.
— Elle est fiancée ?
— J'en sais rien. C'est une discrète. »

Sharma évalua la nouvelle. « Rahul est une vraie commère. Il bavarde trop. On ne sait jamais la part de vérité dans ce qu'il dit. Il ne travaille pas, tu as remarqué ? Tout ce qu'il fait, c'est jacasser.
— Tu penses donc que ce n'est pas vrai ?
— Je n'ai pas dit ça. Ça peut être vrai, ça peut être faux. Moi, je crois que ce n'est pas vrai. Miss Das n'a pas l'air de quelqu'un qui fume. Elle semble plutôt être une femme bien.
— Mais pourquoi Rahul aurait-il inventé tout ça ? Qu'est-ce qu'il a contre elle ?
— Oui, oui, tu marques un point. Franchement, c'est perturbant. Mais elle doit être fiancée. Elle ne semble pas du genre à sortir avec des hommes.
— Peut-être que oui, peut-être que non. »

Sharma se mordillait les lèvres. Il hocha la tête. « Je finirai par trouver. »

Gupta regarda sa montre. Il se leva. « Sharmaji, il est

déjà 11 h 30. Il vaut mieux qu'on regagne nos services. »

Sharma le tira par la manche. « Arrête d'être si consciencieux. On ne manquera à personne. Le déjeuner est à 12 h 30. On peut aussi bien rester là jusqu'à la fin du déjeuner. »

Gupta parut chagrin. « Je ne suis pas consciencieux, protesta-t-il. C'est juste que mon chef m'en veut ces temps-ci. S'il apprend que je suis là, il va encore dire que je ne travaille pas.

— Oh, assieds-toi, dit Sharma. Mon patron aussi m'en veut. Ils sont tous comme ça, ces dirigeants. Ils croient qu'ils sont les seuls à travailler. Rien que parce qu'ils restent ici après les heures de bureau, ils s'attendent à ce qu'on croie qu'ils travaillent. Ah ! Tout ça c'est pour impressionner le directeur général. Comment ils auraient des promotions sinon ? Des faux-semblants tout ça. »

Gupta s'assit.

« Jagdish, lança Sharma, un autre thé. »

La troisième tournée de thé arriva.

L'électricité fut coupée.

« Et voilà, dit Sharma. Maintenant qui peut travailler ? Ces coupures de courant nous tueront tous. » Il se cala sur son siège.

« Mon patron dit que ce n'est pas une excuse, fit Gupta d'un ton morose. Que si une coupure de courant dure trois heures, ça ne signifie pas qu'on ne doit pas travailler pendant trois heures. Il dit qu'on est là pour travailler.

— Il peut toujours répéter ça, dit Sharma d'un air méprisant, est-ce qu'il croit qu'on est des animaux ? Ils pensent tous qu'on n'a pas de sentiments. Bosser toute la journée, bosser quand il n'y a pas d'électricité, bosser sans augmentations, bosser sans avancement, bosser,

bosser, bosser. C'est tout ce qui les intéresse. Ils se fichent pas mal qu'on soit des êtres humains.

— *Hai Ram*, chuchota Gupta. Ne te retourne pas. Elle est là.

— Qui ?

— Miss Das. Elle nous a vus.

— Ça fait quoi si elle nous a vus ?

— Elle va le dire à nos chefs.

— Qu'elle leur dise.

— Sharmaji, j'ai déjà reçu un avertissement.

— Il n'y a pas d'inquiétude à avoir. Qu'est-ce que ton chef peut te faire ? Le syndicat te soutiendra.

— Sharmaji, ça va figurer dans mon dossier si on me donne une lettre d'avertissement.

— Eh bien, qu'elle figure dans ton dossier, Gupta. De toute façon, tu n'es pas dans leurs petits papiers.

— Suppose qu'ils m'envoient un procès-verbal ?

— Voilà que tu te mets à paniquer. Du calme. Rien ne peut arriver. Maintenant nous avons un syndicat.

— Elle est partie. Sharmaji, je retourne dans mon service.

— Allez, Gupta, assieds-toi. Juste une demi-heure pour la pause déjeuner. On retournera tous les deux au bureau après le déjeuner.

— Non, non, j'y vais tout de suite. Excuse-moi, Sharmaji, à plus tard. » Et il fila.

Sharma hocha la tête. Tout le monde avait la trouille. C'était ça le problème. Il ouvrit le journal qui traînait sur la table et lut un moment. Les mêmes nouvelles. Rien ne changeait. Il bâilla.

« Tiens, vous voilà, Sharmaji. » C'était Harish, le boy du service des achats. « Borwankar *sahib* vous demande dans son bureau. » Il pouffa de rire. « Il n'est pas bien luné. Il va y avoir des étincelles aujourd'hui ! »

Sharma le regarda sans sourire. « C'est le déjeuner. Dis-lui que j'irai après.

— Sharmaji, vous feriez mieux d'y aller maintenant. Il est de très mauvaise humeur.

— Toi, tu n'as pas à me dire ce que j'ai à faire. Tu m'as fait passer le message. Va-t'en. »

Harish se frappa le front de désespoir. « Très bien, très bien, je m'en vais. Mais ne me dites pas plus tard que je ne vous ai pas prévenu. » Et il partit.

Sharma eut une moue de mépris. Il s'enfonça encore plus dans son siège. Il se gratta une joue mal rasée. De sa poche il sortit un *paan* enveloppé dans un morceau de papier et le cala dans sa bouche. Tout à ses pensées, il se mit à le mâcher.

« Et si nous allions manger, Sharmaji ? » C'était Gupta.

« Déjà de retour ? s'étonna Sharmaji.

— Oui, il est 12 h 30, l'heure du déjeuner, dit joyeusement Gupta.

— C'est que je n'ai pas mon repas, dit tristement Sharma. La semaine dernière ma femme est partie chez sa mère avec les enfants pour un mois. Je n'ai pas le temps de faire la cuisine.

— Pourquoi tu ne m'en as pas parlé plus tôt, Sharmaji ? s'exclama Gupta. Tu ne dois pas laisser ignorer de tels problèmes à de vieux amis. À partir de demain, et jusqu'à ce que ta femme rentre à la maison, je vais demander à ma mère d'emballer un repas supplémentaire. Ça suffira bien pour nous deux.

— Gupta, dit Sharma avec émotion, tu es un véritable ami.

— Ce n'est rien. »

Ils se partagèrent le repas de Gupta. Ensuite ils se rendirent au *dhaba* qui faisait face à l'immeuble. Là, ils commandèrent un *puri-aloo*. C'était un plat merveilleux. Ensuite chacun eut droit à un grand verre de *lassi*. Quand ils eurent fini, ils s'enfoncèrent dans leurs sièges, rassasiés, satisfaits, somnolents.

« Gupta, dit Sharma en se frottant le ventre, je tombe de sommeil.

— Moi aussi, grogna Gupta. Je n'arrive pas à garder les yeux ouverts. *Hai Ram*. »

La chaleur, le repas et le *lassi* étaient en train de faire leur effet. À peine pouvaient-ils rester éveillés. Dormir… merveilleusement dormir.

« Ils auraient dû prévoir au bureau une salle de repos où nous pourrions faire une courte sieste après le déjeuner, dit Gupta. Ensuite on serait prêts à travailler, frais et dispos.

— Oui, soupira Sharma. En été surtout, on ne peut pas rester éveillés après le déjeuner.

— Sharmaji, le temps du déjeuner est déjà dépassé d'une demi-heure. Rentrons. »

À contrecœur, Sharma se leva. Le soleil de l'après-midi le fit cligner des yeux. C'était une torture. Lentement, ils se mirent à marcher en direction de l'immeuble.

Sharma fit une halte soudaine. «*Paan*, dit-il, il me faut un *paan*. Allons à la boutique de *paans*. »

Gupta hésita. « D'accord, dit-il, mais dépêchons-nous. »

À la boutique ils achetèrent quatre *paans*, en mangèrent un chacun, et gardèrent les deux autres dans un emballage. Quand ils arrivèrent à l'immeuble des bureaux, ce fut pour constater que l'électricité n'était pas revenue. Ils ne pouvaient pas prendre l'ascenseur.

« Je vais mourir, dit Sharma. C'est impossible de monter quatre étages après un repas comme ça. »

Il s'assit sur les marches.

Mohan passa devant lui dans la montée d'escalier. Il éclata de rire. « Sharmaji, tout le monde le fait, pourquoi pas vous ? Tire-au-flanc ! » Il bondit dans les étages avant que Sharma ait pu répondre.

« Bordel de merde, marmonna Sharma. Même les boys du service du personnel ne rentrent plus dans leurs chaussures. » Il se leva et commença lentement l'ascension de l'escalier en compagnie de Gupta. « Et ils s'attendent à ce qu'on travaille dans de telles conditions, dit-il, ils croient qu'on est des animaux. »

Gupta fit claquer sa langue de connivence.

Au troisième étage, Sharma dit : « Si je n'ai pas de thé, je vais y passer.

— Par cette chaleur, Sharmaji ?

— Je suis fatigué, j'ai envie de dormir. Seul du thé fera l'affaire. Allez, passons à la cantine.

— Vas-y toi, Sharmaji. Mon chef est en train de faire la tournée du bureau.

— Sharma, voulez-vous s'il vous plaît venir dans mon bureau ? » C'était M. Borwankar, le chef de Sharma.

Gupta s'éclipsa vers son service.

Sharma soupira. « Oui, Borwankar *sahib*, j'arrive. »

Il suivit son directeur dans son bureau.

« Asseyez-vous. »

Sharma soupira et s'assit.

« Je vous ai fait appeler dans mon bureau voici plus d'une heure.

— C'était l'heure du déjeuner, *sir*.

— En effet.

— Oui, monsieur.

— Que s'est-il passé après le déjeuner ?

— Je suis ici, *sir*, après le déjeuner.

— Quarante-cinq minutes après l'heure du déjeuner.

— Je suis allé au *dhaba* pour manger, *sir*. Il y avait une longue queue là-bas, ça m'a mis en retard, *sir*. Tout ça c'est parce que mes filles ont contracté le virus, *sir*, et ma femme n'a pas le temps de préparer un repas pour moi, *sir*. Je suis sûr que vous comprenez, *sir*. Après tout, comment puis-je travailler le ventre vide ? Je me sens si faible ces temps-ci, *sir*, si fatigué. Je pense que j'ai moi aussi attrapé le virus.

— Où étiez-vous toute la matinée ?

— Ici, *sir*.

— Ici… mais où ?

— Dans le service, *sir*.

— Vous n'étiez pas à votre bureau de toute la matinée.

— *Sir*, qu'est-ce que vous êtes en train de dire ? J'ai dû descendre au service du personnel ou au service comptabilité pour du travail.

— Quel travail ? »

Sharma resta silencieux. Il hocha la tête. Il regarda tristement M. Borwankar. Il dit : « Borwankar *sahib*, pourquoi prenez-vous ce ton avec moi ? Vous me posez des questions comme si vous n'aviez pas confiance en moi. On n'est pas dans une agence de détectives. Pourquoi faut-il que vous m'interrogiez de la sorte ? Très bien, je n'étais pas dans mon service, mais c'est que j'avais à faire dans d'autres services. Enfin, si c'est votre souhait, je n'irai pas dans d'autres services même si j'ai du travail à y faire. Je resterai à mon bureau et travaillerai uniquement à mon bureau. Oui, oui, je ferai ça. La société ne veut pas que je consulte d'autres services. Très bien, je ne consulterai pas d'autres services. Vous verrez, le travail en pâtira, mais pourquoi je m'en soucierais alors que vous, pas du tout ? Je suis dans cette société depuis vingt-cinq ans, mais tout le monde s'en fiche. Depuis vingt-cinq ans la société m'a saigné à blanc, m'a sucé jusqu'à l'os. Qu'est-ce que vous en savez ? Vous n'êtes là que depuis deux ans. Vous ne savez rien. Il y a vingt-cinq ans je suis entré comme employé. Aujourd'hui je suis toujours un simple employé. Pourquoi devrais-je travailler ? »

Sa violente sortie avait touché en lui quelque chose de sauvage. À la fois accablé et arrogant, il lançait des regards noirs à M. Borwankar.

« Sharmaji, vous n'avez toujours pas répondu à ma question. »

Sharma haussa les épaules. « Borwankar *sahib*, où est l'intérêt de répondre ? Même si je réponds, vous ne me croirez pas. » Il réfléchit puis dit avec tristesse : « Non, il n'y a aucun intérêt à vous dire quoi que ce soit. Que pouvez-vous comprendre ? »

M. Borwankar répliqua sèchement : « Je comprends que vous n'étiez pas à votre bureau de toute la matinée. On vous a vu traîner dans le couloir et boire du thé à la cantine. Sans doute c'est ce que vous avez fait toute la matinée. Et c'est ce que vous faites pratiquement tous les jours. En plus, vous n'arrivez jamais à l'heure au travail. Aujourd'hui vous aviez une demi-heure de retard. C'est la quatorzième fois ce mois-ci que vous êtes en retard. Le mois dernier, vingt fois, et le mois précédent, quinze. Qu'avez-vous à dire pour votre défense ?

— Ce que je peux dire ? Le service du personnel n'a que ça à faire. Tous les jours, ils sont assis, là, à compter combien il y a de retardataires. Et pour ça, on les paie. Même moi je sais compter.

— Sharma, vous éludez toutes mes questions. Je

vous ai déjà averti trois fois. Chaque fois vous m'avez laissé entendre que les choses allaient changer. Rien n'a changé. Votre rendement est égal à zéro. Votre attitude laisse beaucoup à désirer. »

On frappa à la porte et la responsable du personnel fit son entrée. Elle s'assit à côté de Sharma. M. Borwankar dit : « En raison des circonstances, je n'ai pas d'autre choix que de vous donner ceci. » Et il donna à Sharma une feuille de papier dactylographiée.

Sharma la lut lentement. C'était un procès-verbal l'accusant d'avoir été absent de son poste de travail toute la matinée et d'être arrivé en retard tel et tel jour. S'il ne répondait pas dans les vingt-quatre heures, il en serait déduit qu'il avait accepté les accusations.

Ses mains tremblaient. Voilà. Au bout de vingt-cinq ans… Ça.

Il lança le papier à M. Borwankar et se leva. Il dit : « Vous pouvez garder votre morceau de papier.

— Sharmaji, dit Miss Das, s'il vous plaît, acceptez-le. Refuser un procès-verbal est une infraction très grave. »

Sharma répliqua : « Je ne ferai rien avant d'avoir consulté le secrétaire général du syndicat des travailleurs. »

Et il quitta la pièce.

Sharma trouva Adesh Singh, le secrétaire général du syndicat des ouvriers, à l'étage de production, assemblant mollement des composants. Il alla vers lui et dit : « J'ai besoin de te parler, viens à la cantine. »

La supérieure d'Adesh leva les yeux, au bout de la table. Adesh se dirigea vers elle. « Madame, dit-il, voulez-vous m'excuser pour dix minutes. Quelque chose de sérieux vient d'arriver. »

Elle riposta : « Adesh, vous savez parfaitement que je n'accorde pas de temps aux activités syndicales pendant les heures de bureau. Allez-y à la pause du thé. »

Adesh resta planté devant elle. Au bout d'un temps il dit : « Madame, puis-je aller à la cantine boire de l'eau ?

— Vous n'avez pas soif. »

Il la regarda avec stupéfaction. Il dit : « Qui êtes-vous pour me dire que je n'ai pas soif? Madame, vous m'étonnez. Vous autorisez tout le monde à se rendre aux toilettes ou à la cantine pour un verre d'eau. En fait, ils ne vous demandent même pas la permission d'y aller. Pourquoi faites-vous une exception avec moi ? Parce que je suis le secrétaire général du syndicat ? Est-ce que le secrétaire général n'a pas le droit d'avoir soif? Est-ce que les choses en sont arrivées au point qu'on refuse de *l'eau* à un ouvrier ? C'est le nouveau règlement de la direction ?

— Partez, s'il vous plaît, partez.

— Oui, madame, je vais partir. Je n'ai pas besoin de votre autorisation pour étancher ma soif. On n'a pas eu d'électricité la plus grande partie de la matinée. Et néanmoins vous me refusez de l'eau. »

Les autres ouvriers écoutaient, radieux.

Les mains sur sa poitrine, Adesh ajouta : « Madame, ce que vous avez dit m'a blessé là... oui, là. » Il reprit bruyamment son souffle. « Vous pensez que nous n'avons pas de sentiments, pas de cœur. Vous pensez que seuls les dirigeants ont des sentiments. Mais madame, croyez-moi, nos cœurs sont plus vulnérables que les vôtres. Nous sommes des êtres sensibles... oui, sensibles. Sharmaji, allons-y. »

Avec dignité, il sortit de l'étage de production, Sharma lui emboîtant le pas. À la cantine, Adesh s'essuya le front. « Bien, Sharmaji. Maintenant, que s'est-il passé ?

— Comment te dire ? Ils m'ont donné un procès-verbal.

— Il dit quoi ?

— Que je n'étais pas dans mon bureau de toute la matinée et que je ne suis pas arrivé à l'heure à mon travail.

— C'est vrai ?

— Quelle importance ça a ? Qu'est-ce qui est vrai en ce monde ? »

Adesh se cura les dents d'un air pensif. « Alors, qu'est-ce que tu veux que je fasse ?

— À toi de le dire.

— Accepte le procès-verbal. Conteste les accusations. Que faire d'autre ?

— Ensuite ils vont ouvrir une enquête.

— Laisse-les faire. Il leur faut des témoins pour ça. Aucun ouvrier ne témoignera.

— Les responsables, oui. M. Borwankar, oui. Miss Das, oui. Et les retards sont enregistrés.

— Alors, accepte les accusations. Tu t'en tireras avec une lettre d'avertissement.

— Comment tu peux dire ça ?

— Je m'en occuperai.

— Très bien. Mais tu viens avec moi chez Borwankar *sahib* ? »

Ils s'abîmèrent un moment dans leurs pensées.

« Thé ? interrogea Adesh.

— Oui, bien sûr. »

Ils commandèrent du thé. Sharma alluma une cigarette qu'il fuma tristement.

« Sharmaji, dit Adesh posément, il vaudrait mieux que tu fasses amende honorable. La prochaine fois je ne pourrai pas te donner un coup de main. »

Le thé arriva.

« Qu'est-ce que tu veux dire, "faire amende honorable" ? demanda Sharma d'un ton boudeur.

— Tu sais ce que je veux dire. Tu n'as pas l'air de connaître tes limites.

— Ne me fais pas la leçon. Tu es le secrétaire général du syndicat. Ton devoir, c'est de me sortir de là, épargne-moi tes discours.

— Du calme. Si tu veux que je t'aide, retiens ta langue. »

Sharma bouillait sur place. Encore un affront de la part de quelqu'un de tellement plus jeune. Ils finirent leur thé. « Allons-y », dit Adesh. Ils se rendirent au bureau de M. Borwankar et cognèrent à la porte.

« Entrez. » Ils entrèrent. Il était en train de parler à la responsable du personnel. « Je vous en prie, asseyez-vous. » Ils s'assirent.

« S'il vous plaît, montrez-moi le procès-verbal, dit Adesh.

— Pourquoi êtes-vous là, Adesh ? demanda M. Borwankar.

— Et pourquoi pas ? Vous avez comme témoin la responsable du personnel. Je suis celui de Sharmaji. Dieu sait quelle fausse accusation la direction élabore contre le pauvre homme. »

M. Borwankar tendit le procès-verbal à Sharma. Adesh le prit des mains de Sharma, et le lut. Il leva les yeux, l'indignation inscrite sur son visage. « Qu'est-ce que c'est que tout ça, Borwankar *sahib* ? Madame, qu'est-ce que ça veut dire ?

— N'est-ce pas évident ? répliqua M. Borwankar.

— Non, ça ne l'est pas. Sharmaji a été à son bureau toute la matinée. Je l'ai vu.

— Mais, si je peux me permettre, que faisiez-vous toute la matinée dans le service des achats ?

— Borwankar *sahib*, vous ne m'intimidez pas. Je ne travaille pas sous vos ordres. Si quelqu'un peut m'interroger, c'est mon supérieur. Elle m'a envoyé là-bas pour un travail. Je devais vérifier un certain matériel. Vous n'êtes pas l'unique personne à avoir à faire hors de votre bureau. C'est notre cas à tous. Il y a d'autres ouvriers qui ont vu Sharmaji à son bureau. Vous aurez les preuves. Je peux obtenir de tous les ouvriers que vous voulez qu'ils mettent par écrit que Sharmaji était à son bureau toute la matinée.

— Je vous en prie, faites donc. Tout ça s'examine quand il y a une enquête. Sharma, voulez-vous s'il vous plaît signer le formulaire et accepter le procès-verbal ? On a gaspillé assez de temps comme ça. »

Sharma et Adesh s'échangèrent des regards.

« Signe », dit Adesh.

Sharma prit la lettre et la signa. Il se leva. Il dit : « Madame, conseillez à la société de changer d'attitude à l'égard des ouvriers. Distribuer des procès-verbaux à droite et à gauche n'est pas une réponse. » Il sortit.

Adesh eut un regard accusateur à l'adresse de M. Borwankar. « *Sir*, dit-il, savez-vous ce que vous êtes en train de faire à cet homme ? Vous l'avez brisé. Vous l'avez trahi.

— Adesh, dit M. Borwankar d'un air las, épargnez-moi s'il vous plaît tout ce cirque.

— Demandez-lui de venir me voir », dit Miss Das.

Adesh acquiesça de la tête. « Très bien. Je ferai ça. Dites-moi, avez-vous l'intention d'ouvrir une enquête ?

— Tout dépend s'il accepte les accusations, n'est-ce pas ?

— *Sir*, je vous demande de vous en tenir à une lettre d'avertissement cette fois-ci. Je vais lui parler. Je vais lui enfoncer un peu de bon sens dans sa caboche. Je vais m'en occuper pour qu'il change ses façons de faire. Sa femme et ses enfants sont absents en ce moment. Il est seul. Il n'est pas bien. »

Miss Das dit : « Je croyais que sa fille était malade et que c'était la raison de son retard aujourd'hui.

— C'est vrai. Sa famille est partie cet après-midi. Désormais il est tout seul. Il est perdu. Madame, pourquoi me posez-vous des questions ? En tant que responsable du personnel vous devriez comprendre. »

Elle eut un léger sourire. « Je comprends, dit-elle. Demandez-lui de venir me voir. »

Adesh ajouta : « Alors il n'y aura pas d'enquête ? »

Courte pause.

Miss Das reprit : « Il doit accepter les accusations et s'excuser par écrit. »

Adesh hocha la tête. « Oui, je vois, vous voulez absolument avoir votre dû. Bon, je vais le lui dire. » Il se leva péniblement.

Miss Das se trouvait dans son bureau quand Sharma y pénétra.

« Entrez, Sharmaji, asseyez-vous je vous en prie. »

Sharma poussa un soupir et s'assit. Il se passa une main sur le front. « Il fait si chaud, dit-il. Comment pouvez-vous espérer qu'on travaille avec ces coupures de courant, Miss Das ?

— Que faire, Sharmaji ? La vie est ainsi à Delhi. Aimeriez-vous avoir un verre d'eau fraîche ?

— Certainement. » Il l'avala d'un trait. « Quels avantages y a-t-il à être un responsable ? Avoir des bouteilles d'eau fraîche dans votre bureau. Nous, les pauvres ouvriers, on doit aller à la cantine pour boire de l'eau. Et quand nous y allons et que quelqu'un voit que nous ne sommes pas à notre poste de travail, nous sommes accusés de saboter le boulot. » Il rendit son verre. « Merci, madame.

— Mais de rien. »

Il y eut un bref silence, puis elle reprit la parole. « Sharmaji, il semble que vous soyez dans un profond désarroi. Quel est votre problème ? »

Sharma émit un petit rire. « Quelle question vous me posez là ! Vous commencez par me dresser un procès-verbal, ensuite vous me demandez pourquoi je suis déprimé. Comment madame, est-ce que le service du personnel ne sait pas au moins ça ?

— Je suis désolée, ce n'est pas ce que je voulais dire. Je voulais dire que vous paraissiez ralenti et déprimé ces derniers temps. »

Sharma la regarda avec étonnement. « Ainsi, dit-il, *quelqu'un* a remarqué. Oui, madame, je me suis senti ralenti et déprimé ces derniers jours. Je me suis senti ralenti et déprimé ces derniers mois, ces dernières années. Je ne me rappelle pas ce qu'est le bonheur, madame... Je ne m'en souviens pas. Et si je fais un effort de mémoire, c'est un fragment de passé si lointain que je crois... Peut-être n'a-t-il jamais existé. L'avenir s'étend devant moi comme la nuit. Ah madame, comment vous dire ? Que savez-vous de la vie ? Vous êtes encore jeune, vous n'êtes même pas mariée. Tirez le meilleur parti du temps qui passe, il ne reviendra jamais. Avec le mariage, les enfants et les professions – on perd gros, madame, on perd gros. Vous ne connaissez encore rien, rien. Quand vous étiez assise là-bas avec Borwankar *sahib*, je songeais, pauvre

Miss Das, la voilà déjà impliquée dans les intrigues de bureau. Elle ne va pas tarder à être corrompue. Elle voit que moi, un employé qui a vingt-cinq ans de maison, je reçois un procès-verbal. Moi qui ai donné mes meilleures années à la société. Elle voit. Éprouve-t-elle quelque chose ? Est-ce qu'elle s'en soucie ? Si elle est sensible, elle ne peut pas le montrer. Mais peut-être qu'elle ne ressent rien. Peut-être qu'elle plaint cet homme de tout son cœur. Elle doit faire son devoir. Elle doit être là. Mais peut-être qu'elle s'interroge sur ce qui arrive. Cela devrait-il se produire ? Et peut-être qu'au plus profond d'elle-même quelque chose formule une réponse, non ça ne devrait pas. Peut-être que son cœur bat, par sympathie muette, pour cet homme si complètement brisé par la cruelle politique de la société. Mais elle ne peut rien dire. Après tout elle appartient au service du personnel. Et le service du personnel doit faire usage de tact. Il voit et entend tout, il ne peut rien dire. Je comprends. Je ne vous le reproche pas. Mais madame, faites attention. Vous ne savez rien des démons qui vous entourent. Vous êtes trop innocente. Vous ignorez ce que les gens disent, les bruits qu'ils répandent. Regardez-moi. Vous avez dû entendre comment les gens parlent de moi. Ils prétendent que je suis un *rakshash*, parfois un *harijan.* Ils disent que j'exerce une mauvaise influence sur les gens... Ils disent que je ne travaille pas. Ils disent que les gens ne devraient pas me fréquenter. Moi, qui fus l'un des premiers à entrer dans cette société il y a vingt-cinq ans. Si je ne travaillais pas, pourquoi alors la société m'a-t-elle accordé une distinction spéciale pour travail excellent voici vingt ans ? Vous paraissez surprise. Vous ne saviez pas. Évidemment, ils ne vous en parleront pas. Ils savent que vous êtes intelligente. Ils savent que vous demanderez, mais qu'est-il arrivé à cet homme ? Vous souhaitez le savoir, madame, oui ?

« Madame, que puis-je vous dire ? Par où commencer ? Ce que j'étais alors ? Ce que je suis maintenant ? Ce Mahesh de votre service, j'avais son âge quand je suis entré dans cette société. Regardez-le. Il a pris la grosse tête. Il me dit que je suis en retard. Il exhibe son pouvoir simplement parce qu'il est dans le service du personnel. Madame, gardez un œil sur lui. Il est dangereux. Il va écarter tous ceux qui travaillent dans le service du personnel s'il continue comme ça. Laissez-moi vous dire quelque chose. Il ne travaille pas. Il s'assied avec son registre et fait semblant de le remplir. En réalité il ne fait rien de tel. Il élabore des plans vicieux. Il compte le nombre de fois que Gupta et moi sommes en retard. Madame, savez-vous combien de fois d'autres personnes sont en retard ? Non, vous ne le savez pas. C'est parce que Mahesh ne communique pas leurs noms. Il ne donne les noms que de certaines personnes. Il se trouve que je suis l'un de ces malheureux privilégiés. Madame, gardez un œil sur lui. Il est retors. Il vous donnera seulement les informations qui lui conviennent. Il vous laissera tomber. Vous êtes trop naïve. C'est une bonne chose, mais c'est aussi une mauvaise chose. Les gens vont vous exploiter. Comme ils m'ont exploité. Jadis, il y a des années de cela, moi aussi j'étais comme vous, naïf et innocent. Je croyais tout ce qu'on me disait. Je travaillais dur. Pas une seule fois je n'ai été en retard. Et les gens disaient, regardez Sharma, c'est notre meilleur ouvrier. J'ai obtenu une distinction. Et après ça – rien. D'autres ont réussi. D'autres ont obtenu des augmentations. D'autres ont obtenu des avancements. Le pauvre Sharma s'est fait distancer. D'autres ont passé de la pommade à leurs chefs. Et moi, idiot que j'étais, je croyais que seul le travail menait à la réussite. Est-ce que Srivastava est devenu responsable des achats à cause de son dur labeur ? Est-ce que Tiwari est passé de simple boy à employé parce qu'il a travaillé dur ? Non, ils ont tous fait des simagrées. Ils ont raccompagné leurs dirigeants chez eux. Ils se sont chargés de leurs courses personnelles. Ils ont fait des travaux pour les femmes de leurs chefs. Ah ! Je sais comment ils ont obtenu leur avancement. J'ai refusé. J'étais idéaliste. J'avais des principes. Et me voici, moi, toujours simple employé. Et maintenant ce sont *ces* hommes-là qui me donnent des ordres, qui me disent, Sharma fais ceci, Sharma fais cela. Et Sharma le fait, même si en lui son cœur se brise. Madame, encore un peu d'eau, si vous le permettez. »

Elle lui donna un autre verre d'eau. Elle dit : « Sharmaji, je ne savais pas tout ça. »

Il but l'eau et s'essuya la bouche. « Madame, vous ne savez rien. Même maintenant vous ne savez rien. Vous ne savez pas ce qui se passe dans ces lieux.

— Quoi donc ? »

Il regarda la porte derrière lui. Il se leva et alla l'ouvrir. Personne. Il se rassit sur sa chaise et se pencha en avant. À voix basse, il dit : « *Dhanda* de filles.

— Je ne comprends pas.

— Madame, pardonnez-moi, vous êtes trop innocente. Je vais garder le silence. Je n'aurais pas dû en faire mention. » Il regarda de nouveau derrière lui. Il marqua un temps d'arrêt. Il chuchota. « Quand des filles sont embauchées dans cette société, elles doivent accorder certaines faveurs à certains hommes pour avoir été acceptées.

— Oh…

— Je vous ai choquée, madame. Pardonnez-moi.

Mais c'est vrai. » Il se pencha plus avant sur le bureau. Il dit : « Ces hommes travaillent toujours ici. Ces filles travaillent toujours ici. Tant de saletés, madame. Que pouvez-vous comprendre à toutes ces choses ?

— Qui sont ces hommes ? »

Il recula. « Je ne peux pas vous révéler leurs noms, madame.

— Pourquoi non ? Vous pouvez m'aider à éliminer cette saleté.

— Oh non, madame, non, non.

— Et pourquoi, Sharmaji ?

— Non, madame, non. Ne me demandez pas pourquoi.

— Mais si vous ne me dites rien, Sharmaji, ça va continuer. »

Sharmaji sourit avec douceur. « C'est que voyez-vous, ce n'est pas maintenant que ça a lieu. C'est une chose du passé. Depuis que vous êtes entrée dans la société, de telles pratiques ont cessé. Les gens ont peur. Ils disent qu'une femme est entrée dans le service du personnel et que cette femme est honnête. Elle protégera nos filles. Désormais il n'y a plus d'inquiétude à avoir. Soyez rassurée, madame. Tout va bien, maintenant que vous êtes là.

— Tout ne va pas bien, Sharmaji. Comment tout peut-il aller bien quand vous continuez à arriver en retard tous les jours et que vous n'êtes jamais sur votre lieu de travail ?

— Madame, madame, madame. » Sharma agita un doigt réprobateur en sa direction. « Vous êtes très obstinée. C'est votre travail. Vous êtes responsable du personnel. C'est votre devoir. Bien. C'est bien.

— Bon, Sharmaji, qu'est-il arrivé aujourd'hui ?

— Que vous dire, madame ? Parfois je maudis le

destin de m'avoir introduit dans ce monde, pour m'avoir jeté parmi de pareilles gens. Souvent je me demande – quels péchés ai-je donc commis dans mon existence antérieure pour souffrir ainsi dans celle-ci ? Il n'y a pas de réponse. Dieu a ses desseins, madame, qui sait pourquoi, qui sait comment ?

« Je vois que vous souriez, madame. Je sais ce que vous êtes en train de penser. Vous pensez – ce Sharma parle trop. Pourquoi Sharma raconte tout ça ? Sharma n'a pas répondu à ma question. Mais si, madame, si. Réfléchissez avec soin à ce que je vous ai dit. Vous trouverez les réponses. Il n'y a pas de réponses simples à des questions simples. Un jour j'ai lu un poème, un poème anglais traduit en hindi. Il dit quelque part :

Il n'y a pas de petites questions pour de petits hommes
tous les hommes sont Hamlet dans une rue vide
ou sur un quai balayé par le vent
tous les hommes sont Lear au marché
quand les livreurs sont partis.

« Madame, si cela n'avait déjà été fait, c'est moi qui aurais écrit ce poème. Mais là encore, quelqu'un l'a fait avant moi. Comprenez-vous ce qu'il dit, madame ? Vous hochez la tête. Alors c'est que vous comprenez. Vos questions ont reçu leurs réponses, madame. Madame, encore un peu d'eau, s'il vous plaît. »

Elle lui versa un autre verre d'eau. Il le but goulûment. « Sharmaji, puis-je vous demander quelque chose ?

— Madame, tout ce que vous voulez.

— À partir de demain, vous ferez un effort pour arriver à l'heure ?

— Oui, madame, oui.

— Et je ne veux pas vous voir à la cantine ou dans les couloirs pendant les heures de bureau.

— Tout ce que vous voulez, madame, tout ce que vous voulez.

— Merci. »

Sharma la regarda avec affection. « Ne me remerciez pas, madame. Pourquoi me remercier ? » Il fit une pause. Il dit : « Madame, vous m'avez fait une demande. J'ai donné mon accord. À mon tour, puis-je en faire une ?

— Certainement.

— Glissez un mot pour moi à Borwankar *sahib*, madame. Dans son esprit il est inscrit que Sharma est un mauvais élément. Une fois qu'une pareille impression est gravée, elle ne change pas. Spécialement dans cette société. Dites à Borwankar *sahib*, Sharma a obtenu autrefois une distinction spéciale. Dites-lui, son avancement aurait déjà dû être chose faite. Dites-lui, est-ce qu'il est juste que Sharma soit encore un simple employé au bout de vingt-cinq ans ? Vous avez de l'influence, madame. Vous êtes la responsable du personnel. Si vous parlez à Borwankar *sahib*, Borwankar *sahib* écoutera.

— Sharmaji, désormais tout dépend de vous. Moi je ne peux rien faire. »

Sharma soupira. « Oui, c'est ce qu'ils disent tous. Bon, vous avez été gentille. Vous m'avez patiemment écouté. Madame, aimez-vous les produits de beauté... les rouges à lèvres ?

— Aimer quoi, Sharmaji ?

— Je peux vous avoir ces choses-là très bon marché, madame, gratuitement même. Après tout je suis dans le service des achats. Je peux vous obtenir des parfums et des rouges à lèvres d'importation, des objets électroniques, des cassettes.

— Comment ?

— Oh, allez, allez, madame. Que puis-je pour vous ?

— Rien, merci Sharmaji. »

Sharma opina du chef avec sérieux. « Vous avez absolument raison de refuser. Même moi, je refuse. On ne cesse de me dire, Sharmaji, je t'en prie prends ceci, je t'en prie prends cela. On me dit, tu passes de si grosses commandes pour ta société ; laisse-nous te faire quelques cadeaux pour te montrer notre reconnaissance. Mais je dis, non. Non, je ne suis pas comme les autres. Je ne donnerai rien à personne, je ne prendrai rien à personne. C'est pour ça qu'ils me respectent. Après tout, si l'on n'a pas le respect de soi-même, alors qu'est-ce qu'il reste ?

« Bien, madame, je dois m'en aller. Voici ma réponse au procès-verbal. » Il tendit la feuille à Miss Das.

Elle la lut. Elle dit : « Ainsi vous niez avoir été absent de votre lieu de travail, en invoquant les persécutions de votre directeur. Vous admettez votre retard, en expliquant que vos enfants sont malades. Et vous présentez vos excuses pour un éventuel malentendu... Sharmaji !

— Madame, madame, ne nous disputons pas davantage. Vous m'avez demandé de m'excuser. Je me suis excusé. Laissons le passé au passé. Qu'un nouveau chapitre commence. »

Miss Das mit la feuille de côté. « Encore un peu d'eau, Sharmaji ?

— Non, madame, merci. » Il se leva de son siège. « Je dois m'en aller.

— N'hésitez pas à venir me voir si vous avez un problème.

— Madame, je n'ai pas de problème. Borwankar *sahib* a des problèmes. Mahesh a des problèmes. Même votre boy Mohan a des problèmes. Oui, s'ils continuent à avoir des problèmes, je viendrai vous voir. » Il se leva et s'apprêtait à quitter la pièce quand une pensée sembla le frapper. Il parut hésiter, et finit par parler. « Madame, avant de partir, je dois vous poser une question d'une nature plutôt personnelle. C'est en frère que j'aimerais vous la poser. S'il vous plaît, n'y voyez pas malice.

— Oui ?

— Madame, vous avez un bon travail, vous êtes jeune. En frère aîné, permettez-moi de vous donner un conseil. Vous ne devez pas reporter le mariage, aucune femme ne devrait être seule en ce monde. Je le dis par sollicitude pour vous. Peut-être êtes-vous déjà fiancée ?

— Je suis mariée. »

Sharma vacilla. « Madame ! »

Elle se mit à rire.

« Mais madame, vous êtes *Miss Das*.

— Oui, j'ai conservé mon nom de jeune fille.

— Pourquoi ?

— Et pourquoi pas ? »

Sharma se mit à réfléchir. « Une femme entre dans une autre famille. Elle doit prendre le nom de son mari.

— Je ne suis entrée dans aucune famille. Mon mari et moi travaillons tous les deux. »

Sharma la fixa du regard. « Vous êtes très moderne.

— Est-ce que c'est mal ? »

Il réfléchit. « Peut-être pas. Je n'ai rien à en dire. Quand cela a-t-il eu lieu, madame ?

— Il y a deux mois.

— Madame, pardonnez-moi de vous le dire, mais c'est très mal, très très mal. Vous ne l'avez dit à personne. Vous n'avez pas distribué de douceurs. Je suis profondément blessé. C'est quelque chose qu'on célèbre, pas qu'on garde secret.

— Ce n'était pas un secret, Sharmaji.

— Ma foi. » Il la dévisagea. « Vous ne semblez même pas mariée. Pas de *sindoor*, pas de *mangalsutra*, pas de bijoux. Qu'est-ce que ça veut dire, madame ?

— Tout cela n'est pas nécessaire, Sharmaji. »

Sharma hocha la tête d'un air profondément navré. « Que puis-je dire ? Je suppose que les choses changent. J'aimerais rencontrer votre mari, madame. Est-il aussi bien et aussi gentil que vous ? »

Elle parut troublée. « Vous le rencontrerez certainement un jour.

— Bien, très bien. Allez, madame, je vais partir. Donnez le bonjour de ma part à votre mari.

— Je n'y manquerai pas. »

Avec une grande dignité, il sortit de la pièce à pas lents. Une minute plus tard, il était de retour. « Madame, dit-il avec un léger haussement d'épaules, je me demandais, ne seriez-vous pas intéressée par la lecture de quelques-uns de mes poèmes, peut-être ?

— J'aimerais beaucoup. »

Sharma sourit. Il fit un signe de tête. « Je les apporterai demain. Madame, j'ai écrit ces poèmes il y a de longues, longues années. Depuis, je n'ai rien écrit, rien du tout. Tout de même... Ils sont très philosophiques, très profonds, très complexes. Demain, à neuf heures, je les partagerai avec vous. »

Elle répliqua : « À la pause déjeuner. »

Il fronça les sourcils. « Il va y avoir encore une coupure de courant tout l'après-midi. Comment vous lire ma poésie, trempé de sueur ? » Il réfléchit.

Elle sourit.

Il capitula. « Si vous insistez, alors à la pause déjeuner. »

Une fois hors du bureau, Sharma regarda sa montre. Il était déjà dix-sept heures, encore une demi-heure pour en terminer avec la journée de travail. Il parcourut à pas lents le couloir, en fredonnant doucement une vieille chanson d'amour. Soudain, il fut submergé de souvenirs. Jadis… Il y avait des années, il avait aimé passionnément, follement. Ses grands yeux ourlés de khôl l'avaient envoûté, ensorcelé. Ces yeux… Ces yeux. Il serait volontiers mort pour elle. Timide, transi, il n'avait jamais rien dit. Elle n'avait jamais su. Sharma s'arrêta et déglutit. Il sentit que son cœur allait éclater. Vingt-cinq ans.

« Sharmaji, on va à la cantine ? » C'était Gupta qui dévalait les marches, deux par deux.

Sharma sourit avec indulgence. « Plus peur de ton chef maintenant ?

— Il est sorti de son bureau pour une affaire. Allez, filons prendre un thé, Sharmaji. »

Gentiment, Sharma secoua la tête. « J'ai du travail. » Il posa la main sur l'épaule de Gupta. « Toi, vas-y. »

Gupta le fixa, la bouche béante.

« Gupta, dit Sharma, Miss Das n'a pas de petit ami, elle est mariée. Les gens dans ce bureau répandent toujours de méchantes nouvelles. Ne les écoute pas. »

Il donna une tape finale à Gupta et rejoignit son service, toujours en fredonnant. Quand il pénétra dans le bureau, ses camarades grimacèrent un sourire.

« Tu es un homme insaisissable, Sharmaji, dit Rahul. Tout le monde t'a cherché aujourd'hui. Où étais-tu ? »

Sharma haussa les épaules avec modestie. « Il y avait des choses à faire, beaucoup de choses à faire. Et il y a encore beaucoup à faire. Rahul, la vie est très brève, très fugitive. »

Rahul eut un petit rire. « Très bien, Sharmaji, je te laisse à tes considérations. » Et il retourna à sa dactylographie.

Sharma s'assit à son bureau. Il sortit le *paan* de sa poche et le retira soigneusement de son emballage. Il le glissa dans sa bouche. En mâchant, il ouvrit son tiroir et en sortit une feuille de papier. Avec amour, il la posa sur son bureau, lécha son crayon et commença un nouveau poème.

PROPHÉTIE

Pour finir, on a décidé de consulter l'astrologue avant d'aller chez la gynécologue. Au bout d'une heure d'attente sous le soleil implacable de l'après-midi, un rickshaw finit par s'arrêter. Quand le conducteur sut où nous voulions aller, il poussa un grognement et cracha un long jet de *paan*.

« Je ne fais pas des trajets aussi courts », dit-il avec mépris. On s'est détournées, découragées. « Ça fera dix roupies ! lança-t-il.

— Va au diable, dit Amrita. Vous les rickshaws, vous êtes tous les mêmes. »

Je la tirai en arrière. « Oublie tes principes aujourd'hui. On va toutes les deux crever de chaleur. »

On a pris place à l'intérieur. À la gauche du conducteur, il y avait une image de la déesse Lakshmi, entourée d'une guirlande clinquante, à sa droite, la photo d'une actrice de cinéma, au large décolleté, souriante. En nous dévisageant dans son rétroviseur, le conducteur se mit à sourire. Il alluma un *bidi* avec ostentation et démarra. Bruyant, le rickshaw se frayait un chemin à une vitesse folle à travers la circulation. On se cramponnait à nos sièges et on essayait désespérément de maintenir nos saris en place.

« J'aurai peut-être la chance de faire une fausse couche maintenant, haleta Amrita.

— Ralentissez », criai-je par-dessus le bruit du moteur. Il accéléra. « Ralentissez, bon sang ! »

Il se tourna vers moi, avec un sourire. « Qu'est-ce que vous avez dit ? »

Je hurlai. « Regardez la route, ne me regardez pas ! Ralentissez ! »

Il évita une voiture d'un cheveu, fit un écart violent, rejeta la tête en arrière et se mit à rire. « De quelle université vous venez ? » On n'a pas répondu. Il accéléra.

« Ralentissez ! Vous voulez notre mort ?

— *Memsahib*, dit-il, la mort n'est ni dans vos mains ni dans les miennes. Si nous devons mourir, on mourra. Tout est écrit.

— Mourez si ça vous chante. À la vitesse où vous allez, vous allez nous tuer nous aussi. »

Il faisait des sauts de puce sur son siège, en jubilant. « Qui se soucie, chantait-il, qui se soucie que je meure, qui se soucie que je meure, quelle différence cela fait !

— Arrête de lui parler, me dit Amrita, ça l'excite. »

Le conducteur accéléra encore et, dans son rétroviseur, me lança un regard engageant. Je suivais des yeux la rue. Nous avions dépassé notre destination. « *Stop, stop !* »

Il se tourna vers moi et me fit un clin d'œil. « Qu'est-ce qui vous fait donc si peur ? C'est tout le temps que les gens meurent.

— *Vous voulez bien vous arrêter, vous êtes allé trop loin !* »

Il freina aussitôt, et on faillit tomber sur lui. Il lorgna nos poitrines et dit : « Madame, vous auriez dû me prévenir. C'est comme ça que les accidents arrivent. »

Je plaquai un billet de dix roupies dans sa main grande ouverte. Il le prit, en caressant mes mains au passage, sourit lentement et démarra. Encore toutes tremblantes, on se mit à marcher vers la maison de

Chachaji. Chachaji, comme on appelait l'astrologue, était très populaire parmi les filles de notre université. Ses prédictions se réalisaient, et il était moins cher que les autres. Il lisait dans votre esprit. Un seul coup d'œil, et il savait tout de vous – votre passé, votre présent, votre avenir.

Sa femme nous ouvrit la porte et nous conduisit dans le salon. J'entendais l'autocuiseur dans la cuisine et toute la maison était embaumée d'effluves de curry de poulet. Quelque part à l'intérieur un bébé pleurait. Un parfum d'encens flottait dans l'air et Chachaji fit son entrée. *Pyjama-kurta* d'un blanc immaculé, souple barbe blanche, corps fragile, yeux saisissants... mystiques... éthérés. On le contemplait, ébahies.

Il prit place en face de nous et observa nos visages. Il sourit.

« Oui, mes enfants ? »

Je regardai Amrita. C'est elle qui avait eu l'idée de venir ici. Comme elle ne disait rien, je pris la parole. « Nous voulions vous consulter.

— Oui, oui, tout le monde veut me consulter. » Comme elle était douce, sa voix.

Je regardai de nouveau Amrita. Ses yeux étaient remplis de larmes. Je savais ce qu'elle ressentait. À lui, j'aurais pu tout avouer.

Il se tourna vers Amrita. De façon presque imperceptible, il hocha la tête. « Mon petit, vous êtes dans une forêt, vous êtes égarée, perdue. Vous ne savez où aller. » Sans un mot, Amrita approuva d'un signe de tête. Il soupira et ferma les yeux. « Je vois un garçon. » On sursauta. « Je vois des ennuis. Tout a commencé avec ce garçon. Quels sont les jour, heure et lieu de votre naissance ? » Elle le lui dit. Il fit de rapides calculs sur un morceau de papier. Il hocha la tête. « Les étoiles ne sont pas bonnes. L'ombre de Shani tombe sur vous. C'est une année très malchanceuse pour vous. »

Amrita murmura : « Chachaji, que va-t-il arriver ?

— Arriver ? N'est-ce pas déjà arrivé ? »

Elle tressaillit et baissa les yeux. Ses doigts faisaient et défaisaient les plis de son sari. « Que dois-je faire, Chachaji, que dois-je faire ? »

Il ferma les yeux une fois encore. Je transpirais abondamment, la sueur perlait sur la lèvre supérieure d'Amrita.

Sa femme entra avec deux verres d'eau. On les but d'un trait. Elle nous sourit. « Vous êtes toutes les deux si mignonnes. » On lui rendit un sourire reconnaissant. « Mais vous ne savez pas comment porter un sari, dit-elle avec un claquement de langue. Levez-vous un instant. » On se leva avec obéissance. Elle se pencha et tira sur nos saris. « Enfilez toujours vos sandales avant de draper votre sari. Sinon il y aura trop d'espace en bas. » Elle ajusta les plis, puis se releva et considéra son travail avec satisfaction.

« Mère de Champa, soupira Chachaji, elles ne sont pas venues ici pour parler de saris.

— Oh toi... » Elle l'écarta d'un geste de la main. « N'effraie pas ces enfants avec tous tes discours. » Elle ramassa les verres, nous adressa un sourire lumineux, ses bracelets de cheville tintant doucement.

On regarda Chachaji d'un air contrit. Il nous sourit avec indulgence. « Bien, mes enfants, que voulez-vous savoir d'autre ?

— Que faut-il que je fasse ? demanda Amrita.

— Je vais faire une *puja* pour vous. Elle annulera la mauvaise influence de Shani. Six mois plus tard, j'accomplirai une seconde *puja*. Vos étoiles changeront. L'ombre de Shani cessera de vous envelopper. » Nous approuvâmes avec vénération. « Pour la *puja*, poursuivit-il, les yeux fixés sur le mur derrière nous, il vous faudra me faire un don.

— Combien ? demanda Amrita en fouillant dans sa bourse.

— Ce que vous voulez, mon enfant, ce que vous voulez. Avec la bénédiction de Dieu, tout ira bien. Je ferai une *puja* spéciale pour vous. »

Amrita lui donna vingt roupies. Il les prit et palpa les billets d'un air songeur. « Mon enfant, ce n'est suffisant que pour une petite *puja*. Pour vous, il me faudra faire une grande *puja*. Sinon les ennuis vont empirer.

— Chachaji, j'ai très peu d'argent. »

Il haussa les épaules. « Si c'est vraiment votre souhait, alors ce n'est pas suffisant pour annuler les influences maléfiques de Shani. » J'ai sorti dix roupies de mon sac et les lui ai données. « Chachaji, c'est tout ce qu'on a. »

Il sourit, prit l'argent d'une main, et de l'autre me flatta la joue. « Vous êtes une véritable amie, mon petit. Vous êtes une amie loyale. Vos astres sont bons. Vous ferez une maîtrise de lettres. Il se peut que vous ayez à travailler. Vous épouserez un bel homme et vous aurez un fils, une fille.

— Quand est-ce que je me marierai, Chachaji ?

— Quel âge avez-vous ?

— Dix-sept ans.

— Dans six, sept ans, mon petit.

— Ce sera un mariage arrangé ?

— Ce sera un mariage d'amour. Vous aurez un mariage d'amour.

— Est-ce que j'irai à l'étranger, Chachaji ?

— De nombreuses fois, de très, très nombreuses fois.

— Merci, Chachaji », ai-je dit, positivement enchantée.

Il se tourna vers Amrita. « Quand j'accomplirai la *puja*, vos astres changeront. Vous épouserez un bel homme, un homme important, riche, influent. Vous aurez deux fils qui atteindront des positions puissantes dans le gouvernement. Ils vous apporteront pouvoir, renommée, respect. Et vous voyagerez à l'étranger de très, très nombreuses fois. »

Il se leva. Nous joignîmes nos mains.

En sortant de la maison, la chaleur nous frappa de plein fouet. On se dirigea vers l'arrêt du bus.

« Mon Dieu, non, Patram ! » Je m'étranglai et tirai Amrita en arrière. Sans rien dire, la respiration haletante, on resta immobiles sur place. Un homme habillé de kaki nous dépassa. Ce n'était pas Patram. Avec le sentiment d'être ridicules, on poursuivit notre route.

Patram était l'omniprésent, l'omniscient homme de main, garde du corps, gardien du règlement, employé par l'université, celui qui observait les internes comme un faucon et signalait tous nos faits et gestes à la direction. Il savait qui franchissait en catimini les portes avant le moment autorisé par le règlement, qui rentrait après vingt heures, qui fumait, qui avait un petit ami. Pas plus tard que le mois dernier, deux filles avaient été exclues de la résidence universitaire après que Patram eut senti de la fumée de cigarette dans le couloir conduisant à leur chambre et qu'il en eut informé la surveillante générale. L'affaire remonta jusqu'à la directrice. Les filles la supplièrent, mais elle ne voulut pas en démordre. Elle dit qu'elle ne voulait pas avoir dans ses bâtiments des filles au caractère aussi dissipé. Elles devaient s'en aller. Si quelqu'un décidait de franchir en douce les portes de l'université pour aller voir la projection d'un film d'une heure et demie, Patram le savait à coup sûr. Il était partout – aux marchés, aux cinémas, aux théâtres, à Connaught Place. Nous vivions dans la peur de son képi et de son uniforme kaki, tristement célèbres, et du sourire grinçant qu'il affichait en permanence. Ce matin-là, nous étions sorties de l'université avant l'heure réglementaire, et il n'y avait pas trace de Patram. Vêtues de saris pour la première fois pour essayer de paraître plus âgées, nous avions franchi les portes, avec gaucherie et appréhension. Toujours pas de Patram.

Et maintenant, encore tremblantes de la fausse alerte, nous attendions le bus qui nous emmènerait chez la gynécologue. Il arriva presque tout de suite et, pour une fois, il n'était pas bondé. « Quarante roupies », dit Amrita tandis que le bus se mettait en marche. « Nous avons dépensé aujourd'hui quarante roupies. »

Je ne dis rien. Nous n'avions que cent roupies à nous deux. Nous n'avions aucune idée de ce que prendrait la gynécologue. Le jour précédent, dans une tentative désespérée de nous procurer de l'argent, nous avions arpenté les abords de la résidence universitaire pour ramasser les vieux journaux, les pots et les bouteilles vides. Nous les avions placés dans six sacs plastique et nous avions lourdement cheminé jusqu'au marché voisin, appliquées à paraître sourdes au bruit provoqué pendant notre trajet, priant le ciel que les sacs plastique ne se déchirent pas. Au marché, on s'était accroupies devant le *kabadiwalla* et on avait longtemps marchandé. Il nous avait dit qu'il voulait bien nous donner vingt roupies pour le tout. Nous en avions demandé trente. Il avait refusé. Nous nous étions éloignées et il nous avait rappelées. Vingt-cinq, avait-il dit. C'est ainsi qu'on a conclu le marché. Sur le chemin du retour, subjuguées par la vue de pâtisseries, nous avons dépensé la plus grande partie de la somme en forêts noires, tartes au citron, éclairs au chocolat et feuilletés au poulet. Et maintenant il nous en restait à peine assez pour la gynécologue, ne parlons pas de l'avortement. Peut-être qu'après tout, elle n'est pas enceinte, pensais-je.

La clinique était luxueuse, belle, et sentait l'argent. Nos cœurs se serrèrent. On prit place à la réception pour attendre le tour d'Amrita. Il n'y avait là qu'une autre personne, en sari de mousseline d'un rose éclatant. Elle nous regarda. On feuilleta avec indifférence les revues. Elle continuait à nous regarder.

« Elle va nous poser des questions, chuchota Amrita.

— Dis des mensonges.

— Mais quoi ?

— Ainsi, dit la femme, vous êtes venues voir le Dr Kumar ? »

On approuva vaguement de la tête pour revenir à nos revues.

« Quel âge avez-vous toutes les deux ?

— Vingt ans », mentis-je. Sous mon sari, mes jambes se mirent à trembler.

« Vraiment ? Vous semblez plus jeunes. »

Amrita sourit. « Alors, c'est bien. »

Elle continua à nous scruter et son visage prit un air dur. Elle rajusta son *pallu* par-dessus ses épaules. « Êtes-vous mariées ?

— Oui, ai-je dit.

— Non, dit Amrita.

— Réellement ? » Elle tourna vers Amrita un visage

choqué. « Alors, que faites-vous ici ?

— Un problème de règles. » Et elle revint à sa revue.

« Quel problème ?

— Des règles irrégulières, ai-je dit.

— Trop fréquentes », dit Amrita.

La femme sourit d'un air entendu. « On dirait qu'il y a un peu de confusion quant au problème, non ? » On ne répondit pas. Elle tourna son regard vers moi. « Alors, c'est vous la mariée ?

— Oui.

— Vous ne semblez pas l'être. Quel est votre âge ?

— Vingt.

— Et quel est *votre* problème ?

— J'accompagne mon amie.

— Vraiment ! L'amie mariée accompagnant l'amie qui ne l'est pas chez la gynécologue ! » Elle savait, elle savait. Elle tripota son *mangalsutra*. « Il me paraît évident que vous n'êtes mariées ni l'une ni l'autre. » Elle marqua une pause. « Et si tel est le cas, Dieu sait pourquoi vous êtes ici. »

L'infirmière lança : « Madame Mehta, c'est à vous. »

Elle se leva, exhalant une puissante bouffée de ses pensées intimes, et entra dans le cabinet.

« Garce », dit Amrita.

Dix minutes plus tard, Mme Mehta en ressortit, nous adressa un regard qui en disait long et partit.

On entra, on s'assit en face du Dr Kumar et on se mit à pleurer.

Elle était magnifique. Elle nous parla à voix basse, avec des inflexions réconfortantes, nous donna des mouchoirs, nous offrit de l'eau fraîche, et demanda à l'infirmière de nous servir du thé. Finalement, le nez rougi et les yeux gonflés, on se tint tranquilles.

Elle se tourna vers Amrita. « Vous êtes enceinte ?

— Je le crois.

— Laissez-moi vérifier.

Je restai assise, tandis qu'Amrita et elle passaient dans la pièce contiguë. Quand elles en sortirent, je sus la chose confirmée. Amrita s'assit près de moi. Elle tremblait. Je posai ma main sur son genou.

Les yeux du Dr Kumar, doux et marron, semblaient soucieux. Elle me rappelait ma mère. Mais je n'aurais pas pu dire à ma mère que j'étais enceinte.

« Combien coûtera un avortement ? » demanda Amrita.

Le Dr Kumar appuya son visage contre sa main. « Est-ce que le garçon est au courant ?

— Non. Il n'est pas du tout nécessaire qu'il le sache.

— Ainsi, vous n'avez pas l'intention de l'épouser ?

— Non. Combien cela va coûter ? »

Le Dr Kumar resta silencieuse. Elle finit par dire : « C'est mille roupies dans cette clinique. » Amrita et moi, on se regarda, désespérées. Nous n'en avions même pas cent. Le Dr Kumar, les yeux remplis de compassion, suggéra les hôpitaux publics où on pouvait le faire pour environ cent roupies. Elle nous donnerait les adresses. Devinant mes craintes, elle m'assura qu'ils offraient des conditions de sécurité parfaites. Quant à l'avortement, il s'en pratiquait tout le temps. Elle marqua une pause, et dit : « Amrita, aimeriez-vous mettre vos parents dans la confidence ? » Devant l'expression d'Amrita, elle poursuivit doucement : « Parfois, mon enfant, on est enclin à sous-estimer ses parents. Ce sont parfois les meilleures personnes vers qui se tourner en des moments pareils.

— L'année dernière, murmura Amrita, la fille de notre voisin est tombée enceinte. Elle s'est jetée sous un train. Ses parents refusèrent de réclamer son corps.

Mon père a dit, c'est ainsi que ça devait finir.

— Votre mère ?

— Que pouvait-elle dire ? Elle a pleuré pendant des jours. Et Ma ne sait rien garder pour elle. Elle en parlera à mon père. »

Le Dr Kumar semblait perdue dans ses pensées. Au bout d'un temps, elle poussa un soupir et demanda : « Êtes-vous toutes les deux à la résidence universitaire ? » On fit oui de la tête. « Donc, vos parents ne sont pas à Delhi ? » Nouveau signe de tête. « Je vois. » Elle coucha sur papier quelques adresses et nous les donna. On s'était levées pour partir. « Attendez », dit-elle, et elle se lança dans un exposé de quinze minutes sur la contraception. Les yeux écarquillés et tremblante d'embarras, j'écoutais. Je pouvais à peine regarder le Dr Kumar dans les yeux, tandis qu'elle déroulait des explications systématiques. À combien de personnes est-il arrivé d'acheter ces choses-là ? Combien ont regardé les pharmaciens dans les yeux ? Combien de personnes en sont arrivées là ? Amrita semblait fatiguée mais sans éprouver de gêne, acquiesçant de la tête de temps à autre. Quand elle eut fini, le Dr Kumar ajouta : « Ne soyez pas aussi bête la prochaine fois. » On se leva. Elle dit : « Amrita, deux mois ont déjà passé. N'attendez pas beaucoup plus longtemps. » Amrita approuva.

Le Dr Kumar refusa de recevoir de l'argent.

Il était dix-sept heures quand on rentra à la résidence universitaire. On enleva nos saris et on se regarda.

« Épouse-le, Amrita, ai-je risqué timidement.

— Je t'en prie, répliqua Amrita, tu ne comprendras jamais. »

Non. Je ne comprenais jamais rien. J'aimais bien

Rakesh, il était beau, joyeux, c'était drôle d'être avec lui. Il sentait bon la lotion après-rasage et c'est lui qui nous avait fait faire nos premiers tours à moto. Il est si *gentil* que j'en ai souvent parlé à Amrita, si *gentil*. Mais elle disait qu'il n'avait aucun sens esthétique. Elle ne *voulait* pas un gentil. Elle ne *voulait* pas se marier après l'université. Elle ne *voulait* pas finir comme ses parents. C'est de l'aventure qu'elle voulait. Moi, à demi amoureuse de Rakesh, de sa lotion après-rasage et de sa moto, j'étais certaine qu'il m'apporterait de l'aventure. Elle se moquait de l'idée même.

Je m'étais souvent demandé pourquoi Amrita s'était embarquée dans cette étrange relation sans amour. Ordinairement si expansive avec moi, elle se montrait inhabituellement muette sur sa liaison avec Rakesh. Était-ce uniquement du sexe ? Mon esprit se rétractait à cette pensée. Néanmoins, je posai la question. Ça n'a rien de très extraordinaire, me dit-elle une fois, et j'essayai d'adapter mon expression à cette révélation inattendue. Elle l'avait fait ! Souvent ? Elle semblait égale à elle-même. Quand de temps à autre nous sortions ensemble, je les observais à la dérobée. Ils riaient, parlaient, mangeaient, buvaient. Je ne voyais aucun feu caché dans les yeux de Rakesh, ni dans ceux d'Amrita. Dans mes propres fantasmes, j'étais belle mais énigmatique, innocente, mais décidée à tout donner à l'homme que j'épousais. Si cela se produisait avant le mariage, il ne me respecterait pas. Je voulais apprivoiser la bête en lui. Est-ce que Rakesh respectait Amrita ? L'avait-elle rendu fou de désir ? Je voulais en apprendre davantage, mais elle ne disait rien. Je continuais à nourrir mes fantasmes de beaux hommes à moto, sentant bon la lotion après-rasage, à la voix profonde et à l'accent britannique. Je me serais volontiers contentée d'un seul après l'université, j'en aurais épousé volontiers un seul. Il ne se serait jamais lassé de moi, ni moi de lui. Le mariage serait ce merveilleux chemin semé de battements de cœur rapides et de découvertes intimes sans fin.

Amrita passait les week-ends avec Rakesh dans sa résidence universitaire à lui. « Cette foutue université et ces vieilles filles frustrées me rendent malade », me disait-elle tous les dimanches soir, en visant la surveillante générale et la directrice. « Je serai ravie de décamper de ce trou. » Rakesh ne semblait jamais figurer dans ses projets d'avenir. Elle voulait devenir journaliste et je n'avais aucun doute sur son succès. Non seulement elle écrivait de façon expressive, mais elle avait aussi une forte sensibilité et une étonnante forme de courage, une indifférence à ce qu'autrui pensait d'elle. Tandis que moi, je passais mon temps à regarder par-dessus mon épaule pour voir qui observait, qui épiait, de peur que quelqu'un n'écoute, toujours effrayée qu'*ils* veuillent savoir. Amrita, tout le temps que je l'ai connue, avait fait exactement ce qu'elle voulait. Maintenant, c'est moi qui me sentais coupable à son sujet, qui avais peur qu'on découvre les choses, certaine que j'étais d'un châtiment imminent.

On ne put se servir du téléphone de la résidence universitaire pour arrêter le rendez-vous, il était en dérangement. On se dirigea de nouveau vers la porte d'entrée, car la station de taxis à l'extérieur possédait un téléphone public. Mais Némésis sous les traits de Patram était juste derrière nous. Sans cesser de sourire, il nous conduisit chez la surveillante générale. Il nous avait vues ce matin hors de l'enceinte de l'université, avait-il dit. La surveillante générale, l'air renfrogné, mais une lueur carnassière dans l'œil, nous fit la leçon sur notre déloyauté, sur le caractère scandaleux de nos actes et sur l'incapacité de nos parents à nous inculquer les vertus de réserve et de politesse. Comme elle prenait une profonde inspiration pour renouveler sa diatribe, Amrita lui déclara qu'elle n'était qu'une femme ignorante, assoiffée de pouvoir, étroite d'esprit, et perverse, et elle quitta la pièce avec fracas. Sous le choc et tremblante de peur, j'adressai à la surveillante générale un sourire servile et suivis Amrita.

De retour dans notre chambre, Amrita ne décolérait pas. Elle conspuait l'université et les autorités. « Un jour, fulminait-elle, je révélerai ce qu'est cet endroit. Je l'écrirai et le publierai. Personne ne voudra plus venir dans ce trou infect. » Je rétorquai : « Ça aura l'effet exactement inverse – ton article rassurera tous les parents des classes moyennes comme les tiens et les miens. »

Nous fûmes bouclées pendant deux semaines. Mais la seconde semaine, on s'éclipsa et on attendit un rickshaw ou un bus qui nous emmènerait dans l'une des cliniques que le Dr Kumar nous avait indiquées. La voix de Patram nous héla depuis l'autre côté de la rue, provoquant encore notre retour anticipé. Une fois de plus il nous escorta jusqu'au bureau de la surveillante générale. Notre interdiction de sortie fut étendue à quatre semaines. Deux semaines passèrent, puis trois. Un jour quelqu'un mentionna fortuitement que sa sœur avait fait une fausse couche après avoir mangé des pickles. Ce soir-là je fis absorber à Amrita la moitié d'un pot de pickles à la mangue. La chambre sentit les pickles à la mangue pendant des jours et elle fut sévèrement indisposée, mais rien ne se produisit. « Si je me prive de nourriture, dit-elle, peut-être qu'il mourra de faim. » Et elle cessa de s'alimenter pendant trois jours. Elle faillit avoir un malaise, mais rien ne se produisit. Je lui dis : « Mange, tu auras besoin de toutes tes forces pour l'avortement. — Quand, murmura-t-elle, quand ? » Au fil des jours, je sentais monter la peur d'Amrita. Plus elle avait peur, plus elle devenait silencieuse. Quotidiennement je lui prodiguai des paroles de réconfort tout en scrutant son ventre avec discrétion. Il ne semblait pas devenir plus gros. Un avortement à ce stade la tuerait-elle ? Je m'imaginais la mort d'Amrita à la clinique, une mort interminable, sanglante, et moi survivant pour annoncer la nouvelle à ses parents, à la surveillante générale, à la directrice, à mes parents. L'horreur. Me tiendraient-ils pour responsable ? Ensuite j'étais rongée de culpabilité pour avoir de telles pensées, pour ne pas ressentir de chagrin, mais simplement de la terreur pour les répercussions en apparence infinies d'une mort pareille. Mes fantasmes viraient au cauchemar.

Notre interdiction de sortie entra dans la quatrième semaine. Amrita tomba malade. Elle refusa de me laisser appeler un médecin de peur qu'il ne découvre qu'elle était enceinte. À minuit sa température grimpa à quarante degrés. La surveillante générale n'apprécia guère que je frappe à sa porte à cette heure-là, et que je la presse d'appeler un médecin. Ce n'était pas une heure pour venir frapper chez elle, dit-elle d'un ton cassant, en me tendant deux aspirines et en me claquant la porte au nez. Je restai plantée là un bon moment. Puis, je rentrai chez nous.

La température d'Amrita resta stationnaire le lendemain. La surveillante générale appela un médecin. Le diagnostic : rougeole.

« Oh mon Dieu oh mon Dieu, dit la surveillante générale en se tordant les mains. Tout le monde dans la résidence va l'attraper. Il vaudrait mieux qu'elle parte.

— Elle n'a nulle part où aller », ai-je dit.

Elle me lança un regard de pure haine et quitta la chambre à toute allure. Une demi-heure plus tard je fus convoquée dans son bureau où la directrice l'avait rejointe. « C'est quoi tout ce que j'apprends ?

— Tout quoi ? »

La directrice me regarda avec stupéfaction et me parla ensuite pendant dix minutes du respect qu'on doit à ses aînés. De plus elle exprima son indignation qu'Amrita n'ait pas de tuteurs à Delhi qui puissent l'emmener, et son indignation, encore plus forte, que je ne puisse pas demander à mes tuteurs sur place de s'occuper d'elle. Elle ordonna à la surveillante générale d'envoyer un télégramme aux parents d'Amrita à Bangalore. En attendant, Amrita et moi devions prendre nos repas dans notre chambre. En aucun cas nous ne devions pénétrer dans la salle à manger. Pour assister aux cours, nous devions utiliser la porte arrière. Elle serait spécialement ouverte pour nous.

La surveillante générale passa un appel téléphonique aux parents d'Amrita, mais sans parvenir à les joindre. Elle envoya un télégramme, qui resta sans réponse. Pendant une semaine Amrita demeura confinée dans notre chambre. Je continuais à assister aux cours, en passant par la porte arrière de la résidence universitaire. Pour une raison incompréhensible, il ne leur importait pas que je puisse contaminer les autres, en classe. La salle à manger, elle, était taboue. Amrita pleurait en silence tout le temps, et quand elle était endormie, c'était à mon tour. Souvent je me réveillais la nuit pour la trouver éveillée, les yeux au plafond, le visage maintenant plein de boutons, ses grands yeux gonflés et rouges. On parlait à peine. La surveillante générale finit par avoir les parents d'Amrita. Ils dirent qu'ils prendraient le vol du lendemain pour Delhi. En se tournant vers le mur, Amrita dit : « C'est la fin. Mon père ne voudra rien avoir à faire avec moi. Où vais-je aller ? Où vais-je aller ? » Je ne parvenais à lui offrir ni réconfort, ni refuge. Je ne cessais de lui dire : « Il ne fera pas ça, il ne fera pas ça. » Ensuite j'ai dit : « Il y a Rakesh, il te percera à jour, c'est sûr. » Elle garda le silence et dit ensuite : « Appelle-le, parle-lui. »

Le téléphone de la résidence universitaire était de nouveau hors service. Je demandai à la surveillante générale si je pouvais me servir du sien. Elle refusa. Finalement je franchis les portes de l'université, ma poche remplie de pièces de cinquante *païsa*, suivie par Patram, qui appelait : « Hemlathaji, revenez, revenez, je vous signalerai à la surveillante générale, j'en parlerai à la directrice, vous verrez ce que je ferai, vous verrez ce qui arrivera. » Il me suivit jusqu'à la porte et me regarda marcher vers la station de taxis. Les chauffeurs de taxi me regardaient tandis que je composais le numéro de Rakesh à son école d'ingénieurs. La première fois je fis un faux numéro. La deuxième, l'appel fut interrompu. La troisième, j'eus la communication. Rakesh était sorti, me dit-on, il serait de retour dans dix minutes. J'attendis, sous le regard des chauffeurs de taxi. L'un d'eux était allongé sur un lit de cordes près de moi. « Il fait si chaud » grogna-t-il. Il remonta son tricot de corps, baissa son pantalon et me regarda. Je détournai les yeux.

Le jour déclinait, et chaque silhouette qui émergeait de la pénombre croissante semblait vêtue de kaki, arborant un large sourire. Je parcourais la rue à pas lents. Cinq minutes. Un cycliste fit un écart pour m'éviter, je fis un pas en arrière. Il grommela quelque chose et se remit à pédaler furieusement. Je rebroussai chemin pour composer de nouveau le numéro. J'obtins la ligne. Rakesh était de retour. Je lui racontai ce que je pus ; il me dit qu'il serait là dans la minute. Je m'éloignai quelque peu de la station de taxis et j'attendis. « Madame », fit une voix derrière moi. Je sursautai et me retournai. C'était le même chauffeur de taxi. Il m'examina de la tête aux pieds et se gratta l'entrejambe. « Est-ce que je peux vous aider d'une façon ou d'une autre ? — Non », ai-je dit et je lui ai tourné le dos. Il restait là où il était. « Avez-vous besoin de pièces de cinquante *païsa* ? — Non, ai-je dit, non. » Je me suis éloignée. Il me suivit. Je traversai la rue. Il se planta en face, à me regarder. Dix minutes plus tard, la moto de Rakesh vint s'arrêter à côté de moi. Le chauffeur de taxi s'en alla.

Rakesh était dans un état de choc et d'incompréhension. Il voulait vendre sa moto pour payer l'avortement, fit-il la voix altérée. Il la protégerait contre ses parents. Il voulait quitter l'université. Comme je m'efforçais de le calmer, une apparition familière, vêtue de kaki, émergea de l'ombre et se planta devant nous en souriant.

Pour la troisième fois Patram m'escorta vers le bureau de la surveillante générale. La directrice était là aussi. C'étaient des filles comme moi qui ruinaient la réputation de l'université – qui enfreignaient le règlement, qui avaient des petits amis, qui fumaient, a-t-elle dit. Je ne fume pas, ai-je répliqué. La directrice a ricané. Et puis je n'ai pas de petit ami. Elle s'empara du combiné. Elle allait appeler mes tuteurs pour qu'ils me reprennent. Je pouvais commencer à préparer mes affaires.

Arrivée là, j'aimerais pouvoir dire que j'avais laissé la directrice passer un coup de fil à mes tuteurs. J'aimerais pouvoir dire que j'étais sortie de la pièce avec une réplique bien sentie. J'aimerais pouvoir dire que je leur avais lancé à toutes les deux ce que je pensais d'elles. Même encore aujourd'hui, je me repasse la scène pour leur dire ce qu'alors je n'avais pas dit. Mais non, je m'étais mise à pousser des cris hystériques, qui les faisaient me regarder avec un plaisir évident. Oui, je les avais suppliées de me donner une autre chance – mes parents ne comprendraient jamais. Oui, je n'arrêtais pas de répéter, s'il vous plaît, je vous en prie, ne me mettez pas à la porte, je ne recommencerai pas. La surveillante générale a dit qu'elle voulait tout ça par écrit. Oui, je lui ai fait des excuses écrites, sans cesser de sangloter, sans cesser d'implorer. Toutes deux souriaient et hochaient la tête. Et la directrice a demandé à la surveillante générale : « Pensez-vous qu'elle soit sincère ? » Et la surveillante générale de répliquer : « Comment savoir avec ces filles, ce sont de si bonnes comédiennes. » Et j'ai dit (Oh mon Dieu), j'ai dit : « Je ferai tout ce que voulez que je fasse, mais s'il vous plaît ne me mettez pas à la porte, je vous en prie pardonnez-moi, je vous en prie pardonnez-moi. » Et elles dirent : « Il nous est impossible de vous donner une réponse maintenant, il faut qu'on y réfléchisse. Nous allons observer votre conduite, ensuite nous prendrons une décision. » Et je les ai remerciées.

Le lendemain matin, depuis la fenêtre de notre premier étage, je vis la silhouette de Rakesh près de sa moto, attendant devant l'entrée. Je lui fis passer un mot par ma voisine de palier, expliquant la situation, mais il persista à attendre dans le soleil de l'après-midi, tandis que j'aidais Amrita à faire ses bagages. Ses parents arrivèrent le soir. Son père attendit dans le bureau de la surveillante générale tandis que sa mère monta dans notre chambre et s'assit près de sa fille, en lui caressant les cheveux. « Mon pauvre bébé, dit-elle, ma pauvre, pauvre enfant. » Et elle me sourit et dit : « Hemu, mon petit, merci d'avoir pris soin d'elle tout ce temps-là. Ma fille a de la chance d'avoir une amie comme toi. » Elle continuait à caresser les cheveux d'Amrita. « Ma, dit Amrita, Ma, je suis enceinte. » Les mains de sa mère s'arrêtèrent. « Ma, dit Amrita en lui agrippant la cuisse, je suis enceinte de trois mois, Ma. Ma, où vais-je aller, où vais-je aller ? » Sa mère resta silencieuse, tellement silencieuse. Elle ferma les yeux et murmura : « Seigneur, oh Seigneur. »

Au loin, une horloge sonna dix-huit heures. De ma fenêtre, je voyais Rakesh à l'extérieur des portes, en train d'attendre. Amrita se mit à pleurer.

« Ma ! »

Nous sursautâmes. La voix d'Amrita semblait étrange.

« Ma, je crois que je saigne. »

Elle saignait. Les draps blancs se tachaient. Amrita se mit à pleurer, des bruits sonores, âpres. Fascinée, je regardais les draps blancs virer au rouge tandis que la pièce se remplissait du bruit horrible, jusqu'à ce que je pense que se faisait une ouverture brutale pour laisser sortir ce qui ne pouvait absolument pas se garder. Ensuite on frappa à la porte et la surveillante générale entra. Je lançai un couvre-lit sur Amrita et ses bruits s'arrêtèrent net. La surveillante générale avait les yeux exorbités. « Qu'est-ce qu'il y a ? »

La mère d'Amrita se remit à lui caresser les cheveux. « Ma fille est fatiguée. C'est de la tension nerveuse. Appelez un taxi s'il vous plaît. On doit partir maintenant. » La surveillante générale nous dévisagea, soupçonneuse. Elle s'approcha d'Amrita et rabattit d'un geste brusque le couvre-lit. La mère d'Amrita suffoqua. La surveillante générale poussa un cri étranglé. Amrita ferma les yeux, et la surveillante générale dit : « J'aurais dû m'en douter !

— Appelez un taxi, s'il vous plaît, dit la mère d'Amrita.

— Un taxi... pas question. J'appelle la directrice. » Elle sortit en trombe de la chambre et on entendit ses pas lourdement résonner dans le couloir.

« Mon petit », le visage de la mère d'Amrita était déformé. « Appelle un taxi s'il te plaît.

— Impossible, impossible, je serais mise à la porte. Appelez-en un à l'extérieur de l'université. Je resterai avec elle.

— Ma, ne me quitte pas », gémit Amrita.

Je lui tins fermement les mains. « Je suis là. »

Des sons faibles et incohérents sortirent de la gorge de sa mère. Elle nous regarda et ensuite sortit rapidement.

Je restai seule pendant quinze minutes avec Amrita, qui continua à saigner. Je me servis de tous les draps que nous pouvions utiliser, que je plaçai sous elle. Le sang les trempa tous, jusqu'au matelas, et la chambre devint lourde de cette odeur. Amrita gémissait et se tordait et se contorsionnait et se cramponnait à ma main, jusqu'à ce que je sente que je ne pouvais plus supporter toute cette souffrance. Ensuite la surveillante générale entra dans la chambre avec la directrice. La directrice comprit la situation et se frappa le front de la main.

« Dites à ses parents de l'emmener, me dit-elle. Dites-leur qu'elle ne peut pas revenir à l'université. Où sont-ils ?

— Sa mère est allée chercher un taxi. » Je tremblais

de tout mon corps.

J'entendis des pas dans le couloir et sa mère entra dans la chambre, hors d'haleine. Elle n'accorda aucune attention à la surveillante générale et à la directrice. « Mon petit, me dit-elle, aide-moi à la transporter en bas.

— Et ne la ramenez pas, dit la directrice, les lèvres pincées, on ne veut pas ici de filles pareilles.

— Madame, madame ! » C'était la surveillante générale, hystérique. « Ce n'est pas ma faute, elle a enfreint le règlement et elle s'est mise dans ce pétrin. »

Elles appelèrent Patram pour descendre les valises d'Amrita, tandis que sa mère et moi la transportions en bas jusqu'au taxi en attente, en passant devant le bureau de la surveillante générale, en passant devant son père stupéfait, suivies par la directrice et la surveillante générale. On étendit Amrita sur le siège arrière du taxi, et sa mère me dit : « Viens avec moi, mon petit, s'il te plaît viens avec moi. »

« Pas question, dit la directrice en me saisissant le bras. Cette fille ne va nulle part. On a eu assez d'ennuis. Désormais Amrita est sous votre responsabilité. » Je restai entre elles, impuissante.

« Est-ce que quelqu'un va me dire ce qui se passe ? demanda son père.

— Oui, je vais vous le dire, fit la directrice. Votre fille est enceinte, et en ce moment même elle est en train d'avorter. Faites d'elle ce que vous voulez, mais ne la ramenez pas dans cette université. »

Le visage du père sembla se convulser. Il hochait la tête sans comprendre. La mère d'Amrita lui prit doucement le bras et ouvrit la porte du taxi. « Entre, dit-elle, on doit aller à l'hôpital. » Elle s'assit à l'arrière avec Amrita. Le taxi démarra lentement.

« Bien, Hemlathaji », commença la surveillante générale, mais je marchais résolument loin d'elle, loin de la résidence, loin de tout, en direction du bâtiment de l'université. Je grimpai les marches jusqu'au premier étage et m'assis là, contre le mur.

Bien plus tard je regardai ma montre. Il était 21 h 45. On fermerait la porte de la résidence universitaire à vingt-deux heures. Je m'en retournai à pas lents et montai à notre chambre. La puanteur du sang m'accueillit, et sur le lit, un tas de draps, tous rouge et blanc. Je poussai le verrou de la porte et allai à la fenêtre. Il était toujours là. Je tirai les rideaux.

La suite, je l'appris de ma tante de Bangalore, une grande amie de la mère d'Amrita. Elle habita avec nous toute une semaine, et, de la façon la plus strictement confidentielle, nous fit un compte rendu minutieux et complet. Amrita resta un jour à l'hôpital et revint en avion à Bangalore avec ses parents. Le mois suivant, elle était mariée. « C'est une *chance*, dit ma tante, un *si* gentil garçon, tu ne peux pas savoir. Si bon, si beau, et par-dessus le marché, un fils *unique*. Et le mariage… quel mariage ! Elle portait un *lahenga* garni de *vraies* perles. » J'ai demandé : « Ne va-t-elle pas terminer son diplôme de lettres ? » Ma tante répliqua : « Que feraitelle d'un diplôme de lettres maintenant ? De toute façon, son père le lui a interdit. C'était un homme brisé. Sais-tu que ses cheveux ont blanchi du jour au lendemain ? Pauvre homme », soupira- t-elle. Ma mère se tourna vers moi. « Je n'arrive pas à croire que tu étais amie avec une fille pareille. Tu agis comme si elle n'avait rien fait de mal. J'espère qu'elle ne t'a pas influencée. Tu ne comprendras jamais ce par quoi passe une mère tant que tu ne seras pas mère toi-même. C'est ma seule prière à Dieu à l'heure actuelle, que tu prennes les bonnes décisions, que tu distingues le bien du mal, que tu ne te perdes pas. »

Rakesh vint me rendre visite le trimestre suivant. Je lui parlai d'Amrita. Quand ce fut fini, il dit : « Je vois. » C'est tout.

Le règlement de la résidence devint plus sévère. Patram m'avait rigoureusement (tout le temps) à l'œil. Comme le chat du Cheshire, son sourire me suivait partout.

L'année de mon diplôme, Amrita m'écrivit. Elle n'avait pas le temps d'écrire une lettre, disait-elle, en tout cas pas le type de lettre qu'elle souhaitait m'écrire. Il y avait eu tant à faire cette première année – la fausse couche, son mariage, son premier enfant. Et la deuxième année, son deuxième enfant. Merci au Dr Kumar pour ses conseils sur la contraception ! disait-elle. Son père s'était remis à lui parler après la naissance de son fils. Sa mère ne faisait jamais allusion à ce qui s'était passé. Mais elle la soutenait.

Bien entendu, son mari ne savait rien. Il est gentil, disait-elle, de grande taille aussi et de bonne composition, et selon ces critères, dit-on, il est beau. Il a tout prévu pour former nos fils à être de bons fonctionnaires, comme lui, dans l'administration indienne, prolongeant ses rêves monotones de tout ce qui est convenable, durable et puissant. Le travail conduirait son mari à l'étranger l'année prochaine. Elle l'accompagnerait probablement. Elle me demandait si je pouvais venir passer quelques jours avec elle, davantage même, dans la mesure du possible. Elle avait envie de me parler, les lettres étaient si difficiles. Et toutes les interruptions, les bébés qui pleuraient, les repas à préparer… tu sais comment c'est, disait-elle. Oh, Hemu, tu ne peux pas savoir. Pas encore, pas encore. Elle demandait, te souviens-tu de Chachaji ? Il a eu tout bon, n'est-ce pas ? il aura toujours tout bon, pas vrai ? Car c'est ainsi que ce sera toujours, oui, c'est ainsi que ce sera toujours. Oh, Hemu, Hemu, mes astres ont changé, n'est-ce pas ?

Et les miens, Amrita, et les miens.

—

M. Aggarval pouffa de rire. « Les Madrasis parlent anglais avec une prononciation si désastreuse.

— Oui. » Et M. Singh partit d'un gros éclat de rire. « Ces *Yannas*, ils disent *yex* au lieu de *x*, *yam* au lieu de *am*… quand ils parlent anglais, personne ne les comprend.

— Quelle importance l'anglais qu'ils parlent ? grommela M. Srivastava. Tout ce que je veux, c'est un bon locataire madrasi pour ma *barsati*, et les seuls locataires qui se présentent sont du Nord. »

Les trois hommes se détendaient dans la maison des Srivastava par un jour d'été torride, en buvant du jus de citron et en s'apitoyant sur ce que la *barsati* de Srivastava était toujours inoccupée, trois mois après qu'il eut acheté la maison. Les locataires originaires du Sud semblaient avoir disparu, comme engloutis par une chasse d'eau estivale. Les Srivastava avaient fait une publicité spéciale pour leur *barsati* lors du week-end, en précisant qu'elle était disponible pour un Madrasi sympathique, simple, comme il faut. Mais aucun Indien du Sud ne s'était présenté. En revanche, des Punjabis, des hommes de l'Uttar Pradesh, du Madhya Pradesh, des Biharis, et des Bengalis se présentèrent à leur porte et furent refusés.

« C'est l'ironie du sort, gémit M. Srivastava. Un locataire punjabi ne libère jamais les lieux, se montre toujours exigeant et agressif, et n'est jamais d'accord avec les augmentations de loyer. »

M. Singh fit un signe d'approbation. « Moi-même qui suis punjabi, je le vois. Nous Punjabis n'acceptons de balivernes de personne, Srivastavaji. Et ça se révèle un gros problème pour les propriétaires.

— Quant aux Biharis, soupira M. Srivastava, ils sont cons et flemmards. N'ont même pas la force de remplir le chèque du loyer.

— Et les Banias, rugit M. Aggarwal en se frappant la cuisse, ils sont toujours radins.

— Et les Bengalis ? demanda M. Singh. Les Bengalis sont très bien, très tranquilles. »

M. Srivastava tressaillit et joignit les mains. « Les Bengalis sont bien tant que leur humeur n'est pas perturbée. Dès qu'ils sont en colère, ils flanquent le feu à la première chose qu'ils voient. Ils trimballent toujours des allumettes pour ces occasions-là. Je ne veux pas m'étendre sur le mauvais côté des Bengalis. Mais vous voyez comment ils mettent le feu au stade de football de Calcutta chaque année ? C'est parce que le stade est en bois. Une année une équipe perd et met le feu, et l'année suivante l'autre équipe perd et met le feu. Merci, Singhji, pas de locataire bengali.

— Les Bengalis sont cultivés, dit M. Singh avec un brin de nostalgie.

— Je ne veux pas de culture, dit avec fermeté M. Srivastava, je veux un homme qui ait les pieds sur terre, simple, comme il faut, et qui paie son loyer tous les mois et qui s'en va quand je lui demande de partir.

— Un Madrasi.

— Oui, un Madrasi. »

M. Aggarwal se mit de nouveau à pouffer de rire. « Oh ces Madrasis parlent un anglais tellement comique. Ils assassinent l'anglais. Néanmoins, ce sont les locataires les plus convenables. Si vous augmentez le loyer, ils paient ; si vous leur dites de partir, ils partent. De braves gens, les Madrasis.

— Très intelligents, ajouta M. Singh. Dans chaque école et chaque collège, un Madrasi est en tête.

— Très performants, approuva M. Aggarwal. Bien qu'ils parlent un anglais comique, ils écrivent un anglais de haut niveau. Mais nous, si on parle un bon anglais, on l'écrit pas si bien que ça. »

Il y eut une panne d'électricité, et la conversation tourna court. Peu après M. Aggarwal et M. Singh prirent congé de M. Srivastava, lui garantissant qu'ils feraient tout leur possible pour lui trouver un locataire madrasi.

Dans la cuisine, Mme Srivastava poussa un soupir, rattacha son chignon en un nœud plus serré et y planta son épingle à cheveux. Elle sentit la sueur dégouliner dans son cou et le long de son dos tandis qu'elle remuait le *khadi*. Dieu savait combien de temps durerait la coupure de courant. Elle avait écouté chaque mot de la conversation entre son mari et ses amis. Des mots, pensait-elle. Tout ce que ces hommes étaient capables de faire, c'était de parler. Trois mois, et toujours pas de locataire. Son mari avait pris sa retraite voici un an et ils avaient acheté cette maison avec leurs précieuses économies et un gros emprunt. Où allaient-ils trouver l'argent pour rembourser l'emprunt sans locataire ? Et tout ce qu'il faisait c'était parler… disserter sur les Indiens du Sud et les Bengalis et Dieu sait qui. Quand parviendrait-elle, *elle*, à prendre sa retraite ? Est-ce que la cuisine et le nettoyage donnaient lieu à une retraite ?

Ramsaran, leur domestique depuis vingt ans,

hachait les oignons, tout en regardant avec compréhension Mme Srivastava dont le front se rembrunissait. Il connaissait toutes ses humeurs. *Sahib* était un homme de spiritualité, lui disait-il pour la réconforter. Pourquoi le forçait-elle à penser à des choses terre à terre comme trouver un locataire ? *Sahib* était un homme de Dieu, regardez combien de fois il prie, et combien de temps. Il n'était pas conforme à la dignité du bienheureux *sahib* que d'accaparer son esprit avec de telles considérations.

Oui, oui, elle avait déjà entendu tout ça, interrompit brusquement Mme Srivastava, c'était bien commode d'être un homme de Dieu. Elle s'arrêta. Elle se détestait dans des moments pareils où même un domestique pouvait faire jaillir son ressentiment. Semblable à du vomi, pensa-t-elle. Ça jaillissait comme du vomi en des occasions comme celle-ci. Il n'y avait pas moyen de l'empêcher.

Memsahib était une femme de cœur, poursuivit Ramsaran. *Memsahib* avait été pour lui comme une mère depuis l'époque où *sahib* l'avait tiré de son village voici vingt ans, quand il n'était qu'un gamin craintif âgé de dix ans. Elle lui avait même appris à lire et à écrire. *Sahib* et *memsahib* étaient ses *Devatas*, ses dieux. *Memsahib* ne devrait pas se faire du souci, tout irait bien.

Mme Srivastava poussa un profond soupir. L'électricité revint et le ventilateur de table se mit à tourner, et avec lui elle sentit son corps se rafraîchir et sa colère soudain la quitter. « Le déjeuner est prêt », lança-t-elle à son mari.

Avec la mousson arriva Rao, un homme de haute

taille, à la peau sombre (tout comme le Seigneur Krishna, chuchotèrent tout excitées les amies de Mme Srivastava), avec un sourire qui la fit complètement fondre. C'était en fait le premier jour de la mousson. La pluie la pluie la pluie. Quel tonnerre, quels éclairs, quel pullulement d'enfants criant de joie à se tremper dans ce premier déluge, quelle armada de petits bateaux blancs flottant et dansant dans les caniveaux et les flaques. Le *koyal* chanta avec abandon et M. Srivastava ne put surmonter son envie compulsive de *pakodas*. Comme Mme Srivastava laissait tomber le premier *pakoda* dans le *kadhai*, on frappa à la porte. C'était M. Singh, tenant triomphalement par le bras cet homme de haute taille, aux cils à rendre jalouse une fille. Tous deux étaient trempés sous leur parapluie.

« Je vous amène votre locataire madrasi, Srivastavaji », lança en entrant M. Singh, radieux.

Oui, c'est ainsi que tout commença, se rappela plus tard M. Srivastava. C'est ainsi que tout commença.

Mme Srivastava donna à M. Singh et à Rao des serviettes propres, et une fois qu'ils se furent séchés du mieux qu'ils purent, ils s'assirent devant du thé et des *pakodas*. Les cheveux de Rao étaient merveilleusement en bataille. Mme Srivastava nota avec satisfaction qu'il sentait bon, qu'il avait de longs doigts sensibles aux ongles propres. Un bouton manquait à sa chemise. Pauvre garçon.

Rao travaillait dans la même société que M. Singh, et M. Singh le recommanda chaudement. « Un homme *très* convenable.

— Ainsi, dit M. Srivastava, vous êtes de Madras.

— Je viens du Karnataka.

— C'est tout comme, c'est tout comme. Nous aimons les Madrasis.

— En fait, dit Rao, pardonnez-moi, mais Madrasi n'est pas le terme exact. Indien du Sud serait plus approprié. »

M. Srivastava le dévisagea.

Rao poursuivit. « Appeler tous les Indiens du Sud des Madrasis, c'est comme appeler tous les Indiens du Nord des Punjabis. »

M. Singh partit d'un éclat de rire. « Rao vient de taper dans le mille. »

M. Srivastava dit : « Pour vous, parce que vous êtes madrasi et que les Madrasis sont de bons locataires, nous vous demandons seulement mille cinq cents roupies pour notre splendide *barsati*.

— Mais votre *barsati* est hantée, dit Rao.

— Hantée ! s'exclama M. Srivastava. Qu'est-ce que vous dites ?

— Vous ne savez pas ? Vous n'en avez jamais entendu parler ?

— Jamais entendu dire rien de pareil. »

Rao leur raconta. Il y a huit ans, une jeune Indienne du Sud avait vécu dans la *barsati*. Un jour, aussi discrètement qu'elle avait vécu, elle s'était pendue. Une fille douce, gentille, personne n'a compris. Depuis lors, on a dit que son esprit hantait la *barsati*. Beaucoup de personnes qui avaient vécu dans le voisinage il y a huit ans étaient disposées à témoigner qu'on entendait après minuit des bruits étranges… des chaînes de cheville tintaient, des bracelets cliquetaient, des saris bruissaient, et on entendait pleurer tout bas… Triste, si infiniment, infiniment triste. Mais il n'y avait aucune raison d'avoir peur, dit Rao à son public perplexe, aucune raison du tout. Car c'était un gentil fantôme, et inoffensif, à l'image de ce qu'elle était quand elle était vivante. En fait, elle était pour lui une lointaine cousine, connue pour ses bonnes manières, et c'est pour cela qu'il connaissait toute l'histoire. C'est pourquoi il s'était montré au départ réticent à l'idée d'habiter dans la *barsati* quand M. Singh la lui avait recommandée. Personnellement il n'était pas enclin à croire aux fantômes… néanmoins, la nuit, on avait tendance à se montrer superstitieux.

« Je ne crois pas à ces choses-là », affirma M. Srivastava sans trop d'assurance.

Mme Srivastava, les mains moites de peur, approuva de la tête.

« Moi non plus je n'aimerais pas y croire, répliqua Rao, mais dans ce genre de choses, que peut-on dire ? En tout cas, puis-je voir la *barsati* ? »

Ils montèrent à l'étage. Deux petites pièces et une cuisine, plus réduite. Une des pièces donnait sur la terrasse. « Où vous pouvez dormir en été », précisa M. Srivastava.

Ils redescendirent. « C'est seulement cette affaire de fantôme qui me tracasse », dit Rao, en hochant la tête.

Mme Srivastava en vint au fait. « Combien êtes-vous disposé à payer ?

— Six cents roupies », dit Rao avec une soudaine fermeté. M. Singh s'étrangla.

« Que dites-vous ! s'écria Mme Srivastava.

— Srivastavaji, je n'ai pas les moyens de payer davantage, et, étant donné les circonstances, je pense que c'est une bonne somme d'argent. Cependant, si vous n'êtes pas d'accord, j'irai chercher ailleurs. »

Mme Srivastava reprit. « Nous sommes disposés à négocier. Que diriez-vous de sept cents roupies ?

— Parfait », répliqua aussitôt Rao.

M. Srivastava allait lui demander si maintenant il n'avait pas peur des maisons hantées, mais il préféra s'abstenir. Un locataire avec un loyer faible était préférable à pas de locataire du tout. Au lieu de cela, il fit remarquer : « Vous parlez un très bon anglais. Pour un Madrasi, c'est très bien.

— Rao a été en Angleterre », dit M. Singh avec fierté.

M. Srivastava le regarda avec un respect nouveau. « Comment cela se fait-il ?

— Mon père était dans le service diplomatique.

— Vous vous plaisiez, là-bas ?

— Eh bien, émit lentement Rao, pas vraiment. Les Anglais croient toujours que le soleil ne se couche jamais sur le Raj britannique.

— Soyez aimable de répéter. Je ne comprends pas.

— Il dit que les Anglais pensent qu'ils sont toujours les plus grands », dit Mme Srivastava d'un air sombre.

Rao sourit. « C'est tout à fait ça.

— Ma fille, enchaîna Mme Srivastava, qui travaille comme ingénieur à Madras, elle me dit que les Anglais continuent d'écrire les mêmes vieilles histoires sur l'Inde, les mêmes, mêmes vieilles histoires.

— Votre fille a absolument raison, répondit Rao.

— Ma fille, poursuivit Mme Srivastava, dit que ces Anglais parlent toujours de tuer les tigres, de gouverner des Indiens stupides, ou de la pauvreté et de la puanteur de l'Inde.

— Exact, dit Rao. C'est tout ce qu'ils veulent entendre, c'est tout ce qu'ils sont disposés à lire ou à publier.

— Ma fille, elle dit que chez ces Britanniques, soit ils glorifient l'Inde, soit ils font radicalement le contraire. Soit ils écrivent sur les Maharajas et les tigres et les charmeurs de serpents, soit ils écrivent sur les bidonvilles et les gens qui chient en public. »

M. Singh et M. Srivastava détournèrent les yeux, choqués.

« Beau discours que tu nous donnes là », dit M. Srivastava en rougissant des oreilles.

Mme Srivastava en perdait le souffle. Elle tendit la main et tapota la joue de Rao. « Mon petit, dit-elle, ça fait longtemps que je n'ai pas parlé comme ça avec quelqu'un.

— Vous devez être très proche de votre fille. »

Les yeux de Mme Srivastava se remplirent soudain de larmes. « Oui, mais elle est ingénieur à Madras et elle n'a pas de congé pour venir voir sa pauvre mère. Et mon fils, Nikhil, qui est médecin, vient encore moins à la maison. »

M. Srivastava, qui visiblement était en train de broyer du noir, déclara brusquement : « Je ne suis pas d'accord avec toi. Quand les Britanniques étaient ici, tout était mieux. Les Britanniques étaient justes, loyaux et honnêtes. Regarde la corruption et les troubles aujourd'hui dans ce pays.

— Il y a des troubles en Angleterre aussi, dit Rao.

— Oui, oui ! s'exclama Mme Srivastava, vous avez raison, et puis, n'est-ce pas de la corruption que ces peaux blanches nous gouvernent ? En portant leurs vestes et leurs cravates en été et en nous disant ce qu'il faut faire ?

— Mais enfin, demanda agressivement M. Srivastava, est-ce que porter des vestes et des cravates chez nous en été, ça les rend mauvais ?

— Ça ne les rend pas mauvais, ça les rend ridicules. Gouverner notre pays les rend mauvais. Avoir dans les trains des compartiments distincts pour les Blancs et les Indiens les rend mauvais. Tuer des Indiens alors que des Indiens protestent pacifiquement les rend mauvais. Et tu parles de l'équité des Britanniques ! »

M. Srivastava se leva. « Je vais aller faire ma *puja*. Tu

t'occupes du bail et de tout ça. *Namaste.* »

Rao se leva. «*Namaste*, et merci. »

Rao s'installa agréablement. Mme Srivastava insista pour le nourrir jusqu'à ce qu'il ait achevé son installation. Elle lui posa quelques questions timides à propos des esprits. Rao reconnut avoir entendu des bruits la nuit, mais lui assura que c'était sans danger. C'était, il en était certain, un esprit inoffensif. N'avait-il jamais peur ? Parfois, avoua Rao, mais il fallait surmonter ses peurs. Elle lui demanda s'il avait vu une fois quelque chose. Il répondit que c'était sans importance, il ne voulait pas l'effrayer. Il semblait si démuni et vulnérable en disant cela qu'elle ramassa huit chemises sur son lit et lui dit qu'elle recoudrait les boutons manquants.

Les voisins adoraient Rao, surtout les femmes. Elles l'appelaient Krishna Kanhaiyya et quand il leur dit qu'il jouait de temps en temps de la flûte, elles en frissonnaient de plaisir. N'avait-il pas une Radha, demandaient-elles, faussement modestes. Mais Rao se contentait de sourire.

Ce fut Ramsaran qui fit du fantôme une réalité. Un mois après l'arrivée de Rao, il fit savoir à Mme Srivastava que la *barsati* était effectivement hantée. Deux nuits consécutives, il avait entendu le tintement de chaînes de cheville et le cliquetis de bracelets dans la *barsati* de Rao. Une fois il avait entendu le timbre étrangement haut perché du rire du fantôme. Ce n'était pas supportable. La peur et le ressentiment rendaient encore plus sombre le visage sombre de Ramsaran quand il déclara que c'était seulement sa loyauté à leur égard qui le faisait rester ici. C'était uniquement son impérissable reconnaissance envers le *sahib* qui lui avait procuré un travail, qui l'empêchait de prendre la fuite. Il n'avait pas assez de travail, répondit Mme Srivastava avec nervosité. Depuis que ses enfants avaient chacun un métier et avaient quitté la maison, il passait tout son temps à imaginer des tas de choses. Pas besoin de s'attarder sur des fantômes. Contrarié, Ramsaran battit en retraite vers la porte à l'arrière de la cuisine où il fuma furieusement un *bidi*. Puis il revint. Pourquoi ne le croyait-elle pas ? Avec six jeunes enfants et un nouveau en route, est-ce que *memsahib* s'attendait à ce qu'il travaille sous le toit d'une maison hantée ? Si le fantôme étranglait la nuit les enfants, que feraient *memsahib* et *sahib* ? S'il l'étranglait, lui, qui s'occuperait de sa femme et de ses enfants ? Eux ? Eux ?

Du calme, gronda M. Srivastava en émergeant de sa pièce à *puja*. Est-ce qu'on ne peut pas prier en paix ? Il en avait par-dessus la tête du bla-bla de Ramsaran. Il ferma avec fracas la porte de la pièce et lança un œil réprobateur à ses dieux.

Dans la cuisine, Mme Srivastava consola Ramsaran. S'il les quittait, que feraient-ils, disait-elle, en allumant le gaz tandis qu'il pétrissait la pâte pour les *chappatis*. Les quitter ? reprit en écho Ramsaran, offensé et irrité. Comment pouvait-elle dire une chose pareille ? Depuis vingt ans, depuis que *sahib* l'avait tiré, enfant, de son village, il était avec eux. Il s'était occupé de leurs enfants, avait torché les fesses de son fils, les avait regardés grandir, attendait de les voir mariés avec des enfants à eux. Elle l'insultait en lui demandant de rester. Où irait-il ? Ils étaient sa seule famille. Ses propres enfants étaient secondaires, sa femme était secondaire. Elle et *sahib* étaient ses vrais parents. La voix de Ramsaran trembla tandis qu'il essuyait vivement une larme à son œil droit et commençait à étaler les *chappatis*. *Memsahib* ne devrait pas l'insulter comme ça. Est-ce qu'un enfant abandonnerait ses parents ?

Accablée, rongée par la culpabilité, Mme Srivastava dit, bien sûr, un enfant ne ferait pas ça, et bien sûr, elle était sûre de sa loyauté.

Mais, poursuivit Ramsaran, et si ses propres enfants étaient étranglés par le fantôme ? *Memsahib* n'était-elle pas inquiète pour les tout-petits ?

Ça n'arriverait pas, répondit faiblement Mme Srivastava. Les fantômes n'existaient pas.

Qu'est-ce qu'elle était en train de dire ? *Memsahib* ne connaissait rien. Il avait lui-même vu un fantôme dans son village. Il était sensible aux esprits et il pouvait en percevoir la présence en haut. *Sahib* et *memsahib* mettaient son affection et sa loyauté envers eux à rude épreuve. C'était très pénible. Il redoutait de tomber maintenant malade, terriblement malade, il le sentait dans ses os. Il avait eu des frissons toute la matinée, oui, par cette chaleur, il avait eu des frissons, il ne pourrait probablement pas venir travailler demain, sans doute aussi les jours suivants, même travailler en ce moment était un effort, mais il le ferait, oui, il le ferait pour eux. *Lui* n'était pas une personne à les laisser tomber.

Mme Srivastava soupira doucement. Oui, c'était le temps de la maladie annuelle de Ramsaran. Chaque année, en plus du mois de congé annuel, Ramsaran « tombait malade » – hibernait, pour ainsi dire, dans son quartier des domestiques, et n'en sortait pas pendant un mois ou deux. Il envoyait alors sa femme à la maison, et elle arrivait, petite et mignonne, avec le tintement de ses chaînes de cheville, toujours rieuse et toujours enceinte. Oui, c'était le temps de son hibernation annuelle, et il en sortirait en sentant la savonnette Lifebuoy, prêt à faire le nettoyage de printemps dans la maison, et jaloux de la place que sa femme s'était ménagée. Mère-de-Sita, ainsi avait-on appelé sa femme après son premier-né, en avait pris l'habitude, et s'en retournait, toujours rieuse, dans le tintement de ses *payals*, prête à revenir l'année suivante. Et Ramsaran, au milieu d'un tintamarre de plats et de balais se plaignait de l'état de saleté où était tombée la maison en son absence. Mère-de-Sita ne connaissait rien à la maison, tellement elle avait laissé la crasse l'envahir en son absence. Une fois, Mme Srivastava avait rétorqué que sa femme était de loin une femme de ménage bien plus consciencieuse que lui, et qu'elle tenait la maison comme une femme le devait. Ce soir-là, Ramsaran rentra dans son quartier, se saoula, et flanqua une raclée magistrale à sa femme. Elle se rendit chez les Srivastava cette nuit-là, pleurant à chaudes larmes, suivie par quatre enfants, eux aussi en pleurs. Ils avaient commis une grave injustice, dit-elle à travers ses sanglots aux Srivastava horrifiés, en faisant son éloge à son mari. Elle leur tendit ses bras couverts de bleus. Regardez, leur dit-elle, voilà ce que vos compliments m'ont valu de la part de mon mari. Ramsaran fut convoqué. Il se tint tête baissée tandis que M. Srivastava lui hurlait des insultes. Il pouvait partir tout de suite, dit M. Srivastava. On n'avait plus besoin de lui dans la maison. Avait-il compris ? Ramsaran éclata en larmes bruyantes et tomba aux pieds de M. Srivastava. Mère-de-Sita tomba aux pieds de Mme Srivastava. S'ils renvoyaient son mari, où iraient-ils, qui nourrirait les enfants ? De désespoir, M. Srivastava lança les mains au ciel. Assez, il en avait assez. Ils avaient interrompu sa *puja* et il n'avait pas le temps de s'occuper d'idiots pareils. Il retourna dans sa pièce, claqua la porte et reprit ses prières. Mme Srivastava les rassura tous les deux, chapitra Ramsaran et l'avertit des conséquences terribles s'il recommençait une telle chose. Tous deux lui touchèrent les pieds et s'en allèrent, suivis par les quatre enfants effrayés, serrant dans leurs poings les caramels qu'elle leur avait donnés.

Et là, après le dîner, Mme Srivastava aborda avec son mari le sujet du fantôme vagabond. Imagine que Rao s'en aille. Qui voudrait ensuite habiter une *barsati* hantée ? Comment rembourseraient-ils leur emprunt ? M. Srivastava répondit que ce qui devait arriver arriverait. Elle devrait avoir confiance en Dieu. Il ferait une *puja* dans la *barsati* et cela les débarrasserait des esprits s'il y en avait. Une violente colère sortit de la gorge de Mme Srivastava. Où toutes ses prières les avaient-elles menés toutes ces années, explosa-t-elle. Est-ce que c'étaient ses prières qui avaient obtenu les sept cents roupies mensuelles qui aidaient à payer les études de leurs enfants ? Pendant qu'il priait, elle avait pris en main les études des enfants, elle avait géré la maison, elle avait travaillé comme institutrice, et elle avait *économisé*, oui, économisé, suffisamment économisé pour partiellement payer cette maison, cette maison *hantée*. Elle lui avait laissé prendre la décision d'acheter une maison, et même ça, il l'avait gâché. Ses prières l'avaient maintenu dans l'ignorance, dans l'ignorance de sa souffrance, dans l'ignorance de sa douleur, dans l'ignorance de toute cette injustice. De grosses larmes roulaient sur le visage rebondi de Mme Srivastava. Son mari répliqua qu'il en avait assez de ses remarques d'enquiquineuse et qu'il allait rejoindre sa pièce pour une *puja*. Va, lui dit-elle, il pouvait aller vers ses dieux et trouver refuge auprès d'eux. Et M. Srivastava alla vers ses dieux et pria et médita pendant deux heures.

Le lendemain matin, Mère-de-Sita arriva, tout sourires. *Il* était malade, dit-elle à Mme Srivastava, aussi elle était là. Mme Srivastava fit claquer sa langue – était-elle encore enceinte ? Quel numéro, celui-là ? Mère-de-Sita gloussa. Sept, chuchota- t-elle. Et elle se mit à éplucher l'ail. Mme Srivastava secoua la tête, exaspérée. Elle n'aurait jamais dû leur permettre à elle et à sa famille d'habiter ici pendant l'état d'urgence, dit-elle à Mère-de-Sita. Elles se regardèrent et éclatèrent de rire. Il y a dix ans, pendant l'état d'urgence, quand les stérilisations forcées étaient à leur maximum, un camion arriva au quartier des domestiques, rempli de fanatiques de la Jeunesse du Congrès. Ils pourchassaient et ramassaient tous les mâles du voisinage, entre quinze et dix-huit ans, les entassaient dans le camion, et les emmenaient à l'hôpital public pour qu'ils y soient stérilisés. Ramsaran, sa femme et ses trois filles (quand même trois à cette époque) arrivèrent hors d'haleine chez les Srivastava. Si *memsahib* et *sahib* ne les cachaient pas, ce serait la fin. La perspective de ne pas avoir de fils et de perdre sa virilité avait conduit Ramsaran au bord de l'hystérie, tandis que Mère-de-Sita alternait les sanglots et les rires. Mme Srivastava débarrassa dans la maison une pièce où ils séjournèrent toute une semaine. À ce moment-là, la Jeunesse du Congrès était passée dans les résidences environnantes et Mère-de-Sita était de nouveau enceinte. Quand le cinquième enfant fut en route, M. Srivastava dit que Ramsaran devrait laisser la Jeunesse du Congrès s'occuper de lui. Pourquoi ne se faisait-il pas opérer au moins maintenant ? Après tout, il avait un fils. Ramsaran était au comble de l'indignation. Le *sahib* voulait-il qu'il devienne impuissant, qu'il perde ce qui faisait de lui un homme ? Les enfants étaient un don que Dieu lui faisait et s'il était disposé à prendre soin d'eux, qui était le *sahib* pour élever une objection ? M. Srivastava lui intima de tenir sa langue ; à qui empruntait-il tous les mois de grosses sommes d'argent pour nourrir sa portée d'enfants ? Ramsaran tomba aussitôt malade le lendemain et ce fut la fin de l'histoire.

Mme Srivastava conseilla à Mère-de-Sita de se faire opérer quand l'enfant serait né. Mère-de-Sita fut d'accord, mais elle dit qu'elle devrait le faire sans qu'*il* le sache, et qu'à aucun prix *memsahib* ne devait le *lui* faire savoir.

Cette même nuit, leur fille, Namita, arriva, trempée jusqu'aux os. Elle avait envoyé un télégramme leur annonçant son arrivée, mais il ne leur était pas parvenu. (Ils le reçurent le lendemain.) M. Srivastava déplora de n'avoir pu aller chercher sa fille à la gare et maudit le service des télégrammes, maudit la pluie. Il se mit à faire chauffer du lait pour elle tandis que sa femme serrait Namita dans ses bras et pleurait. Elle était devenue plus mince, notèrent-ils, elle avait des cernes sous les yeux et on voyait ses clavicules. Mais elle était là pour un mois. Joie. Joie. Mme Srivastava fit une courte prière de remerciement devant les dieux de son mari et M. Srivastava laissa le lait déborder, occupé à regarder sa fille avec tendresse. C'est seulement pour toi qu'il veut bien faire bouillir du lait, dit à Namita Mme Srivastava tout en nettoyant le fourneau à gaz, et même ça, il ne le fait pas comme il faut. Après que Namita se fut changée, ils s'assirent à côté d'elle, la regardèrent s'essuyer les cheveux, l'écoutèrent parler de son voyage et de son travail. Elle avait acheté deux saris pour sa mère et deux chemises pour son père. Mme Srivastava dit à son mari qu'au bout de tant d'années elle avait fini par obtenir ce qu'il ne lui avait jamais offert. Elle avait fini par être gâtée. M. Srivastava répliqua que lui aussi avait fini par être gâté. Et qui, demanda sa femme, prépare pour lui des *pakodas* tous les soirs ? Namita les pria tous les deux d'arrêter ça.

Le lendemain matin tôt, M. Srivastava alla au marché pour acheter du poulet, des mangues et du *jamun*. Mme Srivastava et Mère-de-Sita cuisinèrent avec exaltation, pour ensuite regarder avec angoisse Namita picorer sa nourriture. Trop mince, trop mince, dit Mère-de-Sita à Mme Srivastava, pas de chair sur les joues, sur les seins, sur les hanches. Comment deviendrait-elle jamais une mère ? Ça lui allait bien de parler, rétorqua Mme Srivastava, alors qu'elle était moitié moins grande que Namita et qu'elle avait presque sept enfants. Le soir, les voisines passèrent avec des *gulab jamuns*, des *pedas*, des *dahi vadas* faits maison, et encore des *jamuns* et des mangues cueillis à leurs propres arbres. Mange, mon enfant, mange, pressaient-elles Namita, qui riait, qui protestait. Elle était trop mince. Elle avait besoin de se remplumer. Ne pas être bien en chair était à la mode, mais on aurait dit qu'elle avait la jaunisse. Ne prévoyait-elle pas de se marier ? C'était tout à fait bien d'être un ingénieur, mais le mariage était incontournable. Quel âge avait-elle ? Vingt-sept, disait Namita. Vingt-quatre, disait sa mère en même temps, mais plus fort. Et alors ? Vingt-quatre ans était un bel âge pour se marier. On lui trouverait un ingénieur. À moins qu'un médecin ne soit préférable ? Aimerait-elle un médecin en Angleterre ou en Amérique ? L'Inde n'était plus un endroit où vivre. Elle devrait aller à l'étranger et gagner de l'argent. À l'étranger elle aurait la satisfaction d'un vrai travail. Trop de bureaucratie en Inde, trop de paperasses. Et si elle avait un bébé, l'enfant aurait la nationalité étrangère et ainsi beaucoup plus de possibilités qu'en Inde. Oui ? Non ?

Elle ne voulait pas encore se marier. Non ? Non. Elle était tout à fait heureuse comme elle était. Elle ne voulait clairement pas aller en Angleterre. En fait, le mariage n'était pas nécessaire. Pas nécessaire ? Mme Srivastava, qu'est-ce que cette enfant est en train de dire ?

Une des voisines aperçut Rao à l'extérieur et le héla par la fenêtre. Rao entra sans se presser et fut présenté à Namita. Comme elle semblait belle sa Nami, pensa Mme Srivastava avec affection. Le sari magenta mettait en valeur ce qu'il y avait de mieux en elle, ses grands yeux et sa longue chevelure noire, même si sa silhouette paraissait trop mince. Pendant un court moment, les yeux de Rao semblèrent refléter ce qu'elle éprouvait, puis il dirigea son attention vers l'assiette qu'elle avait remplie de petites choses à grignoter. Namita le regarda consommer tout ça avec plaisir. Un garçon si bien, dirent les voisines, et en plus, il habite dans une maison hantée. Au regard interloqué de Namita, les voisines répondirent par l'histoire du triste fantôme. Rao, dirent-elles, était un si bon garçon, qui aimait tellement sa mère, qu'il était disposé à rester là malgré tout. Namita lui lança un regard perçant et vit son air penaud.

« Comme c'est intéressant, dit Namita. Parlez-moi du fantôme. »

Rao sourit et haussa les épaules. « Pas grand-chose à en dire, vraiment.

— Il ne veut pas effrayer ta pauvre mère », dit Mme Srivastava avec indulgence.

Rao regardait ailleurs.

« Vous croyez aux fantômes ? insista Namita.

— Mais bien sûr, ma petite, dit une voisine. Nous aussi, nous entendons des bruits de bracelets, et tout ça, la nuit. Ne les entendez-vous pas, vous aussi, Raoji ? »

Rao haussa de nouveau les épaules. « J'ai le sommeil profond.

— Un sommeil de tout premier ordre », dit sèchement Namita. Sa mère la regarda avec une vive surprise. Quelle brutalité dans le ton de Nami. Qu'est-ce qui lui prenait ?

« Rao, que tu vois ici, dit Mme Srivastava en s'efforçant d'arranger les choses, voyage dans le monde entier.

— Rencontrez-vous aussi des fantômes dans vos voyages à l'étranger ? »

Rao se mit à sourire lentement. « Oui, de toutes sortes. » Il se leva. « Si vous voulez bien m'excuser, je dois partir. » Il joignit les mains, fit un sourire charmeur, et s'en alla.

« C'est le plus délicieux des garçons », soupira une voisine.

Après le départ de tout le monde, Namita se mit en colère. Est-ce qu'ils ne se rendaient pas compte qu'il les faisait passer pour des idiots ? Ben voyons, une maison hantée. Elle pensait que ses parents étaient des gens *instruits*. Ne voyaient-ils pas comment il les avait manipulés ? Idiots, des idiots. Mme Srivastava lui dit de cesser de les appeler ainsi. Mais ils l'*étaient*, dit sa fille, ils l'étaient. Lui donner cet endroit pour bien moins que sa valeur au nom d'une ridicule histoire de fantômes. Étaient-ils à ce point naïfs qu'ils n'avaient pas compris que les « fantômes » étaient des femmes ? un innocent Madrasi, non mais. Est-ce qu'ils ne voyaient pas qu'il riait à leurs dépens ? Qu'il riait tout en se gavant d'un *gulab jamun*, de deux *pedas* et d'un *dahi vada* ? Elle a compté, dit Mme Srivastava, choquée. Oui, elle a compté, répliqua Namita.

Mais, naturellement, dit son père, c'était entièrement la faute de sa mère. C'est elle qui avait conclu l'affaire. Lui n'avait jamais fait confiance à ce type, jamais cru à cette histoire, car il était un homme instruit.

Lui et elle, avertit Mme Srivastava, ont tous les deux leur maîtrise de lettres, alors il aurait intérêt à surveiller ses paroles. De quoi était-il capable, à part prier ? Si ça leur tenait tellement à cœur, qu'ils cherchent donc un autre locataire. Par ailleurs, les hommes seront toujours des hommes et s'il avait des petites amies, ce n'était en aucun cas à eux de s'en mêler.

Elle était devenue très moderne, dit son mari. Mais Namita parla longuement de l'humiliation que c'était, puis elle se mit à pleurer et sa mère l'imita et M. Srivastava se retira dans sa pièce pour prier.

Le lendemain matin, Mme Srivastava posa des questions à Mère-de-Sita sur le fantôme. Mère-de-Sita enfouit son visage dans ses mains et fut secouée d'une crise de rire. Elle finit par dire, vous aussi, *memsahib*. Bien sûr qu'elle savait que les fantômes de Rao étaient des femmes, depuis le début. Elle les avait vues monter chez lui et en descendre, et elles riaient toujours. C'était vraiment très drôle.

Pourquoi alors n'en avait-elle pas parlé à son hystérique de mari ?

Parce que ça l'arrangeait de ne pas le lui dire. Comme ça il croyait que Dieu le punissait pour ses péchés et il ne se saoulait pas ou ne la battait pas. Plus longtemps il croirait au fantôme, mieux ce serait pour elle. Et le Madrasi était tout à fait discret ; ses amies venaient le voir seulement tard dans la nuit.

Elle était vraiment fine mouche, dit Mme Srivastava, en réprimant un sourire.

C'était un homme vraiment gentil, dit Mère-de-Sita, en remuant les légumes. Il apportait toujours des bonbons pour les enfants et une fois il leur avait procuré tous les cahiers et les crayons pour l'école. Remarquez, personne ne dit rien sur le Seigneur Krishna et ses centaines de *gopis*. Et ce Madrasi n'en avait que deux ou trois.

Namita se révéla moins réceptive. Même toi tu es charmée par sa filouterie, dit-elle avec colère à sa mère. C'est un adulte, répondit sa mère. Deux poids, deux mesures, fit-elle observer durement. Si sa mère avait pour locataire une femme qui reçoive la nuit la visite de nombreux hommes, est-ce qu'elle resterait aussi calme ? Ça n'était pas la même chose, répondit sa mère, mais quand Namita lui demanda pourquoi, elle ne put répondre. J'en ai assez de tes discussions, dit-elle à sa fille. Elle était là pour un mois, et le moins qu'elle puisse faire, c'était d'être agréable. Et, poursuivit Namita, là n'était pas la question. La question était que ses parents touchaient sept cents roupies pour une *barsati* qui en valait au moins le double. Un bon locataire valait mieux que pas de locataire du tout, le sujet est clos, dit sa mère.

Une semaine plus tard, Rao descendit et lui déclara en présence de Namita qu'il commencerait à payer mille deux cents roupies par mois à partir du mois prochain, car il venait d'obtenir une promotion et en aurait désormais les moyens. Il regardait Namita tout en parlant à sa mère, et on aurait dit qu'il faisait de gros efforts pour réprimer son rire.

Mme Srivastava lui tapota la joue. Après son départ, elle regarda Namita d'un air interrogateur. Elle lui avait parlé, dit Namita. Mme Srivastava ouvrit de grands yeux. La veille, dit Namita, elle était montée chez lui et lui avait déclaré qu'il n'avait aucun droit de faire ce qu'il faisait. Elle était montée chez lui, reprit faiblement en écho Mme Srivastava. Namita émit un son exaspéré. Sa mère avait absolument mal défini l'ordre de ses priorités, le chapitre était clos.

Quelques jours plus tard leurs voisins, les Singh, passèrent, avec un naturel étudié, en compagnie de leur fils, Surinder. « Notre fils est médecin en Angleterre », dirent-ils aux Srivastava d'un air entendu. Surinder haussa les épaules avec modestie. Il semblait avoir des problèmes avec sa cravate qu'il ne cessait de tripoter, et sa veste de tweed Harris le faisait transpirer. « Tout vient de Londres, dit Mme Singh aux Srivastava d'un air entendu. Où se procurer en Inde des vestes de cette qualité ?

— Depuis combien de temps êtes-vous en Angleterre ? lui demanda en souriant Mme Srivastava.

— J'y suis depuis deux ans », répondit Surinder. Son accent était un intéressant mélange de punjabi et de britannique.

« Et vous aimez y vivre ? »

Surinder paraissait malheureux. Sa mère lui donna un coup de coude. « Oui, oui », fit-il avec un soupir.

Mère-de-Sita entra avec un plateau chargé de thé et d'en-cas. Après qu'ils furent servis, Mme Srivastava reprit : « Que pensent les Anglais des Indiens ?

Comment traitent-ils les Indiens ? »

Surinder parut plus triste. « Parfois tout va bien. Et parfois ils font de la discrimination.

— Ma fille, avança fièrement Mme Srivastava. Elle ne manque pas d'opinions nettes sur les Britanniques.

— Oui », dit Surinder, tandis que sur ses traits avenants descendait une expression de grand désarroi. « Les Britanniques appellent les Indiens et les Pakistanais des porcs. »

Il se fit un silence inconfortable. Mme Srivastava lança : « Nami, mon petit, des hôtes sont là. »

Quelques minutes plus tard, Namita entra dans la pièce pour les saluer. Ses parents la regardèrent avec consternation. Elle ne pouvait avoir pire allure avec sa paire de vieux jeans et sa *kurta* rose décolorée. Les Singh sourirent et lui présentèrent leur fils. « Il est médecin à Londres », déclara fièrement Mme Singh. Surinder regardait timidement ses chaussures.

« Change de vêtements, mets un sari », chuchota Mme Srivastava à Namita. Namita se leva et alla s'asseoir près de son père. « Comment pouvez-vous supporter de vivre dans ce pays ? » demanda-t-elle à Surinder.

Surinder la regarda comme un enfant en train de se noyer regarderait son sauveteur. « Vous dites des paroles d'une grande vérité », dit-il simplement.

Namita paraissait déconcertée. « Avez-vous froid ? » demanda-t-elle. Mme Srivastava prit une forte inspiration.

Surinder s'illumina. « Non », dit-il et il ôta son tweed Harris. Il desserra ensuite sa cravate et contempla Namita avec adoration.

« Si vous voulez bien m'excuser, dit Namita, je dois m'en aller. *Namaste*.

— Surinder, va avec elle », dit Mme Singh, et Surinder se leva avec empressement.

« Non, ce n'est pas nécessaire », dit Namita en lançant à ses parents un regard furieux. « Je vais chez Ramsaran voir comment il se porte. » Surinder se rassit.

Après son départ, Mme Singh dit : « Voilà une fille qui a du cœur. Qui aujourd'hui montre de l'intérêt pour les domestiques ? »

Ce soir-là, Namita se mit encore une fois en colère. « Ne jouez pas les entremetteurs avec moi, dit-elle à ses parents. C'est humiliant. Je ne suis pas une marchandise en exposition. »

C'était un brave garçon, dit son père, et ils connaissaient ses parents. Ils pourraient travailler tous les deux à Londres. Il ne serait pas question de dot. Que voulait-elle de plus ? Ils ne lui disaient pas de renoncer à sa carrière. Elle devrait manger un autre *chappati*, elle était trop mince.

Et, ajouta sa mère, elle aurait vingt-huit ans dans quatre mois. Elle devrait rester ouverte au mariage. Plus on prend de l'âge, plus c'est difficile. Ils ne la forçaient pas à se marier, ni à se traîner jusqu'au feu sacré. Où était le mal à rencontrer des garçons avec un esprit ouvert ? La compatibilité était entièrement une question d'adaptation, elle ne devrait se faire aucune illusion sur la compatibilité. Qui s'occuperait d'elle quand ils seraient morts ? Si elle avait trouvé quelqu'un à son goût, ils seraient les premiers à être d'accord. Mais ce n'était pas le cas, et combien de temps encore pourrait-elle attendre ? En prenant de l'âge, elle devenait de plus en plus acariâtre. C'est ce qui arrivait aux vieilles filles. Le mariage adoucissait les femmes, leur apprenait à s'adapter, les rendait conscientes de ce que veut dire un sacrifice. Elle était très égoïste et n'avait pas ça d'intérêt pour ses vieux parents à la retraite.

Namita se leva. Elle partait pour une promenade.

Dans la cuisine, Mme Srivastava trouva Mère-de-Sita en train de se tordre de rire. Allons bon, qu'est-ce qu'il *lui* arrivait ?

Cet homme. Cet homme qu'ils voulaient que bébé épouse portait une veste par cette chaleur. Mère-de-Sita se tenait le ventre, plié en deux par le rire. *Hai Ram*, il portait une veste !

Et qu'est-ce qui lui faisait penser, dit sèchement Mme Srivastava, qu'il était destiné à Namita ?

Est-ce que la *memsahib* la prenait pour une idiote ? Ça sautait tellement aux yeux. Mais il n'était pas assez bien pour bébé. Pourquoi ne donneraient-ils pas bébé en mariage à ce charmant Madrasi là-haut ?

Elle était folle, dit Mme Srivastava, en remuant le lait en train de bouillir.

Oh non, elle n'était pas folle, répliqua Mère-de-Sita. Elle savait tout. En ce moment même, bébé était partie se promener avec le Madrasi.

Quoi ?

Ils étaient bien assortis, bien mieux assortis que le Punjabi à la veste. Suffoquée par une crise de rire, elle enfouit sa tête dans ses mains. Si elle en savait tant sur les hommes, rétorqua Mme Srivastava, pourquoi avait-elle épousé quelqu'un comme Ramsaran ?

Parce que, dit Mère-de-Sita entre deux quintes de rire, en récurant les assiettes, parce qu'elle n'était pas ingénieur.

Les vacances de Namita touchaient à leur fin. À juste une semaine du départ de sa fille, Mme Srivastava pleurait, sortant lentement de son panier de courses *jamuns* et mangues. C'était maintenant, alors qu'elle avait redonné des couleurs à ses joues, que sa fille s'en allait.

Mme Srivastava se dirigea à pas lents vers la véranda où elle s'assit. Désormais, il leur faudrait attendre encore neuf ou dix mois pour la revoir, et là aussi, pour seulement le même nombre de jours. Dix mois à prévoir son arrivée, dix jours à redouter son départ. Elle ne ressentait pas la même chose quand son fils les quittait, même si elle l'aimait tendrement. Non, elle ne ressentait pas la même chose. Elle contemplait la bruine. Le pire de la mousson était passé, et pour une fois il n'y avait pas eu d'inondations. Il y aurait une bonne récolte cette année et avec un peu de chance les prix ne grimperaient pas. Mme Singh, sur son balcon, lui fit des signes de la main et Mme Srivastava les lui rendit. Surinder était parti à contrecœur pour Chandigarh voir d'autres filles. Les Singh s'étaient montrés si enthousiastes pour sa Nami. Il lui fallut trouver une excuse, Namita ne voulait pas vivre à l'étranger. M. Singh comprenait, mais Mme Singh se sentait blessée. Qu'est-ce qui n'allait pas avec son fils ? Pendant quelque temps il y eut un froid entre les deux femmes mais très vite l'heureux caractère de Mme Singh reprit le dessus et elle se rendit chez les Srivastava avec un panier rempli de *dahi vadas* pour Namita. Elle savait que Namita raffolait des *dahi vadas*, et la pauvre enfant s'en allait dans quelques jours. Le problème, pensait Mme Srivastava, c'est que Surinder était tombé follement amoureux de Namita. Amoureux fou, avait dit sa fille, après avoir reçu plusieurs poèmes de lui. Oui, on ne pouvait rien y faire. Il s'en remettrait comme tout amoureux, immanquablement. Cette Mère-de-Sita avait des yeux dans le dos, songea-t-elle. Elle avait raison, Namita et Rao s'étaient beaucoup vus. Allons, ce n'était pas une si mauvaise chose. Mère-de-Sita lui avait même appris que les visites des fantômes avaient pris fin. Elle n'en dit rien à sa fille. Simplement ne va pas lui rendre visite chez lui, lui conseilla-t-elle une fois. C'était très inconvenant, et elle ne tenait pas à ce que Namita s'attire une mauvaise réputation. D'autant que les hommes, même les meilleurs d'entre eux, l'interpréteraient comme un signe de consentement de la part d'une fille. Elle-même n'arrivait pas à évaluer la situation. Rao semblait garder son moi rieur habituel avec Namita et Namita ne laissait rien paraître de ses sentiments. Mme Srivastava nota que Namita portait ses plus beaux saris quand elle sortait avec Rao, mais son expression était indéchiffrable. Était-il simplement un ami comme ses relations masculines à l'université ? Comment Rao ne pourrait-il pas l'aimer… elle avait tant d'amour à donner, elle était si farouchement loyale et forte sous son tempérament ombrageux. Bien entendu, son mari, noyé dans ses prières, était inconscient de ce qui se passait. Mais maintenant Namita était sur le départ et elle n'avait pas le courage de lui demander ce qu'il en était.

Cette nuit-là, Mme Srivastava fit des rêves étranges. Rao avait un dîner avec le fantôme. Il riait et l'esprit – un très joli esprit – le rejoignait. Oh il n'était pas de nature à inspirer la peur. Soudain, Mme Srivastava se réveilla. En regardant sa montre, elle vit qu'il était deux heures du matin. Elle jeta un coup d'œil à son mari qui ronflait doucement. Qu'est-ce qui l'avait réveillée ? Elle entendit alors, provenant de l'étage, des bruits qui pénétraient par la fenêtre de sa chambre comme une bruine légère… le tintement de chaînes de cheville, le cliquetis de bracelets et des rires étouffés. Son sang se figea. C'était donc vrai. Pauvre Rao. Pauvre, pauvre

Rao. Vivre avec un fantôme et vivre ainsi sans se plaindre. Elle frissonna. On n'aurait pas dit un fantôme triste. Tous disaient qu'il pleurait, mais elle l'entendait rire. Là. Là, elle l'entendait de nouveau, le cliquetis des bracelets et le rire étouffé… ensuite la voix de Rao, lui aussi riant doucement. Parlait-il donc au fantôme ?

Dans le silence qui suivit, elle fut soudain complètement réveillée. Compréhension des faits et panique s'insinuèrent en elle comme du poison. Elle sortit lentement de son lit. Elle resta plantée là un temps, sans chercher à savoir, son cœur battant comme celui d'une démente. Elle marcha jusqu'à la chambre de sa fille et ouvrit la porte. Namita n'était pas là.

Toute tremblante, elle s'assit sur le lit. Elle attendrait. Elle ne monterait pas – non, pas ça. Elle attendrait.

Deux heures plus tard elle entendit la porte d'entrée s'ouvrir doucement et des pas se diriger vers la chambre. Namita parvint à la porte et s'arrêta. Elle resta là, le visage dans l'ombre et elles se regardèrent. Ensuite elle entra et s'assit à côté de sa mère. Pendant cinq minutes elles ne prononcèrent pas une parole, puis Mme Srivastava dit, depuis combien de temps ? Quelques jours, répondit Namita. Avait-elle, demanda sa mère pour s'interrompre aussitôt. Il y eut un long silence et Namita dit ensuite, oui.

De la gorge de Mme Srivastava sortit le son d'un chagrin profond. Fini. Tout était fini. C'était la fin.

Namita dit, s'il te plaît, n'en parle pas à papa.

Avait-elle jamais caché quoi que ce soit à son mari ? demanda sa mère.

Ma, s'il te plaît.

Mme Srivastava porta une main à sa bouche. Elle ne voulait pas pleurer. Est-ce que sa fille mesurait les implications de ce qu'elle avait fait ?

Namita semblait avoir des difficultés à trouver les mots justes. Ce n'était pas exprimable, finit-elle par dire. Sa mère ne comprendrait jamais. Jamais.

Ce qu'il y avait à comprendre, murmura Mme Srivastava, c'est qu'elle avait perdu le contrôle d'elle-même.

Pas du tout, répliqua Namita, la voix tremblante. Elle savait ce qu'elle faisait. Elle avait voulu le faire.

Mme Srivastava crut qu'elle allait s'évanouir.

Namita poursuivit, sa mère aurait-elle réagi de la même façon, si elle était son fils ? Que dirait-elle de son frère, Nikhil ? Sa mère n'était-elle pas au courant de ses liaisons ? Pourquoi ne lui avait-elle jamais fait la leçon ? Nikhil était plus jeune qu'elle. Elle n'était pas une enfant. Elle en avait marre de cette hypocrisie.

Mme Srivastava rassembla ses forces. Comme il était difficile de lutter à voix basse, pensa-t-elle. La logique ne résolvait pas les problèmes du monde, dit-elle à Namita. Sa fille pourrait avoir le dernier mot, mais perdre tout le reste. En fait, c'était le cas. Pensait-elle que Rao l'épouserait maintenant ? Pensait-elle qu'il avait le moindre respect pour elle ? Pensait-elle…

Oui, Rao voulait l'épouser, il voulait l'épouser, il voulait l'épouser. Et elle alors ? Il n'y en avait aucun parmi eux pour se soucier de ce qu'elle éprouvait, *elle* ? Et son désir à *elle* de l'épouser, *lui* ? Tu dis quoi de *ça* ?

Mme Srivastava se frappa le front de la main, on en était arrivé là.

Oui, siffla sa fille entre ses dents, il y a longtemps qu'on aurait dû en arriver là.

Qu'est-ce qui n'allait pas avec Rao ? demanda Mme Srivastava.

Il n'était pas puceau, répondit Namita, puis, voyant l'expression de sa mère, dit, mais c'était ce qui n'allait pas avec *elle*, n'est-ce pas ?

Mme Srivastava se mit à pleurer en silence, ses épaules charnues se soulevant en cadence. Il y eut un bruit à la porte, son mari était là, frêle silhouette en *pyjama-kurta* blanc. Que se passait-il, demanda-t-il, mécontent. Il était quatre heures du matin. Et pourquoi Namita était-elle encore en sari à cette heure indue ?

Mme Srivastava se tourna vers lui comme une furie. Une mère n'avait-elle pas le droit de parler à sa fille si elle le souhaitait ? Puisque sa fille partait dans moins d'une semaine, est-ce que c'était l'heure de se perdre en considérations ? Une mère ne pouvait-elle pas désirer être seule un moment avec son enfant ? Si elle choisissait de parler à sa fille à quatre heures du matin, est-ce que ça le regardait ? Toujours à se mêler de ce qui ne le regardait pas, il était toujours intervenu dans sa vie. Toujours, et pourquoi, pourquoi, pourquoi ? Quel était son problème ? Était-il inconscient des méandres du cœur d'une mère ? De toute évidence, il était inconscient des souffrances du sien et il serait bienvenu de les laisser seules. Les larmes de Mme Srivastava coulaient sans ralentir et elle se moucha violemment dans le *pallu* de son sari.

M. Srivastava joignit ses mains. Il s'en allait, qu'on veuille bien lui pardonner d'avoir posé une aussi innocente question, il s'en allait. Elle était hystérique, toutes les femmes étaient hystériques et oui, bien sûr qu'il allait partir. Lui aussi aimait sa fille, mais il avait des façons de l'exprimer moins névrosées. Il allait bien sûr partir, et elles pourraient parler jusqu'à ce que le soleil se lève, que le coq chante et que le laitier arrive, si ça leur faisait plaisir. Il sortit avec fracas, dans le bruissement furieux des rideaux.

Pauvre Papa, dit Namita.

Pauvre *papa* ? *Pauvre* papa ! En effet. Le *bon* papa, le *gentil* papa, le papa qui lui avait acheté ses *jamuns* et ses mangues et son poulet préférés, le papa qui était tellement occupé à prier qu'il ne l'avait jamais réprimandée pour ses manières arrogantes, qui ne l'avait jamais corrigée. Le meilleur père du monde, marié à la pire des mères. Impossible, pauvre *maman*, qui se coltinait tout, qui punissait, grondait, trimait comme un domestique, non, pas possible, pas possible, ça. Pourrait-elle dire à ce *pauvre* papa ce qu'elle avait fait ? Résoudrait-il le problème par un surcroît de prières ? Il est à parier que le choc lui enlèverait toutes les prières de l'esprit. Alors, et puis quoi de la pauvre *maman*, forcée au silence et à la confusion, tandis que le pauvre papa, dans son ignorance béate, continuait à céder à sa fille chérie ? Imaginait-elle qu'il prendrait les choses avec la même philosophie qu'elle ? Pensait-elle qu'il lui pardonnerait ?

Namita resta silencieuse jusqu'à ce que les pleurs de sa mère se tarissent. Elle posa ensuite sa main sur celle de sa mère. Elle a la main moite, se dit sa mère. Incontestablement, sa fille était une femme libérée. Était-elle enceinte ?

Si elle l'était, coupa sa fille, il était trop tôt pour le savoir et elle n'était pas stupide et que sa mère veuille bien arrêter ça, arrêter ça, arrêter ça.

Comme pour appuyer ses paroles, on entendit cogner lourdement à la porte d'entrée (comme si c'étaient des *dacoïts* dit-elle plus tard à ses voisines). M. Srivastava accourut dans la pièce (imaginant Dieu sait quoi qui était arrivé à sa seule fille – aucune inquiétude pour elle, bien sûr). Ils se ruèrent vers la porte et perçurent la voix de Ramsaran, hurlant, *memsahib*,

sahib, ouvrez, *Hai Ram*, ouvrez ! M. Srivastava déverrouilla la porte et Ramsaran entra, en gémissant à fendre l'âme. Sa femme était en train de mourir, de mourir, au secours, sa femme était en train de mourir, de mourir ! Il se laissa tomber par terre, en se frappant la poitrine, elle était en train de mourir. Arrête un peu, rugit M. Srivastava, allait-il cesser de gémir pour dire des choses sensées. Oui, dit Ramsaran, que pouvait-il dire, qui prendrait soin de ses six enfants, comment allaient-ils vivre sans leur mère ? Cette nuit et la nuit d'avant, il avait encore entendu le fantôme, nettement entendu, et c'était la cause de tous ses ennuis actuels, *Hai Ram*, quelle plus grande loyauté attendaient-ils de lui ? Faudrait-il que lui et ses enfants meurent avant que *sahib* ne se sente obligé de quitter cette maison hantée ?

Tandis que M. Srivastava se remettait à vociférer, Mme Srivastava et Namita se ruaient vers le quartier des domestiques. Tous les domestiques s'étaient réunis devant le logement de Ramsaran, d'où montaient des lamentations étouffées. Le bébé ne sortait pas, dit quelqu'un à Mme Srivastava, et Mère-de-Sita allait mourir. À l'extérieur de la pièce, les enfants se serraient les uns contre les autres, en pleurs.

Mme Srivastava demanda à Namita d'aller dire à son père qu'il mette la voiture en marche tandis qu'elle restait auprès de Mère-de-Sita. Namita revint en courant à la maison où Ramsaran, toujours gémissant, était blotti aux pieds de M. Srivastava, en s'y cramponnant de toutes ses forces. Non sans peine, ils le dégagèrent pour filer au garage. La voiture ne voulait pas démarrer. Elle allait demander à Rao d'utiliser sa voiture, et avant que son père suffoqué ait pu protester, elle grimpait à l'étage pour en redescendre en compagnie de Rao en pyjama (aller seule dans sa chambre à cette heure-là, elle avait perdu tout sens de la décence, dit-il plus tard à sa femme, qui resta impassible). L'affaire de quelques minutes et la voiture s'éloignait avec Rao, Mère-de-Sita et Mme Srivastava, dans le pâle soleil levant.

« Espèce d'idiote, marmonna M. Srivastava.

— Pauvre femme », murmura Namita.

Rao et Mme Srivastava revinrent pour le déjeuner, le premier toujours en pyjama. Mère-de-Sita avait eu un garçon, par césarienne, après un long et douloureux travail. Oui, ses trompes avaient été ligaturées, et elle sortirait de l'hôpital dans quelques jours. Déjà elle s'était mise à rire faiblement. Ramsaran tomba d'abord aux pieds de M. Srivastava, puis aux pieds de Rao. Ses dieux, ils étaient ses dieux. Toute sa vie, il aurait une dette de reconnaissance à leur égard. M. Srivastava lui dit de prendre un bain – toute la maison sentait. Et il ferait mieux de nourrir ses enfants, dit Mme Srivastava, en remplissant un panier de *dal*, de légumes et de riz. Accablé et la mine très sombre, Ramsaran prit la nourriture et s'en alla. Et Mme Srivastava s'assit à la table de la salle à manger, la tête dans les mains, regardant Rao.

Rao traçait du doigt un dessin sur la nappe. Le rire avait déserté son visage et il paraissait fatigué. Il leva les yeux et dit : « Je veux épouser Namita. Pouvez-vous la persuader d'accepter ? »

Mme Srivastava ne dit rien. M. Srivastava, d'une voix étranglée, dit : « Ma fille ? » Rao fit signe que oui. M. Srivastava s'assit en face de sa femme. Il fixa tendrement sa fille. « Pourquoi faut-il qu'on te persuade, mon enfant ? »

Le visage de Namita s'empourpra. « Il me faut plus de temps pour le connaître. »

Mme Srivastava hocha la tête en silence. Plus de

temps pour le connaître après ce qu'elle avait fait !

Combien gagnait-il ? demanda à Rao M. Srivastava. Rao le lui dit. Sa fille gagnait beaucoup plus, dit M. Srivastava. Rao ne s'en émut pas. Évidemment, ça ne le dérangeait pas, dit Mme Srivastava. C'était très commode pour lui, n'est-ce pas ? En plus, il était d'un an plus jeune que sa fille. Ça n'avait pas d'importance, dit M. Srivastava, en joignant les mains et en fermant les yeux, même Radha était plus âgée que Krishna.

Rao se leva et prit place près de Mme Srivastava. « Je suis désolé si je vous ai fait de la peine, dit-il doucement. Pardonnez-moi. » Mme Srivastava regarda ailleurs.

Quel chagrin, dit M. Srivastava, irrité. Chaque mère devait perdre un jour sa fille. C'était le cours naturel des choses. Elle devrait se réjouir, ne pas rester assise à faire une tête pareille. Elle ferait mieux de garder ses larmes pour le mariage lui-même.

Elle n'avait pas dit oui, intervint Namita. Ils étaient tous bien audacieux.

« Pourrions-nous aller nous promener ? » demanda Rao.

Ce fut une promenade de deux heures. Ils étaient souriants à leur retour, les doigts de Rao touchant ceux de Namita tandis qu'il s'approchaient de la véranda. M. Srivastava évita de regarder leurs doigts qui se frôlaient. Mme Srivastava se leva, et comme ils pénétraient dans la véranda, les serra dans ses bras. Elle leur dit de s'asseoir dehors, puis elle alla dans la cuisine et en sortit en tenant un plat en métal avec du riz et du *dahi*. Mettez-vous l'un près de l'autre, dit-elle. Ils firent docilement ce qu'on leur disait de faire. Elle plongea quelques grains de riz dans le *dahi* et les pressa d'abord sur le front de Rao, ensuite sur celui de Namita. Que Dieu vous bénisse tous les deux, dit-elle. Longue vie, dit M. Srivastava.

Plus tard, ils s'assirent autour de la table, en buvant du jus de citron, et Rao dit : « Mes parents arrivent à Delhi dans deux jours. Je leur dirai pour Namita et j'aimerais qu'ils vous rencontrent. »

Une vive surprise se peignit sur le visage de Mme Srivastava. Deux jours ! Ça ne lui donnait pas le temps de faire ses préparatifs, de nettoyer la maison, d'acheter des sucreries, que porterait Namita, tous ses beaux saris étaient à Madras, porterait-elle le sari de Bénarès de sa mère, un sari rose et or avec des perles d'Hyderabad ?

Namita se mit à rire. Elle porterait ce que sa mère voudrait qu'elle porte.

Et, dit son père, il faudrait qu'elle trouve maintenant un travail à Delhi.

Oh non, répliqua Namita. Ce serait à Rao de trouver un travail à Madras. Horrifié, M. Srivastava regardait Rao.

Est-ce que c'était ça le problème ? demanda Mme Srivastava à Namita.

Ça, et un fantôme résiduel, répondit Namita.

Désormais exorcisé, dit rapidement Rao.

Qu'est-ce que tout ça voulait dire ? demanda M. Srivastava.

À partir d'aujourd'hui, dit Rao d'une voix ferme, il suivrait Namita jusqu'au bout du monde. Il se mit à sourire.

Ce soir-là Ramsaran revint travailler et cuisina un plat compliqué pour le futur gendre. C'était le moins qu'il puisse faire, dit-il, pour l'homme qui avait sauvé la vie de sa femme.

Ils seraient obligés de trouver un autre Madrasi convenable comme locataire, soupira M. Srivastava, en mangeant son troisième *chappati.*

N'importe quel locataire fera l'affaire, dit Mme Srivastava. Il devrait arrêter d'avoir un esprit aussi communautaire.

Des chaînes de cheville qui tintent, tout ça, dit M. Srivastava, en hochant la tête. Qui hormis un Madrasi comme il faut s'en accommoderait si tranquillement ? Rao s'en étrangla et Namita se mit à tousser.

Ils sont partis, dit Rao, en avalant d'un trait un verre d'eau. Les fantômes sont partis pour de bon.

Ramsaran joignit les mains. Alors, ses prières avaient été exaucées. Avec la naissance de son septième enfant et les fiançailles de Namita, les mauvais esprits avaient été exorcisés.

C'était la volonté de Dieu, dit M. Srivastava. Le fantôme ne l'avait jamais dérangé. La prière lui avait apporté tant de paix. Il se servit un sixième *chappati*.

Les prières lui avaient sûrement apporté la paix, dit Mme Srivastava, mais pas pour les raisons qu'il imaginait. Elle se mit à découper le melon.

Ramsaran se permit un exceptionnel sourire, tout en ramassant les plats. *Memsahib* était très drôle.

Rao se saisit d'une tranche de melon, la coupa en petits morceaux qu'il disposa sur l'assiette de Namita. Manges-en encore, dit-il, en en mettant un dans la bouche de Namita.

Peu après, M. Srivastava se leva. L'heure de sa *puja*, dit-il, en se frottant l'estomac.

L'heure de leur promenade, dit Namita, se levant avec Rao.

Mme Srivastava se dirigea vers la véranda et s'assit sur un siège. Quelle nuit claire, lavée par la pluie. Elle regarda sa fille et Rao marcher lentement sur la route. Au tournant, elle vit Rao prendre sa fille par la taille. Pourquoi, songea-t-elle, personne n'avait voulu la suivre, *elle*, jusqu'au bout du monde ? Bête, elle se sentait bête. Elle entendit son mari tousser derrière elle. Il n'arrivait pas à se concentrer sur sa *puja*, n'était-ce pas singulier ? Il poussa un profond soupir en s'asseyant derrière elle. Son poussin allait s'envoler. Son poussin, riposta Mme Srivastava d'un ton acerbe, s'était envolé voilà des années. Les yeux de M. Srivastava se perdaient dans le lointain sans rien regarder. Au bout de tant d'années, dit-il, un inconnu était venu et la leur avait enlevée.

L'ombre d'un sourire éclaira le visage de Mme Srivastava tandis qu'elle lui tapotait gentiment le bras. Qu'il était bête... qu'il était bête, mais bête, cet homme.

Devant son immeuble de bureaux, Sharma baignait dans le soleil hivernal. Il était tout à sa contemplation, ah, Delhi en hiver, les arbres d'un vert satiné, la profusion des fleurs, la chaleur et l'agrément d'un thé fumant, le goût des cacahuètes grillées, et la poésie ! la poésie qui courait dans ses veines comme du feu ! Puis son attention se porta sur l'immeuble de bureaux à six étages qui se dressait sans joie devant lui. Sharma en frissonna. Il le quitta des yeux, puis résolument lui tourna le dos. Pénétrer dans cette horreur un jour pareil était un péché... travailler, un crime odieux. Mâchant son *paan*, Sharma ferma les yeux, en une bouffée d'extase inondée de soleil.

Quelqu'un le dépassa à vive allure, se retourna, et revint sur ses pas. C'était Gupta. « Sharmaji ! » Il tendit les mains et se saisit de celles de Sharma. « Mon cher Sharmaji, toutes mes félicitations pour ta promotion ! »

Sharma haussa les épaules avec modestie. « Ce n'est rien. »

Gupta lui flatta le dos. « Alors maintenant tu es assistant de direction. Quand vas-tu nous offrir des sucreries pour célébrer l'événement ?

— Bientôt, répondit Sharma, bientôt. Vingt-six ans, Gupta, il leur a fallu vingt-six ans, dans cette entreprise, pour qu'ils reconnaissent mes états de service, pour qu'ils me remercient de ma sueur. Après m'avoir saigné à blanc pendant vingt-six ans, voilà qu'ils me bombardent sous-chef de bureau, en fait rien de plus qu'un simple employé. Allez, Gupta, à l'heure qu'il est, je devrais être cadre, pas sous-chef de bureau. » Il hochait la tête.

« Ça viendra. Ne t'en fais pas, ça aussi ça viendra. On va se prendre un thé ? »

Ils dirigèrent leurs pas vers la cantine. Le soleil d'hiver entrait à flots dans la pièce par une vaste fenêtre, se répandait sur les tables rouges cabossées, maculées de thé, et balayait le sol jonché de détritus. Sharma toisa avec dégoût le plafond noirci et les tasses de thé et de café non lavées. « Personne ne veut travailler dans cette entreprise », dit-il, en faisant signe à un garçon de nettoyer leur table. Ils commandèrent du thé.

« Il y a un an et demi, dit Sharma à Gupta, ils m'ont dressé un procès-verbal disant que je ne faisais aucun travail, que je n'arrivais jamais à l'heure au bureau. En un an et demi, ils ont changé d'idée. Ces dirigeants, ce sont des caméléons. »

Gupta alluma une cigarette. « Tu as raison… Ils sont imprévisibles. Tu as vu l'heure ? Il est 9 h 45. Tout le monde devrait être au travail. Mais il y a trois… cinq… sept… onze… quinze personnes dans la cantine maintenant. Et si ces dirigeants en pincent un, ils nous pinceront avec. Les autres s'en iront sans être inquiétés, mais à nous ils diront, vous ne travaillez pas, vous gaspillez votre temps à boire du thé. Nous ne sommes pas dans leurs petits papiers, c'est uniquement nous qu'ils viseront. »

Sharma acquiesça. « Quand mon patron, M. Borwankar, m'a remis ma lettre de promotion, il m'a dit, Sharma, vous avez travaillé très dur. Continuez comme ça. Je lui ai dit, Borwankar *sahib*, j'ai travaillé dur pendant vingt-six ans, pendant vingt-six ans j'ai continué comme ça. Et quand il n'y a plus aucun espoir, vous me balancez cette promotion comme vous jetteriez un os à un chien, et vous escomptez que je sois reconnaissant. Gupta, tu aurais dû voir sa gueule. Et ensuite j'ai dit, ça, ce n'est pas grâce à vous. Tout le mérite en revient à la responsable du personnel, Miss Das. C'est elle que je veux remercier. Alors, Borwankar *sahib* a dit, Sharmaji, c'est moi qui ai rempli le formulaire d'évaluation, pas Miss Das. À ça j'ai répondu par un rire de mépris, juste ça. Un rire de mépris. Ça l'a fait taire. »

Gupta marqua son approbation d'un signe de tête. « Retournons dans nos services, Sharmaji. Sinon ils vont dire que nous ne travaillons pas. »

Sharma se leva. « Oui, c'est tout ce qu'ils sont capables de faire, nous suivre comme des espions. Pour surveiller nos déplacements, ces dirigeants touchent de gros salaires. Ensuite ils pensent qu'ils peuvent nous amadouer avec le misérable demi-kilo de sucreries qu'ils nous donnent pour Diwali. Cette fois-ci, j'apprends que le syndicat réclame un kilo de sucreries ?

— Oui, confirma Gupta, Adesh Singh réclame que la direction nous donne un kilo de sucreries pour Diwali. »

Ils se séparèrent au troisième étage, et Sharma monta au quatrième, frappa à la porte de Miss Das et l'ouvrit. Un parfum de roses toutes fraîches le saisit, son nez en frémit de bonheur. Comme cette pièce était propre et brillante ! Pas un papier ne traînait sur le bureau ! Quelle harmonie entre l'or de son sari et le rouge et or des roses ! Adesh Singh, le secrétaire général du syndicat des ouvriers, était assis en face d'elle, sa saharienne marron aussi fripée que son front était plissé. Il n'a pas vu de coiffeur depuis des années, nota Sharma avec désapprobation. Tous deux levèrent les yeux.

« Madame, dit Sharma dans l'encadrement de la porte, je vous dérange... » Puis il entra et s'assit à côté d'Adesh.

« Sharmaji, dit Adesh, si tu sais que tu nous déranges, pourquoi es-tu entré ? Nous étions en train de discuter de questions strictement confidentielles. »

Sharma s'appuya au dossier de sa chaise. « Dans cette entreprise, Adesh, *aucune* question n'est confidentielle. Pourquoi tu continues à te faire des illusions ? Faut-il vraiment que je te dise de quoi vous parliez ? Vous discutiez de la question des sucreries pour Diwali. Tu disais à Miss Das que cette année l'entreprise devrait donner à ses employés un kilo de sucreries au lieu d'un demi.

— Toujours à fourrer ton nez dans les affaires des autres », dit Adesh.

Miss Das sourit. « Félicitations, Sharmaji. Je suis très heureuse d'apprendre votre promotion. »

Sharma lui rendit tristement son sourire. « Madame, madame. Il ne tenait qu'à vous que je sois promu cadre. Au lieu de quoi vous m'élevez au rang de sous-chef de bureau. Pourquoi, madame, un affront pareil ?

— Écoute, Sharmaji, s'écria Adesh, tu parleras plus tard de tes problèmes de promotion. Je suis ici pour des questions d'une grande importance, des questions qui concernent tous les ouvriers de cette entreprise. D'accord ? Maintenant tu t'en vas pour que je puisse parler de ces questions avec Miss Das. »

Sharma resta assis sur sa chaise. Il flatta le dos d'Adesh. « Toi tu parles. Moi j'écoute. Je donnerai des conseils. J'ai vingt-six ans de maison, tu profiteras de ma présence. Toi tu n'es là que depuis cinq ans. Miss Das, ne faites pas attention à moi. Je vous en prie, continuez votre discussion. »

Miss Das dit : « Adesh ?

— Très bien, dit Adesh. Il peut écouter. La situation, Miss Das, est la suivante. Cela fait des années que cette entreprise donne à ses employés un misérable demi-kilo de sucreries pour la fête de Diwali. Un demi-kilo pour une entreprise qui accumule des centaines de milliers de roupies de bénéfice ! Je vous le demande, croyez-vous que nous, les ouvriers, nous sommes des mendiants à qui on consent une aumône ? Posez la question au directeur du personnel. Posez la question à *n'importe qui*. Ça fait des années que nous encaissons cet affront. Ça fait des années que nous nous disons, attendons que l'entreprise nous gratifie d'un kilo de sucreries de sa propre initiative. Mais l'entreprise n'en fait rien. L'entreprise veut qu'on mendie. C'est seulement alors qu'elle nous donnera des sucreries, c'est seulement alors qu'elle nous donnera *tout* – augmentations, promotions, tout. L'entreprise veut qu'on rampe. » Adesh marqua un temps d'arrêt pour reprendre son souffle et Sharma approuva d'un signe de tête. Ensuite Adesh dit : « Cette année, les ouvriers ont décidé de ne pas accepter un demi-kilo de sucreries. Il faudra un kilo pour les satisfaire, pas moins.

— Adesh, dit Miss Das, est-ce que même les sucreries doivent devenir un problème ? Est-ce que le cadeau que l'entreprise vous consent lors d'une fête doit devenir un dû ? Les sucreries ne sont pas un *droit* dont vous pouvez demander qu'on l'augmente. C'est simplement un geste de bonne volonté de la part de l'entreprise lors d'une fête. Pourquoi une telle discorde ? Pourquoi une telle colère ? Je ne comprends pas.

— Madame, dit Adesh, *vous*, la responsable du personnel, vous ne comprenez pas ? C'est le comble de l'ironie. Si *vous*, vous ne comprenez pas, vers qui devront se tourner les ouvriers ? Dites-moi, où faudra-t-il que j'aille ? Jusqu'au directeur général ? Pour m'entendre dire par le directeur général, pourquoi n'êtes-vous pas d'abord allé voir la responsable du personnel ? Et je lui dirai, *sir*, elle ne comprend pas nos problèmes. Ensuite le directeur général me renverra de son bureau chauffé dans les couloirs glacés.

— Je vous pose la question, dit Sharma, pourquoi seuls les directeurs ont du chauffage dans leurs bureaux ? Est-ce que les ouvriers sont insensibles au froid ?

— Pourquoi les ouvriers seraient-ils sensibles au froid ? enchaîna Adesh. Les ouvriers ne sont pas des êtres humains. »

Miss Das prit une profonde inspiration. Sharma dit : « Allez, Adesh, calme-toi. Si Miss Das ne comprend pas, c'est que son innocence l'en empêche. Tout autour d'elle, ce n'est que corruption. Tout autour d'elle, ce n'est que coups tordus. Que sait-elle de tout ça ? Miss Das, il est de notre devoir de vous *ouvrir* les yeux. Il est de notre devoir de vous faire perdre vos illusions. Il est de notre devoir...

— Oh toi, tais-toi, coupa Adesh. Ce n'est pas le moment de faire de la philosophie. Diwali est dans dix jours, et toi tu nous débites de la philosophie. Une fois passée l'euphorie de ta promotion, tu redescendras sur terre. Alors, Miss Das, qu'en dites-vous ? Quand nous donnerez-vous une réponse ?

— Adesh, dit Miss Das, il est fort peu probable que la direction accède à une telle demande.

— Madame, dites-moi une chose. Allez-vous, oui ou non, la soumettre au directeur du personnel ?

— Oui, Adesh, je le ferai. Maintenant cessez de

prendre cet air furibond. »

Adesh se passa les doigts dans les cheveux avec un geste sauvage. « Ce n'est pas facile d'être le secrétaire général du syndicat des ouvriers. Non, ce n'est pas facile. La direction ne vous donnera pas une réponse franche. Ni oui, ni non. Mais toujours, nous verrons, nous ne pouvons dire, attendez encore un peu. Vous nous éconduisez comme vous le feriez avec des enfants, en pensant qu'on oubliera. Oh, madame, nous connaissons la stratégie de la direction. Je m'adresse à vous, la responsable du personnel. Vous dites que vous verrez. Vous rencontrez le directeur du personnel. Il dit qu'il verra. Il s'adresse au directeur général et le directeur général dit non. Ensuite le directeur du personnel vous dit non. Et vous me dites, l'année prochaine, peut-être. Et à l'autre bout, les ouvriers se pendent à mes basques et disent, quel chouette secrétaire général tu fais, tu n'arrives même pas à nous avoir des sucreries pour Diwali.

— Toute demande raisonnable sera prise en considération », dit Miss Das en se frottant le front avec le pouce.

Adesh émit un rire bref. « Raisonnable ! Ce qui est raisonnable pour nous les ouvriers est toujours déraisonnable pour la direction. Ce qui est raisonnable pour la direction est toujours déraisonnable pour les ouvriers. Et c'est ainsi qu'on tourne en rond, perpétuellement en rond. Diwali est un événement joyeux, une occasion de fête, et même *là*, la direction est incapable de fournir quelques milliers de roupies pour quelques sucreries supplémentaires. Ah !

— Miss Das, dit Sharma, vous dans votre innocence, vous ne comprenez pas le comportement tortueux de la direction. Il y a huit ans, ils ont offert à tous les employés un kilo de sucreries. Juste une fois. Ils ont créé un précédent. Et vous n'ignorez pas, en tant que responsable du personnel, qu'aucun précédent ne peut être modifié sans consulter d'abord les ouvriers. Mais à cette époque nous n'avions pas de syndicat et nous ne pouvions pas négocier avec la direction. Maintenant nous en avons un. Désormais la direction ne peut plus siéger en toute impunité, en se disant, nous pouvons forcer la main des ouvriers. Non, madame, le temps est venu de forcer la main de la direction.

— Bon, j'en parlerai au directeur du personnel, dit Miss Das, et je reviendrai vers vous plus tard dans la journée.

— Parlez avec conviction, conseilla Adesh. Parlez avec sincérité. Parlez comme si vous aviez foi en nous, Miss Das.

— Entendu, Adesh. Maintenant, aimeriez-vous avoir du thé ? »

Ils acceptèrent avec empressement. Miss Das commanda du thé et des biscuits, et Adesh devint plus calme, presque cordial. Au moment où il s'en alla, il avait assuré Miss Das de ses bonnes intentions et il semblait convaincu des siennes.

Après le départ d'Adesh, Sharma se pencha en avant. « Ne faites pas attention à lui, Miss Das. Ces temps-ci, il est tourmenté.

— Mais pourquoi, Sharmaji ?

— Que dire, madame, que dire ? »

Elle garda le silence. Sharma la regarda avec intensité. Puis il dit : « Oui, Adesh Singh est profondément, profondément tourmenté.

— C'est malheureux », dit Miss Das.

Sharma rapprocha sa chaise. « Il s'agit d'une femme.

— Une femme ? »

Sharma chuchota. « Il poursuit une femme dans ces locaux.

— Je croyais qu'il était marié.

— Tout juste. C'est pourquoi il est tourmenté.

— Je vois.

— Madame, par les temps qui courent, personne n'a de moralité. Encore moins les responsables.

— Sharmaji !

— Madame, vous êtes trop innocente. Vous pensez que tout le monde est comme vous. Vous pensez que vos collègues sont des hommes bien ? Je les connais. Je les connais très bien. Tenez, le nouveau responsable administratif, M. Khanna. Madame, cet homme est dangereux.

— Que voulez-vous dire par là, Sharmaji ? »

Sharma rapprocha encore davantage sa chaise du bureau et chuchota : « M. Khanna convoque chez lui les femmes de notre entreprise sous n'importe quel prétexte et leur parle. Il les gave de Champa Cola et de biscuits. Il ne cesse de les lorgner d'une façon tout à fait, oh madame, tout à fait *dégoûtante*. Madame, il n'a aucune relation de travail avec elles. Alors pourquoi les fait-il venir chez lui ? Et tout l'argent qu'il dépense pour elles, il le facture à l'entreprise. Vous, les responsables, vous dites que c'est nous les ouvriers qui créons des problèmes. Mais la racine de ces problèmes, ce sont ces responsables-là qui ont un tempérament dévergondé. Madame, vous ne dites rien. Je sais pourquoi vous ne dites rien. Vous ne dites rien parce que vous êtes d'accord avec moi. Même vous, vous avez remarqué le comportement de M. Khanna. J'ai moi-même vu avec quelle fréquence les ouvriers de M. Khanna venaient dans votre bureau se plaindre de ses manières grossières. C'est vrai. C'est un homme grossier, au comportement déplacé. Savez-vous ce qu'il m'a dit hier ? Il m'a dit, Sharmaji, tout ce que vous faites, c'est de boire du thé et de manger du *paan*. Madame, si tout ce que je fais, c'est de boire du thé et de manger du *paan*, en quoi ça le concerne ? Il n'est pas mon directeur. Il n'est pas le responsable du personnel. Il n'a aucune autorité pour me dire des choses pareilles.

— Laissons-le de côté, Sharmaji. Mais puisque vous dites que la responsable du personnel *détient* l'autorité, puis-je vous demander le travail que vous avez effectué ce matin ? »

Sharma eut un sourire indulgent. « Oh madame, vous ne manquez pas d'esprit. Toujours vous allez à l'essentiel. Oui, vous êtes une responsable du personnel astucieuse.

— Soit, Sharmaji, comment va votre travail ?

— Extrêmement bien, madame, extrêmement bien. Ces derniers jours, j'ai rempli un entier registre avec des entrées d'étoffe dans le service des achats, j'ai déposé cinq dossiers, donné des ordres pour les tenues d'hiver des garçons de bureau et des balayeurs, et donné des ordres pour les fournitures.

— Et aujourd'hui, Sharmaji ?

— Aujourd'hui, hier, demain, quelle importance, madame ? Le travail doit se faire, et le travail se fait. Nous allons comme des machines.

— Sharmaji, il est onze heures du matin. Vous êtes-vous présenté à votre bureau ce matin ?

— Où, madame, et comment ? J'ai été avec vous toute la matinée.

— Sharmaji ! Vous êtes entré ici à dix heures.

— Madame, madame, vous êtes une responsable du personnel très zélée. C'est bien. Très bien. Je vous verrai demain alors, avec des sucreries pour fêter ma promotion. »

Sharma sortit toutes voiles dehors et pénétra dans la vaste pièce jouxtant le bureau de Miss Das où travaillait le reste du service du personnel. Même cette pièce, avec ses huit employés, était plus propre que la sienne dans le service des achats, nota-t-il d'un air sombre. Miss Das et ses inspections quotidiennes, sans aucun doute. Il avait entendu dire qu'elle passait son doigt sur les bureaux et les étagères, et s'il y avait de la poussière – que Dieu vienne en aide au pauvre garçon de bureau dont c'était le tour de faire la poussière cette semaine- là. Sharma se dirigea à pas lents vers la fenêtre à l'autre bout de la pièce et plongea un regard nostalgique dans la belle matinée d'hiver. Était- ce bien le moment de travailler ? Non, c'était le moment de s'asseoir sur les pelouses de Connaught Place, avec une cigarette, des cacahuètes, un *paan*, et de s'abandonner à la contemplation. Oui, c'était une matinée idéale pour la contemplation.

« Félicitations, Sharmaji », déclara dans son dos l'employé Mahesh, son étroit visage d'ordinaire inquiet, barré aujourd'hui d'un sourire.

Sharma se retourna. « Merci, Mahesh. Mais ma promotion ne te doit rien.

— Qu'est-ce que vous dites, Sharmaji ?

— Mahesh, dit Sharma en lui agitant un doigt sous le nez, tu m'as fait beaucoup de peine. Oui, toi et ton registre des présences que tu montres tous les jours à Miss Das, en disant, aujourd'hui Sharma est en retard, aujourd'hui Sharma est absent, Sharma ne travaille pas. Toi et ton précieux registre des présences m'avez pourchassé comme des chiens de chasse ces cinq dernières années. Que Sharma soit plus âgé que toi, bien sûr tu t'en fiches. Que Sharma soit dans cette entreprise depuis vingt ans avant toi, tu n'y penses même pas.

Mais maintenant que Sharma est monté en grade et qu'il est ton supérieur, là ça te donne envie de lui parler gentiment, pas vrai ?

— Sharmaji, dit Mahesh en joignant les mains, pardonnez-moi pour vous avoir félicité. Et pardonnez-moi aussi, pour avoir fait mon devoir.

— Pardonné, dit Sharma, magnanime. Et maintenant peut-être voudras-tu m'accompagner à la cantine pour célébrer ma promotion avec une tasse de thé ? »

Mahesh hésita.

Sharma haussa les épaules. « C'est bon. Pas la peine que tu viennes. Je suis idiot d'être sentimental. Je me disais, peut-être même que Mahesh est heureux de ma promotion. Il va fêter ça avec moi autour d'une tasse de thé. J'avais tout faux. Quel idiot je fais.

— Oh, Sharmaji, d'accord ; je vais prendre une tasse de thé avec vous. »

La cantine était pleine à craquer, l'atmosphère alourdie par l'odeur de friture des *pakoras*. Derrière le comptoir, des garçons versaient le thé et fumaient des *bidis*. « Enregistre bien tous ceux qui sont ici, dit Sharma à Mahesh, et ne va pas te plaindre à Miss Das que je suis le seul à ne pas travailler. » Mahesh ajusta ses lunettes et s'éclaircit la gorge. Sharma commanda du thé et des *pakoras*. Ensuite il lut à Mahesh deux de ses poèmes. Mahesh les admira. Sharma lui demanda comment allait son travail. « Bien, répondit Mahesh.

— Tu tiens à jour les dossiers personnels de tous les employés et ouvriers, n'est-ce pas ? » demanda Sharma sans façons. Mahesh se raidit. « Oui.

— Quels sont tous ceux qui ont obtenu une augmentation cette année ?

— Cette information, Sharmaji, est confidentielle.

— J'ai entendu dire qu'Adesh Singh avait reçu une

lettre d'avertissement pour avoir été brutal à l'égard de son patron.

— Sharmaji, ne me tirez pas les vers du nez.

— Oui, il a eu une lettre d'avertissement. Est-ce que son augmentation annuelle a été refusée ?

— Sharmaji, ne me posez pas ces questions.

— Oui, son augmentation annuelle a été refusée. Allez, Mahesh, pourquoi fais-tu des cachotteries ? Rien ne reste confidentiel dans le service du personnel. »

Mahesh se leva. « Sharmaji, je ferais mieux de regagner mon service. Il reste juste une heure avant le déjeuner. »

Quinze minutes plus tard, Mohan, le garçon de bureau du service du personnel, fit son entrée dans la cantine, en interpellant Sharma, avec un large sourire, maculé de *paan*, barrant son visage réjoui et mal rasé, son uniforme bleu retombant avec bonheur en pans déchirés. Sharma l'accueillit avec joie et commanda deux tasses de thé et deux *pakoras* supplémentaires. Mohan était un brave homme, se disait Sharma, un garçon de bureau consciencieux. Mohan se trémoussait d'embarras et de plaisir. « J'ai entendu dire, dit Sharma, que personne ne classe mieux les papiers que toi. » Mohan opina. C'était un fait.

« C'est tout de même malheureux que l'augmentation annuelle d'Adesh Singh ait été refusée, dit Sharma avec tristesse.

— Elle n'a pas été refusée, répondit Mohan, il a simplement reçu une lettre d'avertissement.

— Quels sont ceux qui ont eu une augmentation spéciale dans ce bureau ? » Mohan le lui dit.

« Aucun d'eux ne la mérite, dit Sharma. Toi, le plus travailleur des garçons de bureau, tu ne l'as pas obtenue.

— Non, dit Mohan d'un air sombre, personne ne m'apprécie.

— Moi, je t'apprécie, Mohan, dit Sharma. Je vais en glisser un mot à Miss Das.

— C'est très chic de votre part, Sharmaji », dit Mohan, tout sourires.

La sirène retentit.

« L'heure du déjeuner, dit joyeusement Sharma. Viens, Mohan, allons prendre des *parathas* aux patates au *dhaba*. »

Le *dhaba* était rempli d'employés de bureau et ce n'est pas sans difficulté que Sharma et Mohan se serrèrent contre des clients sur une des quatre banquettes en bois. Six *parathas* cuisaient en même temps sur le feu, près duquel était accroupi Bhaiyya, le cuistot, qui les retournait avec une dextérité consommée. Sur l'autre feu du thé infusait dans une grosse marmite et deux petits garçons allaient en trottinant des *parathas* aux consommateurs de *parathas* qu'ils servaient avec des gestes vifs. Sharma et Mohan mangeaient et parlaient. Mohan disait à Sharma que tous les ouvriers de M. Khanna se plaignaient de sa brutalité auprès de Miss Das. M. Khanna avait été surpris en train de dire que Miss Das intervenait trop. Adesh Singh avait une liaison avec une des opératrices de la chaîne de montage. Tous les jours à 17 h 30, ils se rendaient dans le parc et y faisaient Dieu sait quoi. Et il avait une femme et deux jeunes enfants ! Et le patron de Sharmaji, M. Borwankar, était très malheureux. Mohan l'avait appris de Harish qui travaillait pour Borwankar *sahib*. Borwankar *sahib* avait adressé six lettres d'avertissement aux employés du service des achats pour travail mal exécuté. Résultat, les employés travaillaient encore moins. Borwankar *sahib* tournait en rond comme un nuage chargé d'orage. Mohan l'avait surpris en train de dire à Miss Das qu'il ne savait que faire, et il lui avait demandé jusqu'à quel point les ouvriers étaient protégés par la législation du travail.

Avait-il eu l'occasion, lui demanda Sharma sans avoir l'air d'y toucher, d'entendre Borwankar *sahib* ou Miss Das parler de lui ? Mohan fit non de la tête. Miss Das ne parlait jamais de personne quand il y avait un tiers dans la pièce. En revanche, il avait entendu Borwankar *sahib* se plaindre de Sharmaji à un autre responsable. Ils croyaient que s'ils parlaient anglais, lui, Mohan, ne comprendrait pas. Borwankar *sahib* avait dit qu'il espérait que la promotion agirait au moins comme un stimulant chez Sharma.

Ils achevaient leur repas. « Tu es un brave homme, travailleur, sincère », dit Sharma à Mohan tandis qu'ils revenaient vers le bâtiment. « Je te donnerai un pantalon d'importation et des cigarettes, aussi d'importation. N'oublie pas, je suis au service des achats. Quand tu veux quelque chose, demande-le-moi.

— Sharmaji, vous êtes très bon pour un pauvre garçon de bureau. Est-ce que vous pouvez m'avoir un lecteur de cassettes ?

— Mohan, ne sois pas gourmand. Ça, je ne peux pas.

— Très bien, Sharmaji. Vous m'aurez le pantalon demain ?

— La semaine prochaine. »

De retour dans le bâtiment, Sharma mâcha un *paan* et cogita profondément. Ensuite, il se dirigea à pas lents vers le bureau de Miss Das, frappa à la porte et l'ouvrit. Quatre balayeurs étaient dans la pièce, en train de se plaindre bruyamment. Ils en avaient assez de leur patron, M. Khanna. C'était un tyran. Il disait qu'ils ne travaillaient pas. Il les traitait de tous les noms, refusait de leur donner des congés.

« Sharmaji, dit Miss Das, pouvez-vous s'il vous plaît revenir plus tard ?

— Pauvre Miss Das, dit Sharma avec affection. Pauvre responsable du personnel. » Il pénétra dans la pièce et s'assit en face d'elle. « Ne la dérangez pas, ordonna-t-il aux balayeurs. Prenez patience et tout ira bien.

— Sharmaji, dit Miss Das, je vous en prie.

— Sharmaji, dit l'un des balayeurs, on est accablés de soucis. D'un côté, notre patron Khannaji nous dit qu'on devrait toujours porter notre uniforme pour travailler. D'un autre côté, vous qui commandez tous les ans notre uniforme, cette année vous ne nous les avez pas encore fournis. Vous, au service des achats, vous ne travaillez pas. »

Miss Das dit : « Vos uniformes arrivent la semaine prochaine. Exact, Sharmaji ? »

Sharma eut l'air soucieux. « Bien sûr, madame, bien sûr.

— Et qu'on ait des uniformes de bonne qualité, dit un autre balayeur à Sharma. Au service des achats, vous vous êtes fait assez d'argent sur les uniformes.

— Tais-toi », lança Sharma, courroucé.

Il y eut un coup à la porte et Adesh Singh entra. « Alors, madame, dit-il en fronçant les sourcils, qu'a dit le directeur du personnel ?

— Voulez-vous s'il vous plaît revenir plus tard ? » dit Miss Das en s'adressant aux autres.

Les balayeurs sortirent en grommelant. Sharma ne bougea pas de son siège. Miss Das lui lança un regard significatif. Adesh dit : « Oh, qu'il reste là.

— La réponse, dit Miss Das, est non. Vous recevrez

pour ce Diwali un demi-kilo de sucreries.

— Inacceptable !

— Dans ce cas, Adesh, il n'y aura aucune distribution de sucreries. »

Adesh se leva, des éclairs dans les yeux. Sharma se frappa le front du plat de la main. Adesh s'écria : « Tout de suite vous dites non. Non. Sans réfléchir vous dites non. L'entreprise n'est même pas disposée à *négocier*. Elle n'est pas disposée à *réfléchir* à la question. Tout de suite, c'est non ! »

Miss Das dit : « Adesh, vous m'avez dit que vous en aviez assez de ne pas avoir des réponses directes, assez de tourner en rond. Vous l'avez votre réponse *directe* : c'est non !

— Astucieux, dit Adesh avec amertume, *très* astucieux. Très bien, madame, comme vous voulez. Vous nous avez donné une réponse directe. Bientôt, vous aurez la nôtre. » Il sortit en trombe de la pièce.

« Alors, Sharmaji, dit Miss Das en frappant son bureau de petits coups avec son crayon. Que puis-je pour vous ? »

Sharma avança le bras, lui ôta le crayon de la main et le posa sur le bureau. « Moins de colère, madame, moins de colère. La colère est destructrice. La colère est pernicieuse. La colère rend aveugle.

— Vous êtes venu me parler d'un autre problème ?

— Moi, madame, dit Sharma tristement, je ne parle jamais de mes problèmes. Tout reste là, enfermé dans mon cœur. Je vois bien que vous avez des ennuis. À quoi bon ajouter à vos ennuis les miens ? Oui, bien sûr, j'ai des problèmes. Qui n'en aurait pas après vingt-six ans dans cette entreprise ? Laissons cela. Ce que je veux vous dire, madame, c'est que cette décision est dangereuse. Les ouvriers vont s'exciter. Il y aura des difficultés, beaucoup de difficultés.

— Quand les difficultés se produiront, alors nous verrons. Maintenant, Sharmaji, si vous voulez bien m'excuser. »

Sharma hocha la tête et soupira.

En arpentant les couloirs, les étages de bureaux et de fabrication cet après midi-là, Sharma découvrit que des troubles se tramaient, et se tramaient rapidement. Les ouvriers avaient décidé la grève sur le tas. Elle était bien calculée, parce que des Américains d'importance venaient voir l'entreprise, cet après midi-là, les Américains mêmes avec lesquels l'entreprise devait signer un contrat. Comme Adesh Singh le formula succinctement : « Pas de sucreries – pas de travail. Pas de travail – pas de contrat. » Il y avait une ambiance d'excitation contenue aux étages de production. Les ouvriers n'avaient jamais connu de grève auparavant, mais en ce temps-là, disait Adesh en retroussant les lèvres, ils n'avaient pas de syndicat. Le temps que Sharma effectue un tour complet des étages de fabrication, la grève avait commencé. Les filles étaient assises à la chaîne de montage et tricotaient, et les hommes bavardaient. Les contremaîtres, l'air renfrogné, siégeaient à l'extrémité des tables. Adesh était à la cantine, en train de fumer une cigarette avec un air de mépris. Les balayeurs étaient là aussi, accroupis, fumant des *bidis*, leur balai jeté de côté dans un coin. Il se disait que Miss Das était enfermée en tête-à-tête avec le directeur du personnel et le directeur de la fabrication. « Désormais, dit Adesh à Sharma, ces gens-là sauront le sens du mot négociation. Les Américains arrivent à 15 h 30, dans une heure. Voyons s'ils veulent toujours signer un contrat avec une entreprise dont les ouvriers ne travaillent pas.

— Ça t'amuse, non ? demanda cordialement Sharma.

— M'amuser ? rétorqua Adesh, tout ça, c'est pour notre cause. Tu crois que ça me divertit ?

— Mais ça divertit tout le monde », répliqua Sharma.

Adesh lui jeta un regard soupçonneux. Juste à ce moment-là, Mohan entra dans la cantine. « Te voilà, Adesh. Miss Das te demande. »

Adesh eut un lent sourire. « Dis-lui que je viendrai après avoir fini mon travail. »

Il alluma une autre cigarette, prit tout son temps pour la terminer, et but une autre tasse de thé. Ensuite il se leva.

« Je vais venir avec toi, dit Sharma.

— Comme tu veux, répondit Adesh. Elle semble t'avoir à la bonne. »

Ils entrèrent dans le bureau de Miss Das et s'assirent en face d'elle.

« Adesh, dit-elle, pourquoi les ouvriers ont-ils cessé de travailler ? »

Adesh la regarda d'un air surpris. « Qu'est-ce que vous dites !

— Adesh, s'il vous plaît, arrêtez de jouer la comédie. Vous savez très bien ce qui se passe.

— Madame, je ne sais rien.

— Savez-vous à quel point c'est grave de lancer une grève ?

— Madame, je n'ai *rien* lancé. J'ai simplement dit à mes camarades qu'il n'y aurait pas de sucreries pour Diwali. S'ils ont alors choisi d'exprimer leur déception, où est ma faute ?

— Est-ce que vous vous rendez compte, dit lentement Miss Das, ce que cela implique de se mettre en grève sans en informer la direction au préalable ?

— Implique ?

— La grève est illégale. Les ouvriers sont susceptibles d'être renvoyés.

— Je vois, dit Adesh. Alors, madame, renvoyez-les tous. Il y a trois cents ouvriers dans ce bâtiment. Peut-être allez-vous maintenant donner l'ordre à votre employé, Mahesh, de taper trois cents lettres de licenciement ?

— Madame, dit Sharma, il s'agit seulement d'un kilo de sucreries. La direction fait une montagne d'une taupinière.

— On ne veut pas de vos sucreries, dit Adesh, méprisant, on n'est pas des mendiants.

— Adesh, dit Miss Das, puis-je vous demander de dire aux ouvriers de retourner au travail ? Demain nous discuterons de la question des sucreries.

— Qu'est-ce qu'il y a à discuter, madame? dit Adesh. Vous nous avez donné votre réponse directe – non. Et nous avons accepté votre réponse directe.

— Nous pouvons, dit Miss Das comme si parler était au-dessus de ses forces, nous pouvons négocier demain, ainsi que vous l'avez suggéré.

— Qu'est-ce qu'il y a à négocier ? dit Adesh sans masquer son plaisir. Les sucreries ne sont pas sujettes à négociation. Les sucreries sont simplement un geste de bonne volonté. Pourquoi un tel désaccord, Miss Das ? Pourquoi une telle colère ? Je ne comprends pas. »

Miss Das observa un long silence. Adesh dit : « Non, nous non plus nous ne croyons pas aux négociations. Comme vous, nous croyons aux réponses directes. Si vous nous donnez une réponse directe différente, peut-être les ouvriers exprimeront-ils leur joie, au lieu de manifester leur déception. Et quand les Américains viendront, d'ici une demi-heure, ils verront des ouvriers joyeux, appliqués, et diront, voilà une entreprise avec laquelle nous sommes fiers de signer un contrat. »

Sharma regardait Miss Das et remuait sur sa chaise, pas très à l'aise. Il finit par dire : « Miss Das, à ce stade-là, réfléchir est inutile. »

Miss Das jouait avec sa bague. Puis elle dit : « Oui. Très bien, Adesh, voilà votre réponse directe. Vous pouvez dire aux ouvriers qu'ils auront un kilo de sucreries cette année, pour Diwali. »

Adesh se leva. « Merci, madame. Maintenant tout le monde sera heureux. » Il sortit.

Sharma s'éclaircit la gorge. « Madame », dit-il, et il s'arrêta, quand elle se détourna, sa main frôlant furtivement son œil droit. « Madame ? » répéta- t-il, horrifié. Elle se leva vivement et se dirigea vers le classeur à tiroirs derrière son bureau. D'une bouteille qui se trouvait rangée là, elle se versa un verre d'eau, le dos tourné. « Madame », murmura Sharma, affligé.

Les Américains arrivèrent, firent l'éloge de l'entreprise, signèrent le contrat et repartirent à 16 h 30. Sharma passa cette heure-là à mâcher du *paan*, perdu dans une profonde contemplation à son bureau du service des achats. Il était en réalité masqué par de hautes piles de dossiers et de papiers sur les trois côtés. D'un air absent, Sharma prit une poignée de papiers qu'il laissa choir dans la poubelle. D'un air absent, il recommença son geste, les yeux rêveusement fixés devant lui.

« C'est autant de papiers en moins à classer, hein, Sharmaji ! » rigola dans son dos Rahul, l'employé.

Sharma ne se retourna pas.

« On ne travaille pas, Sharmaji ? insista Rahul, hilare.

— Des soucis, que des soucis, répondit Sharma. Je suis incapable de travailler dans cet état d'esprit.

— Quels soucis, Sharmaji ?

— Trop compliqué, Rahul, pour que tu comprennes, trop compliqué. On est dans un monde étrange. Les meilleurs ne parviennent pas à survivre.

— Comme toi, Sharmaji ? dit Rahul en rigolant.

— Oui, entre autres. Nous sommes tous des oiseaux en cage. »

À 16 h 30, Sharma se dirigea à pas lents vers la cantine. Il croisa Malini, une des filles qui travaillaient à la chaîne de montage – petite, svelte, jolie et membre ardent du syndicat. Il s'arrêta. « Ah ! Maliniji, dit-il, affable.

— Oui, Sharmaji, répondit-elle en riant. Aujourd'hui, ça a été un triomphe pour nous les ouvriers. »

Sharma soupira. « C'est ce que tu penses ? D'accord, continue à le penser, continue à le penser. Les illusions sont tellement agréables !

— Les illusions ? »

Sharma eut un hochement de tête menaçant. « Tu ne sais rien.

— Que voulez-vous dire, Sharmaji ? »

Sharma soupira de nouveau. « Certaines personnes pensent que la victoire n'est pas du tout la vôtre. »

Malini plissa le front. « Qui ?

— Je ne peux pas dire les noms » dit Sharma, en commençant à s'éloigner.

Malini se planta devant lui. « Sharmaji, dit-elle, expliquez-vous. »

Sharma se gratta une joue mal rasée. « Il y a quelqu'un ici, dit-il à contrecœur, qui pense que la victoire des ouvriers est la sienne. » Il s'interrompit. « J'en ai déjà trop dit. »

Malini posa ses mains sur sa taille. « Oh, fit-elle posément, ainsi Adesh Singh croit que c'est son triomphe personnel, n'est-ce pas ?

— Je n'ai jamais mentionné de nom, dit Sharma.

— Pas besoin, dit Malini avec emportement. Cet homme pense trop à lui. Il s'attribue tout le mérite de notre grève, lui !

— Maliniji, dit Sharma, c'est toi qui le dis, pas moi. »

Il se fit un lourd silence. Puis Sharma dit : « Certaines personnes pensent aussi que vous les ouvrières, vous êtes inefficaces sans leurs conseils.

— Oohhh, fit Malini, le souffle court.

— Certaines personnes pensent que des femmes comme toi et même des responsables comme Miss Das n'ont aucun rôle à jouer dans cette usine. Ces gens-là disent aussi que, même si plus de la moitié de nos effectifs est composée de femmes, ce sont les hommes qui prennent les décisions et opèrent les changements. »

Malini repoussa une tresse par-dessus son épaule. « Il faudra que je voie ça avec Adesh Singh, dit-elle d'un air sombre.

— Je n'ai pas dit que c'était Adesh Singh », rappela Sharma gentiment. Malini broyait du noir.

« Certaines personnes, poursuivit Sharma, disent même à Miss Das que les objectifs de fabrication ne seraient pas atteints, sauf pour les hommes.

— Oh, dit Malini entre ses dents, comment Miss Das peut-elle prêter l'oreille à de tels mensonges ?

— Elle s'en défend, répondit Sharma. Miss Das vous soutient *toujours*, vous les femmes. Elle dit que tout s'écroulerait sans nos filles. Elle dit que toutes vous êtes honnêtes et travailleuses.

— Au moins, *elle*, elle sait, fulmina Malini.

— Et maintenant, poursuivit Sharma, notre pauvre Miss Das qu'on harcèle, qui plaide toujours en notre faveur auprès de la direction, qui soutient toujours notre cause, est seule et déprimée dans son bureau, avec l'idée que ses ouvriers se fichent pas mal d'elle.

— Pourquoi penserait-elle une chose pareille ?

— Ce sont les arguments de certaines personnes à propos des sucreries de Diwali et d'autres problèmes qui lui font penser de pareilles choses », avança Sharma d'un air entendu.

Malini frappa du pied le plancher. « Il faut que je parle à Miss Das, dit-elle.

— Adesh Singh va aussi lui parler, fit observer Sharma.

— Je vais la voir *tout de suite*, dit Malini. On se reverra plus tard, Sharmaji. » Et elle s'éloigna à vive allure.

Lentement, Sharma se mit à sourire.

Sharma trouva Adesh dans la cantine. « Alors Sharmaji, dit Adesh, comme tu l'as dit, le moment est venu de forcer la main de la direction. »

Sharma soupira. « On devrait voir Miss Das. »

Adesh fut d'accord. « Il y a juste quarante minutes avant la fermeture de l'usine. C'est faisable. Et elle nous offre habituellement du thé. Allons-y. »

Tandis qu'ils se dirigeaient vers le quatrième étage, Sharma dit : « Peut-être devrais-tu être moins agressif maintenant.

— Je ne suis jamais agressif, dit Adesh. Je dis simplement ce que je pense avec conviction. Je ne fais que respecter mes principes. Et maintenant que mes principes ont résisté à une épreuve décisive, je n'ai plus besoin d'exposer mes convictions. »

Ils frappèrent à la porte de Miss Das et entrèrent. Malini était là avec deux autres filles de la chaîne de montage ; elles se retournèrent, dans leurs saris chatoyants, rose, bleu et violet, le cliquetis de leurs bracelets, leurs éclats de rire. Les yeux de Sharma s'illuminèrent, son cœur se fit léger. Se retournant vers Miss Das, Malini dit : « Ne vous en faites pas pour tout ça. Ça va et ça vient. C'est grâce à vous qu'on a notre kilo de sucreries. »

Adesh sursauta. « Elle ? Mais c'est *moi*. »

Malini eut un geste de dédain. « Toi ? Mais n'est-ce pas *nous* qui avons déposé nos outils de travail ? Où étais-tu à ce moment-là – tu fumais comme d'habitude à la cantine ! Tu n'as *rien* fait ! »

Sharma se détourna pour sourire.

Avec raideur, Adesh déclara : « Vous, les femmes, ne dites que des bêtises.

— Ah vraiment ? rétorqua Malini. Adesh Singh, tu aurais intérêt à forcer tes yeux à voir ce qu'ils ont devant eux. Des trois cents ouvriers de cette usine, deux cents sont des femmes. Si *nous*, nous avions décidé de poursuivre le travail, qu'est-ce que tu aurais fait, dis-moi ? Et si Miss Das n'avait pas parlé à la direction en notre nom, est-ce que nous aurions eu notre kilo de sucreries ?

— Sans moi, s'emporta Adesh, rien ne serait arrivé. Qu'est-ce que tu aurais fait sans le secrétaire général du syndicat des ouvriers ?

— Adesh Singh, répliqua Malini, des éclairs dans les yeux, écoute-moi bien. Tu es le secrétaire général du syndicat. Tu n'es pas LE syndicat. Les secrétaires généraux vont et viennent. Quoi qu'on obtienne, on l'obtient parce qu'on est tous ensemble. Dans un an, on aura des élections. À ce moment-là, ne t'imagine pas les remporter. »

Sharma la contemplait avec admiration. Quelle femme, *quelle* femme ! C'était Kali !

« Tu vas te présenter aux élections, alors ? » fit Adesh d'un ton sarcastique.

Malini lui fit face, les poings sur les hanches, tandis que les deux autres filles et Sharma, ravis, regardaient. « Mais oui, mais oui, Adesh Singh, oui. Je me présenterai aux élections l'année prochaine. Est-ce que c'est tellement impensable ?

— Voilà qu'elle veut faire son Indira Gandhi, dit Adesh, lourdement ironique.

— Mieux vaut ça que d'être un Sanjay Gandhi sans scrupules, répliqua Malini du tac au tac.

— On verra ce qui se passera l'année prochaine, marmonna Adesh.

— Oui, Adesh Singh, on verra. Peut-être que l'année prochaine tu arrêteras de te pavaner comme un paon aux étages de fabrication. » Elle se tourna vers Miss Das. « Miss Das ? Vous semblez requinquée maintenant. Bien ! Nous aimons bien vous voir sourire. Nous n'aimons pas vous voir triste. Tout ça va et vient. Ça ne sert à rien de trop penser. »

Sharma, captivé, dit : « Véritablement, c'est l'époque des femmes.

— En effet », répondit Malini. Elle se tourna de nouveau vers Adesh. « Nous les femmes, nous travaillons quand nous devons travailler. *Nous*, nous ne traînassons pas autour du bâtiment, à boire du thé, à fumer des cigarettes et à mâcher du *paan*. On ne s'attribue pas le mérite pour tout ce qui se produit. La prochaine fois que tu auras des demandes à faire à la direction, consulte-moi. *Moi*, je t'obtiendrai ton kilo de sucreries sans faire la grève. Allons-y, dit-elle aux filles, partons. Laissons cette pauvre Miss Das tranquille – elle a eu assez de gens qui lui ont pris la tête pour aujourd'hui. »

Tandis qu'elles s'en allaient, elle demanda à Miss Das : « Une question, madame, où avez-vous eu ce magnifique sari que vous portez ?

— Au Handloom Emporium, répondit-elle. Ils sont en vente. C'est le meilleur moment pour en acheter un si vous en avez envie. »

Adesh eut une moue de dédain.

Malini se tourna vers lui. « C'est pas la peine de faire la tête. J'ai entendu ce que *vous* les hommes vous dites des femmes – des commérages – tout le temps. » Elle sortit à grands pas, suivie par les deux autres, convulsées de rire.

Adesh pesta. « Parler, parler. C'est tout ce que les femmes savent faire, parler. »

Miss Das leva des sourcils interrogateurs.

« Ce que j'entends par là, dit Adesh, c'est que parfois elles devraient moins parler. Elles devraient parler avec mesure, avec douceur. Comme vous, madame. »

Miss Das ne répondit pas. Adesh se pencha avec une attitude conciliante. « Madame, vous êtes en colère contre moi. Mais pourquoi cette colère ? Je représente les ouvriers. Vous représentez la direction. La différence sera toujours là. Nous devons trouver un terrain d'entente. Souvent des paroles vives seront échangées. Oui, ça fait partie du jeu. Oui, c'est un jeu.

— La vie est un jeu, soupira Sharma.

— Madame, dit Adesh, personne ne comprend mieux votre situation que moi. Parce que je suis dans la *même* situation. Les ouvriers ne me donneront pas une réponse directe. De même, la direction ne vous donnera pas une réponse directe. Je sais seulement combien c'est humiliant, pour vous, de dire une fois, non, et, quelques heures plus tard, de dire, oui. Je le sais, madame, parce que je vis ça tous les jours. » Il posa sa tête sur sa main.

« Bien, dit Miss Das, c'est maintenant du passé. »

Adesh hésita, puis, non sans réticence, déclara : « Si j'ai été dur, pardonnez-moi.

— C'est gentil de votre part, Adesh. » Ils se sourirent et Adesh s'en alla.

« Eh bien, Sharmaji, dit Miss Das en rangeant son bureau, avez-vous travaillé aujourd'hui ?

— Madame, dit Sharma, il me suffit de dire que mon esprit a été occupé aujourd'hui. Je ne veux pas vous ennuyer avec les détails de mon travail. Je vois bien que vous êtes fatiguée. Je sais que cette journée a été pour vous mouvementée et éprouvante. Après tout ça, pensez-vous que j'aurais assez peu de cœur pour vous parler de mon *travail* ? Oh non, madame, oh non. Je m'inquiète pour vous, tout comme vous vous inquiétez pour moi. »

Miss Das mit ses papiers dans un tiroir, qu'elle ferma à clé. Elle jeta un coup d'œil à sa montre. « Juste dix minutes avant la sirène, dit-elle. Vous plairait-il de me lire un de vos poèmes, Sharmaji ? »

Sharma s'illumina. « Madame, vous me flattez. » Il sortit un morceau de papier de sa poche et, s'éclaircissant la gorge, dit : « Le poème que je vais lire, madame, sort tout droit de mon cœur. » Il lut, en hindi :

Je sais ce que ressent l'oiseau en cage, hélas !
Quand brille le soleil sur le flanc des montagnes,

Quand la brise légère souffle à travers l'herbe naissante
Et que le fleuve coule comme un fleuve de verre,
Et que le premier oiseau chante et le premier bourgeon
[s'ouvre,
Et qu'un léger parfum de son calice émane –
Je sais ce que ressent l'oiseau en cage !

La voix de Sharma tremblait, il s'arrêta. Miss Das essaya sans y parvenir de dissimuler son sourire. « Sharmaji ! Sharmaji ! C'est *vous* qui avez écrit ce poème ?

— Madame ?

— J'ai lu ce poème autrefois en anglais.

— Oh madame, dit Sharma, est-ce que c'est important qui l'a écrit ? L'homme qui écrit ne fait qu'exprimer ce que tant parmi nous *ressentent*. Quand j'ai lu ce poème dans une revue, je me suis dit, voilà un homme d'un autre pays, et pourtant c'est un homme selon mon cœur. Un homme qui souffre. Et dans sa souffrance, il écrit des mots d'une telle beauté. Madame, si *lui* ne l'avait pas écrit, c'est *moi* qui l'aurais fait. C'est la même chose. »

La sirène retentit. Sharma continuait à regarder avec affection Miss Das. Elle ferma son sac et se leva.

« Sharmaji, dit-elle.

— Oui, madame ?

— Présentez-vous à votre bureau à neuf heures, demain matin.

— Oui, madame, bien sûr, madame. »

Ils sortirent ensemble, et Sharma la regarda marcher lentement vers l'arrêt du bus. Il faisait déjà nuit, et très froid. Sharma se frotta les mains et les enfouit dans les poches de sa veste. L'odeur des ca-cahuètes grillées lui parvint de l'autre côté de la rue, et l'espace fut rempli par des bavardages de jeunes filles. Sharma lorgna avec envie vers le *dhaba*. Il aurait bien besoin d'une tasse de thé. Mais non, sa femme et ses quatre enfants seraient à l'attendre. Il se mit à marcher vers l'arrêt du bus. Demain alors. Demain matin serait un moment idéal pour la contemplation.

INCANTATIONS

—

Une brûlante nuit d'été, alors que j'avais douze ans, que j'étais plongée aux larmes dans un roman de l'époque victorienne, rêvant dans mon lit à côté de ma sœur que j'étais Jane Eyre courtisée par Rochester ou Agnès par David, je sentis ma sœur fébrile. C'était la veille de son mariage, et moi, avec toute la sagesse de mes douze ans, je me tournai vers elle, et l'entourant de mes bras, je lui assurai qu'il n'y avait aucune raison d'être aussi nerveuse avant de se marier, Nikhil, son futur mari, n'était-il pas gentil et tendre et beau, et elle, n'était-elle pas belle, en plus ? Se tournant alors vers moi, tremblant de tout son corps, elle m'agrippa la main à m'en faire mal et me dit que, deux jours plus tôt, elle avait été violée par Abhinay, le frère de Nikhil. Comme elle se couvrait la bouche du revers de la main pour étouffer un gémissement, je m'allongeai à côté d'elle sur son lit et la serrai dans mes bras. Mais elle ne pouvait contrôler les sons qui sortaient de sa gorge. Nos parents allaient arriver. J'aidai Sangeeta à passer du lit à la salle de bains, je tirai la chasse d'eau, ouvris les deux robinets et fermai la porte. Elle s'assit sur la lunette, moi sur le sol humide, et au bout de dix minutes de pleurs incoercibles, elle posa sa tête contre le mur, et, le visage détourné, parla.

Deux jours auparavant, la mère de Nikhil était allée acheter des saris avec elle et Abhinay, le plus jeune frère de Nikhil, avait décidé de se joindre à elles. « Tu feras un bon mari, l'avait taquiné sa mère, si tu as autant de patience avec les femmes qui font les magasins. » Et patient, il l'avait été. Après les courses, il avait dit à sa mère qu'il les déposerait à la maison, d'abord sa mère, puis Sangeeta. Il déposa sa mère et demanda ensuite à Sangeeta s'ils pouvaient faire un bref arrêt à la *barsati* où il vivait, il avait quelque chose à y prendre. Il insista pour qu'elle ne reste pas seule dans la voiture, elle monta avec lui. Une fois à l'intérieur, il verrouilla la porte.

Ma sœur, qui avait fixé le mur en me parlant, maintenant me regardait. J'essaie aujourd'hui d'imaginer à quoi je ressemblais, en vêtements de nuit, toute menue, les cheveux rassemblés en une tresse serrée, le visage pareil à celui de la photographie qu'elle avait naguère prise de moi, candide, fervent. Ma sœur détourna les yeux et dit : « Ensuite il m'a violée. » J'entourai de mes mains ses pieds nus et les serrai fort, tout en appuyant ma joue sur ses cuisses. « Je ne me suis pas débattue, dit-elle. Il a dit qu'il nierait tout en bloc, qu'il dirait à tout le monde que c'était moi qui l'avais voulu. Il a ajouté que personne ne me croirait. Et ça a duré si longtemps, si longtemps. » Elle s'est tournée vers moi et m'a touché la joue. « Est-ce que tu sais ce que c'est qu'un viol ? » Je fis un bruit qui disait oui, et j'ai senti que mes joues étaient mouillées contre sa chemise de nuit. Oui, je savais ce qu'était un viol. Je n'étais pas censée le savoir, je n'étais même pas censée savoir ce qu'était le sexe. Avec persévérance, nous avions entrepris, mon amie et moi, de savoir, et nos seules sources étaient les ouvrages que nous étions supposées ne pas lire. Le *Reader's Digest*, bien qu'il ne fût pas interdit, nous donnait une vague idée, car il y avait toujours quelque chose sur ce qu'il faut faire ou pas, en cas de conflit conjugal, les devoirs et les interdits du manège sexuel. Ajoutez du piment au mariage, conseillait le *Digest*, faites-le sous la table, sur la table, sous le lit, dans la baignoire. Mon amie et moi, on poussait des soupirs d'excitation. Oh être mariée ! Allumez des chandelles, insistait le *Digest*, parfumez-vous, ouvrez la porte à votre mari un soir toute nue ! Mon amie et moi, on en frissonnait. L'excitation dans le mariage pouvait-elle jamais cesser ? Jamais ! Est-ce qu'on en finirait jamais avec toutes ces expériences ? Impossible ! Mais avec toute cette activité, comment les gens mariés pouvaient-ils paraître si calmes, si posés, si différents de l'exubérance de l'Acte quotidien ? Un jour qui fit date, mon amie découvrit, dans la chambre de ses parents, un livre de poche passablement fatigué qu'en leur absence elle lut à toute vitesse, terrorisée à l'idée de leur retour, subjuguée par les découvertes qu'elle était en train de faire. C'était plutôt compliqué, m'a-t-elle dit plus tard d'une voix feutrée. Apparemment, le sexe se divisait en quatre étapes – les préliminaires, c'est-à-dire le baiser ; le rapport sexuel, c'est-à-dire le rapport sexuel ; l'apogée, c'est-à-dire le point culminant ; l'orgasme, c'est-à-dire la délivrance. L'art du baiser, que nous avions toujours considéré comme tellement simple, nous sembla presque aussi lourd de complications que l'acte qui suivait. Le livre disait qu'il ne se limitait pas aux lèvres et qu'il exigeait de grandes compétences. Le reste était nébuleux. Nous ne pouvions placer aucun geste sur aucun mot. Nous réfléchissions au problème du temps. Dix minutes ? Une demi-heure ? Une heure ? En cachette, on essayait d'imaginer nos parents à l'œuvre. Mais non, ce n'était pas possible. Nos parents étaient au-delà de telles expériences, au-delà de tels désirs, au-delà de toute culmination, de toute délivrance.

Perplexes, insatisfaites, ravies, nous restions les yeux dans les yeux. C'était un processus bien plus complexe et long que nous ne l'avions prévu, et, par conséquent, sans aucun doute infiniment plus désirable. Le sexe était quelque chose qui arriverait à des gens comme nous, un éclair zébrerait le ciel qui changerait de couleur. Nous aurions nos Rochester et nos Rhett Butler, ce n'était qu'une question de temps. Une question de temps pour que nos nez deviennent plus fins, nos lèvres plus sensuelles, nos yeux larges et clairs, nos chevelures épaisses et voluptueuses, comme celles où les hommes adorent faire courir leurs doigts. Une question de temps avant que les boutons aient gentiment disparu, les seins aient fait leur apparition mystérieuse, les poils de nos bras et de nos jambes soient discrètement tombés, nos sourcils se soient arqués et espacés sans bruit. C'était seulement une question d'époque, oui d'époque. Pas celles auxquelles nos mères étaient soumises, elles qui, la porte de leur chambre grande ouverte, dormaient sur leur lit à un mètre de distance de nos pères, qui avaient dormi de cette façon du plus loin que nous pouvions nous souvenir. Non, pas les époques auxquelles nos mères étaient soumises, qui, jeunes mariées, étaient bien plus ignorantes que nous, les enfants. Je pense aujourd'hui à ces multitudes de mères, jadis jeunes mariées muettes, pénétrant, après le mariage, dans des chambres ornées de fleurs jaunes et blanches, sur lesquelles se détachaient leurs saris de cérémonie rouge et or. Comment nos pères déshabillaient ces femmes, dont beaucoup d'entre elles ignoraient les raisons d'un tel rituel ? Est-ce que nos mères ont alors protesté sans rien dire, sans rien dire ? Ou, silencieusement, ont-elles acquiescé sans protester à ce qu'un instinct leur disait de devoir supporter, prêtant l'oreille, pendant l'acte, comme à autant d'incantations, aux lointains refrains des voix de leurs mères psalmodiant, fais ce que ton mari te dit de faire, accepte, supporte. Ou bien peut-être, frappés de timidité et par l'étrangeté de tout cela, nos pères ont-ils parlé à leurs jeunes épousées, les ont initiées lentement, délicatement, assumant une expérience qu'ils n'avaient jamais eue ? L'amour était-il possible ? Et leurs histoires restaient non dites, gonflées comme des rivières après les pluies de mousson. Des années plus tard, les histoires étaient toujours non dites, et nos mères, comme une terre asséchée, crevassée, attendaient la pluie qui ne viendrait jamais.

« Après m'avoir violée, dit Sangeeta, il m'a déposée à la maison. » Je me souvenais de ce soir-là, je me souvenais que ma mère était occupée à ce que tout soit en ordre pour le chœur des femmes. La maison était décorée de *rangoli*, et fleurait bon l'odeur de cuisine. Deux heures avant la réunion, Sangeeta entra dans la maison, et je me rappelais à quel point elle paraissait étrange, les yeux gonflés, le visage blême, son sari plus chiffonné que ne le justifiait la chaleur. Elle dit à notre mère que la chaleur l'incommodait et Ma l'a guidée vers sa chambre en la priant de vite se préparer. Et je me souvenais que sa toilette avait duré deux heures. Ensuite, l'arrivée de nos parents et nos amies fut un scintillement d'or et de saris de Kanjivaram. Sangeeta, ravissante dans un sari de Bénarès jaune et argent brodé de perles, les cheveux couronnés de jasmin, s'assit en silence tandis que quelqu'un jouait du *dholak* et que tout le monde chantait. Quand les chansons devinrent sentimentales, déplorant le départ d'une fille de la maison maternelle, ma mère, c'était à prévoir, se mit à verser des larmes, mais Sangeeta, qui jouait avec les bracelets d'or de ses poignets, n'en fit rien. Je me souviens qu'il y avait des *gulab jamuns*, des *pedas* et des *rasmalai* après le dîner, et moi avec ma passion pour les friandises et sans l'œil d'aigle de ma mère posé sur moi, j'avalai à toute vitesse un repas entièrement composé de friandises. Ensuite, accablée par mes boutons, ma peau huileuse, mes cheveux raides et mon intense timidité, je gagnai notre chambre où je m'endormis.

Aujourd'hui, vingt ans plus tard, j'essaie d'imaginer ce qui serait arrivé si ma sœur avait parlé du viol à mes parents. Ils auraient bien sûr tout annulé. Et Sangeeta, avec sa virginité perdue, aurait continué à vivre avec nos parents, en femme déchue, comme diraient les gens. Réduite à néant, elle aurait disparu sans bruit dans la grisaille d'un célibat éternel, pendant que mes parents priaient pour qu'un homme sympathique survienne et l'aime en dépit de tout, sans rechercher un hymen intact. Si j'avais été plus âgée, j'aurais parlé à mes parents, je les aurais regardés se ratatiner presque sans bruit, acceptant la chose comme leur *karma* en raison des péchés commis dans leurs vies antérieures, consolant leur fille aînée, portant éternellement le fardeau d'une fille sans mari et déflorée. Et les gens, oh les gens auraient jasé et encore jasé, et la faute aurait été entièrement la sienne.

Et Nikhil, le futur promis ? Vingt-cinq ans pour les vingt de Sangeeta, c'était un homme si élancé, si attirant, si charmant, qu'il faisait honte à Darcy, à Rochester et presque, mais pas tout à fait, à Rhett Butler. Leur mariage était un mariage arrangé, et comme c'est inévitablement le cas, ils s'éprirent violemment l'un de l'autre. Quelle histoire d'amour ! Quelles fiançailles ! Quelle profusion de roses pour Sangeeta, quel échange de lettres d'amour ! Même en vivant dans la même ville, ils s'échangeaient chaque jour des lettres, sortaient chaque jour avec l'accord des parents. Aussi romantique que je fusse, je n'arrivais pas à concevoir ce qu'ils pouvaient bien s'écrire après s'être rencontrés si souvent. Est-ce qu'ils ne se parlaient pas ? Si j'éprouvais par mes livres un plaisir indirect, il n'était rien comparé à celui que je recevais de leur histoire d'amour. Mais, malade de timidité, je pouvais à peine parler à Nikhil ou à son frère Abhinay, qui avait l'âge de Sangeeta et était presque aussi beau que Nikhil. Leurs parents étaient gentils avec moi. Ils me caressaient la tête et déclaraient que j'étais une fille douce et bien élevée. Ce qui était vrai, car timide comme je l'étais, je ne pouvais être rien d'autre que douce et bien élevée. D'ailleurs, que pouvaient-ils dire d'autre de moi ? Je n'avais ni beauté ni charme ni assurance. Sangeeta avait les trois. Elle me faisait rire avec son babil, me permettait d'utiliser ses vieux rouges à lèvres, me laissait toucher ses saris. Elle cuisinait pour moi mes plats favoris, me racontait des histoires sur ce qu'il y avait d'excitant et d'aventureux dans son univers – l'univers des adultes. Elle m'achetait des livres, d'ordinaire ceux dont je m'étais lassée depuis longtemps, mais c'était sans importance. Elle était follement dépensière et presque toujours heureuse. Elle croyait que l'argent était fait pour être dilapidé, et la vie pour en jouir, et elle faisait les deux avec une belle désinvolture. Quand elle était à la maison, ça ne me dérangeait pas de ne pas lire ; à la place, je la regardais et l'écoutais. Je pensais qu'elle était la plus belle femme que j'avais jamais vue et ses yeux étaient toujours débordants de rires. À l'inverse des miens qui étaient toujours tristes et perdus, allez savoir pourquoi, car je n'avais aucun sujet de tristesse.

Ce soir-là, on se mit au lit ensemble. À mon avis, elle n'a pas dormi, moi oui, profondément, le sommeil de la jeunesse. Quand je me suis éveillée, elle était en train de boucler ses six valises.

Et c'est ainsi qu'ils se marièrent tard ce soir-là, au moment auspicieux que le *pandit* avait préconisé. Le *pandit* psalmodia des *shloka* que personne ne comprit, et ma sœur et Nikhil, sous un dais orné de fleurs et entouré de pots en terre peints en vert et rouge et blanc, firent sept fois le tour du feu sacré. Abhinay était assis derrière Nikhil, moi derrière Sangeeta, et, comme je pleurais, Abhinay me caressa la main. Je me surpris à lui attraper le doigt et à le retourner vers l'arrière, je crois que l'aurais brisé si, de surprise et de douleur, il ne l'avait vivement retiré. Personne ne s'en aperçut, et je continuais à sangloter avec toutes les autres femmes en pleurs.

Le jour qui suivit le mariage, Sangeeta et Nikhil vinrent à la maison, elle dans un sari de Kanjivaram vert bordé de pourpre, de petits rubis aux oreilles, lui dans un ensemble *pyjama-kurta* d'un blanc immaculé. « Faits l'un pour l'autre », comme le proclamait une publicité de cigarettes, et je me dis : « Tout va bien, tout va bien maintenant », submergée par des vagues de soulagement. Puis, je remarquai les yeux de Sangeeta, vides, éteints. Nous nous sommes tous assis dans la pièce à *puja*, et ma mère en accomplit une, très courte. Quand ce fut fini, nous avons mangé et comme mes parents parlaient à Nikhil, ma sœur m'a emmenée dans la chambre, s'est assise sur le lit, me fit asseoir à ses pieds et, détournant les yeux vers le mur, se mit à parler, d'une voix monotone, inexpressive, compulsive. Nikhil n'avait rien fait la nuit précédente. Elle avait eu un mouvement de recul, et il avait mis cela sur le compte d'une timidité et d'une appréhension bien naturelles. Il lui avait caressé le front et lui avait dit, prends ton temps. Et elle, frissonnant de dégoût, était restée éveillée toute la nuit. Nikhil la rendait malade, l'écœurait. «*Didi*, ai-je dit, *Didi*, s'il te plaît, non. » Son regard toujours détourné de moi, Sangeeta dit : « Sais-tu ce qu'a fait Abhinay ?

— Non » ai-je dit en me redressant, mais elle m'a repoussée vers le sol, pour ensuite me décrire longuement le viol, et j'ai écouté, avec un dégoût croissant, jusqu'à la toute fin où j'ai vu ma sœur allongée perdant son sang sur un sol glacé. C'est alors que ma mère est entrée dans la chambre, et l'expression de Sangeeta est redevenue celle de la sœur que je connaissais, et elle m'a serrée dans ses bras.

Dans le mois qui suivit, Abhinay vint habiter chez eux. Il avait besoin de leçons particulières pour ses examens d'expert comptable, Nikhil, lui-même expert comptable, lui en donnerait. Leur mère en fut ravie et dit avec attendrissement qu'Abhinay, désormais, avait une *bhabi* qui lui ferait la cuisine et s'occuperait de lui. Lorsque ma sœur nous l'apprit à sa visite suivante, la désapprobation assombrit le visage de ma mère. C'est malsain, dit-elle à mon père après le départ de Sangeeta. Quand Nikhil sera parti travailler, Sangeeta et Abhinay resteront ensemble toute la journée – c'était malsain. Mon père, troublé, se racla la gorge.

La peur pour ma sœur, associée à la culpabilité de mon propre comportement, me prenait aux tripes. J'avais évité de me retrouver seule avec elle quand elle venait chez nous et j'avais refusé de lui rendre visite dans sa maison avec mes parents. Quand Sangeeta venait, je restais assise dans le salon avec tout le monde, sourde à ses demandes de lui montrer mes livres.

Désormais, terrorisée à l'idée de nouveaux développements, je me rendais au temple voisin pour prier. Je disais aux dieux que s'ils amélioraient la situation de ma sœur, je ne me marierais jamais, je sacrifierais pour toujours mon Rochester de mari. Insuffisant, insuffisant. Je promettais que si les choses changeaient, et que si je devais sacrifier ce que j'aimais le plus pour que le changement s'effectue, je sacrifierais mes livres, pas tous mes livres (j'étais encore à l'école), mais les romans. Dorénavant, aujourd'hui même, je cesserais de lire des romans. Je me prosternais devant Ganesh, Lakhsmi, Sarasvati et Hanuman, et leur ayant offert en sacrifice des noix de coco, je rentrais chez moi.

Le temps s'arrêta. N'étant plus en mesure de lire, je n'avais rien à faire. L'école était fermée pour les vacances d'été et ma seule amie était partie chez ses grands-parents. Le soir qui suivit, j'étais dans un ennui en ébullition. Je ne pouvais vivre sans mes livres et il m'était impossible de trahir la promesse faite aux dieux. Que faire ? Je terminai la boîte de friandises du réfrigérateur, lorgnai avidement *Jane Eyre* que j'étais en train de lire pour la troisième fois (Pourquoi ne l'avais-je pas fini avant de faire mon vœu ?) et rêvai de passer une journée dans la bibliothèque. Je restai longtemps devant l'étagère de ma chambre, fermai les yeux, tirai au hasard un livre et, en l'ouvrant, le humai profondément, une odeur qui me noue toujours le ventre d'une excitation à venir. Humer, ce n'était pas briser un vœu. Ensuite je remis le livre en place. Je fis un saut jusqu'à la bibliothèque voisine, m'assurai que j'avais lu la plupart des livres et qu'aucun d'eux ne valait la peine d'être relu. Malade d'envie, en larmes, je rentrai à la maison. Là, mon père me remit une lourde boîte en carton. Je l'ouvris. Des livres, des livres, des livres. « Que des occasions, dit joyeusement mon père. Je n'ai pas pu résister à une bonne affaire pour ma petite fille.

— Mais, dit ma disciplinée de mère, un seul à la fois, pas plus d'un seul par jour, sinon c'est l'indigestion mentale. Choisis-en un, me dit-elle. Et toi, mets le reste sous clé », dit-elle à mon père. Elle connaissait très bien mes aptitudes à me droguer de littérature et me prescrivait une dose aussi faible que possible, agacée par mon état de stupeur durant mes périodes de lecture.

L'œil embué, je regardai au loin et déclarai : « Non, je ne veux pas lire, je suis fatiguée des livres.

— Tu joues les sarcastiques, c'est ça ? rétorqua ma mère. Tu peux toujours parler, tu n'en auras qu'un, et pas un de plus.

— J'en veux aucun » ai-je dit et je suis allée dans ma chambre, perdue, brisée. Mon père me suivit et s'assit près de moi avec appréhension. « Est-ce que tu n'es pas bien ? Est-ce que ta sœur te manque ? »

Ma sœur. Ma sœur. J'avais oublié ma sœur. Ma sœur. Je me mis à gémir et par miracle, Sangeeta entra dans la pièce. J'agrippai l'extrémité de son *pallu*. « Reviens à la maison, ai-je crié. Ne retourne pas là-bas. Reviens à la maison. » Je tirai son *pallu* jusqu'à ce que le sari se déchire aux épaules, tout en hurlant : « Je ne te laisserai pas repartir, je ne te laisserai pas repartir. » Ma mère, les livres oubliés, me berça dans ses bras. Ensuite ce fut au tour de Sangeeta de me prendre dans les siens, en me murmurant à l'oreille : « Si tu en parles à quelqu'un, je nierai tout, je ne te parlerai plus jamais, je suis fichue. »

Quand je sortis enfin de la chambre, c'est un Nikhil confus qui m'accueillit avec maladresse et me gratifia d'un chocolat. Le dîner se passa en silence ; mes parents étaient encore sous le coup de mon comportement sans précédent. J'allai immédiatement me coucher après le repas. Sangeeta me suivit et s'assit sur le lit. « Non, ai-je dit, non, *Didi.* » Elle détourna la tête, elle me dit que chaque matin, après le départ de Nikhil pour son travail, Abhinay la violait, et la nuit c'était Nikhil.

« Non, *Didi*, non.

— Abhinay le fait tous les jours sans exception. Et le soir après l'avoir aidé pour ses examens, Nikhil fait la même chose. Seulement avec Nikhil ça prend dix fois plus de temps parce qu'il pense qu'il doit être patient, mais ça me fait toujours mal, toujours, peu importe comment on le fait… c'est pareil. La patience de Nikhil ne fait que prolonger la souffrance. Je les déteste, je… »

Je mis mes doigts dans mes oreilles. Sangeeta se tourna vers moi et me les retira. Elle posa ses mains sur les miennes et émit dans un sifflement : « Écoute, mais *écoute.* » Ensuite, en maintenant toujours mes mains, elle poursuivit : « Nikhil pense que j'ai changé. Il dit que j'ai perdu ma spontanéité, ma chaleur, que j'ai tout perdu, tout. Il ne me comprend pas, dit-il. » Et elle devint silencieuse, presque mélancolique. Je sortis du lit et me rendis au salon.

Après leur départ, je demandai à ma mère combien de temps il fallait offrir aux dieux quelque chose en sacrifice pour qu'un souhait soit exaucé. « Au moins un an », dit-elle. Puis elle soupira : « Et parfois, il ne l'est jamais. » Ma mère observait d'innombrables jeûnes et renonçait à tout jamais aux friandises ou à la viande ou à quelque chose dont elle raffolait en tant que contribution aux nombreux marchés qu'elle concluait avec Dieu. Si c'est jamais, ai-je demandé, pourquoi n'arrêtait-elle pas ? « Comment le pourrais-je, répondait-elle, au bout de toutes ces années ? »

Et c'est ainsi que je repris *Jane Eyre* et le terminai

voracement pour la troisième fois. Je demandai à mon père les livres qu'il s'était procurés pour moi, et, déchaînée, j'en achevai quatorze en une semaine. « Ce sont les vacances d'été, fais ce que tu veux », dit sèchement ma mère, exaspérée.

Sangeeta vint à la maison en trois occasions ensuite, chaque fois dans un sari plus éclatant que le précédent, et chaque fois je restai collée à ma chaise dans le salon avec le reste de la famille, ignorant ses appels à venir parler dans la chambre. « Sale fille, dit-elle une fois en faisant la moue, tu n'aimes pas ta sœur. » Ma mère intervint : « Va parler avec ta sœur, tu n'es pas obligée de rester assise avec nous. » Je fondis en larmes. « Tout le monde me mène par le bout du nez », ai-je dit mal à propos. Et Nikhil, le cher Nikhil exhiba un chocolat, et, en me le donnant, dit : « Pour l'amour du ciel, qu'on la laisse vivre. » Je pus voir la tristesse tracée en gros caractères sur son visage et quand je le surpris en train de regarder ma sœur, il parut déconcerté. Elle parlait à jet continu quand elle venait à la maison, agitant les mains, faisant tinter ses bracelets, et elle n'écoutait personne. Mes parents, à l'évidence, n'y trouvaient rien à redire, et ma mère fit une fois la réflexion qu'elle était devenue plus volubile après son mariage.

Ensuite, pendant quelque temps, deux semaines je pense, Sangeeta ne vint pas à la maison. Une nuit, je m'éveillai en hurlant dans mon sommeil, émergeant d'un cauchemar où le son d'un *shehnai* se mêlait aux gémissements de Sangeeta, et je la vis recouverte de fleurs, Nikhil et Abhinay de chaque côté de ma sœur morte. Je me réveillai pour trouver mes parents penchés sur moi, et angoissée j'appelai ma sœur par son nom. «*Didi* est morte, leur ai-je dit, *Didi* est morte. » Ma mère me soutenait tandis que j'étais secouée de sanglots et que mon père, dans son *pyjama-kurta* à rayures, paraissait complètement dépassé.

Le lendemain matin, mes parents invitèrent la plus jeune sœur de ma mère à déjeuner à la maison. Mala *mousi* était gynécologue et mes parents sans aucun doute attribuaient mon hystérie à un vague problème mal défini, mal exprimé, ils pensaient que mes hormones fonctionnaient de travers, que j'avais mes règles, ils s'imaginaient que d'une manière obscure j'étais jalouse du mariage féérique de ma sœur, que je souhaitais sa mort, et que sous mon apparence tranquille, il y avait de la violence et de la colère rentrées. Ils avaient remarqué le changement survenu après le mariage de Sangeeta et, comme à leur habitude, se refusaient à me poser des questions sur des sujets aussi explosifs, et ils m'avaient remise entre les mains de Mala *mousi*. À trente ans, Mala *mousi* était de douze ans plus jeune que ma mère. Elle était svelte, séduisante avec des traits anguleux et espiègles, des cheveux noirs coupés court, des yeux marron au regard direct, et un nez si petit et si droit que j'en mourais presque de jalousie toutes les fois que je le regardais. Elle était vive, brusque et tranchante, et tout le monde y compris ma mère la redoutait un peu. Sangeeta la trouvait très intimidante – trop directe, trop cassante, trop franche, trop indépendante. Mala *mousi*, estimait-elle, avait trop d'angles aigus, et pas assez de la douceur et de l'affection rayonnante qu'elle associait à nos tantes. Elle trouvait les réflexions de Mala *mousi* trop pénétrantes, ses points de vue choquants et son attitude vis-à-vis du monde trop sérieuse. « Elle pense trop, disait Sangeeta à notre mère. Ça n'a pas de sens de philosopher sur la vie et sur toutes ces fadaises. Elle ne sait pas comment s'amuser. Et quel est l'intérêt de toute sa philosophie et de ses lectures si elle n'est pas encore mariée ? » Car à trente ans Mala *mousi* était célibataire et, sujet d'admiration et d'horreur pour moi, ne semblait pas s'en porter plus mal. Mala *mousi* aimait réellement la vie, mais son amour de la vie était d'une nature différente de celui de Sangeeta. Il était sérieux, contemplatif, silencieux. Je trouvais son optimisme impossible à comprendre à la lumière de ses deux fiançailles rompues, de sa lutte permanente pour sa vie privée et son indépendance, de sa vie solitaire et de son célibat qui provoquait l'apitoiement de sa famille et qu'on lui rappelait sans arrêt. Rien de tout cela ne paraissait affecter Mala *mousi*, qui se montrait absolument implacable avec ses six sœurs et leur rappelait à intervalles réguliers qu'elle était la seule à ne pas se servir de son éducation pour faire la cuisine. Je partageais avec elle ma passion des livres puisque c'était aussi une lectrice vorace. Elle m'écoutait avec le plus grand sérieux, sans jamais m'infantiliser, et quand je l'interrogeais, elle se montrait parfaitement disponible pour me parler de sujets tels que Dieu, l'univers et ce que nous y faisions. Elle me disait qu'elle ne croyait pas en Dieu, et assurément pas au Paradis et à l'Enfer, une révélation que j'avais beaucoup de mal à avaler avec sérénité. Selon elle, le Paradis et l'Enfer n'existaient que sur terre, et j'avais beau faire de rudes efforts, je ne parvenais jamais à comprendre. Dans l'école religieuse où je faisais mes études, le Paradis et l'Enfer étaient des réalités impossibles à ignorer, et j'étais persuadée que le Purgatoire était fait pour moi, puisque je péchais en lisant des livres qui étaient interdits. À l'école nous avions notre Dieu chrétien, à la maison nos dieux hindous, et je n'avais aucune difficulté à croire aux deux. Quand les bonnes sœurs nous parlaient des miracles accomplis par le Christ, je les associais aux miracles accomplis par Krishna, car je les aimais réellement tous les deux, et les bonnes sœurs écoutaient, patientes, amusées, incrédules. J'aimais la Bible presque autant que le *Ramayana* et le *Mahabharata*, c'étaient des histoires qui me remuaient très fort, et me touchaient jusqu'aux larmes. Je pleurais quand le Seigneur Rama abandonnait sa femme enceinte dans la forêt. Déloyal, injuste. Tout ça parce qu'il avait surpris une conversation où l'un de ses sujets mettait en doute la pureté de Sita. Tout ça parce que le Seigneur Rama voulait montrer à ses sujets qu'il tenait compte de leur avis. Et c'est ainsi que sans rien dire à Sita, enceinte, il envoya son frère Lakshmana la conduire dans la forêt pour l'y abandonner, seule, sans protection. « *Comment* a- t-il pu, Ma, comment a-t-il *pu* ? » Je pleurais chaque fois qu'elle me racontait cette histoire. Une fois, mon père, surprenant cette conversation, déclara : « Tels sont les dieux que nous vénérons. » Je pleurais aussi sur Draupadi, perdue au jeu de dés par ses cinq époux, les Pandava, en même temps que leur royaume, au profit de leurs ennemis, les Kaurava. Je pleurais aussi quand Duryodhana ordonna à Dussasana de déshabiller Draupadi, quand Dussasana se mit à tirer sur son sari devant toute la Cour, et que les cinq époux de Draupadi, impuissants, regardaient. « *Comment* ont-ils pu, Ma ? ai-je crié. *Comment* ses maris ont-ils pu faire ça ? » Et ma mère me dit comment Draupadi fit le vœu qu'un jour elle laverait ses cheveux dans le sang de Duryodhana et qu'en attendant elle laisserait ses cheveux dénoués, sans les peigner. Alors je soupirais de colère et d'excitation. Et mon père, prêtant de nouveau l'oreille, réaffirmait son dégoût pour les hommes de notre mythologie. Le *Ramayana* et le *Mahabharata* regorgeaient de passions, d'intrigues, de vengeances, de châtiments – des histoires à l'intérieur d'histoires à l'intérieur d'histoires, et à la toute fin, bien entendu, le Bien triomphait du Mal. Elles devaient être vraies, me disais-je, elles devaient absolument l'être, car qui au monde aurait pu avoir assez d'imagination pour les inventer ?

Mala *mousi*, en plus de ses points de vue apocalyptiques, fumait, sujet de désapprobation et de honte pour mes parents. « Les honnêtes femmes ne fument pas », disait mon père à ma mère, et ma mère, écartelée entre son assentiment et son affection pour sa petite sœur, ne répondait pas. Elle buvait même de temps à autre, et elle faisait les deux choses avec tant de grâce et de classe que, dans ma chambre, je répétais souvent chacun de ses gestes, sa façon élégante de lever sa main fine, le mouvement calme et souple de ses longs doigts tenant la cigarette, ses lèvres pourpres exhalant tranquillement la fumée. Je mourais d'envie à la fois de l'impressionner et de lui faire comprendre que j'avais moi aussi à exprimer des opinions qui étaient radicales, mais je m'en abstenais. Je n'en discutais même pas avec mes parents, car en dehors de mon désir de lire davantage, on n'avait pas d'autre sujet de conversation.

Oui, Mala *mousi* me fascinait. Mais je n'aspirais pas à l'imiter, cela aurait voulu dire pas de mariage et pas de bébés, et je voulais les deux. Cependant, ne pas être comme elle aurait signifié être comme ma mère qui était mariée, avait des enfants et de l'embonpoint, qui était rassurante, inintéressante, exigeante, aimante, d'esprit pratique, transpirant la sécurité et le mécontentement. Et toutes les femmes que je voyais autour de moi, et qui étaient mariées, ressemblaient à ma mère – d'un total, d'un absolu manque de romantisme. N'y avait-il rien entre les deux ?

Avant le déjeuner, Ma et Mala *mousi* se confinèrent dans la chambre de mes parents, et de nombreuses années plus tard, on me raconta que leur conversation avait donné ce qui suit :

Ma : Geeti est sérieusement perturbée. Je ne sais pas quoi faire.

Mousi : Parle-lui. Cherche.

Ma : Peut-être qu'elle a eu ses règles et qu'elle ne sait pas quoi faire.

Mousi : Demande-le-lui.

Ma : Tu es gynécologue. Examine-la.

Mousi : Tu es bien bonne, examine-la ! C'est ta fille, grands dieux, et avoir ses règles n'est pas une maladie. La pauvre enfant.

Ma : Mala, mon cœur, s'il te plaît, parle-lui.

Mousi : *Didi*, tu es totalement irresponsable. C'est de toi dont la pauvre enfant a besoin, pas de moi.

Ma : Mala, mon cœur, je crois qu'elle a gravement été perturbée par le mariage de Sangeeta.

Mousi : Pourquoi ?

Ma : Elle se conduit d'une manière si étrange – elle pleure sans raison et hier elle a rêvé que Sangeeta était morte – Tu crois qu'elle veut que sa sœur meure ?

À ce moment-là, ma mère fondit en larmes. Alors Mala *mousi* la sermonna sur ses refoulements, sa stupidité, son aveuglement absolu devant ma solitude.

« Mais je n'étais pas solitaire, lui dis-je aujourd'hui, vingt ans plus tard. Je n'arrive pas à me souvenir d'avoir jamais été seule.

— Idioties, dit Mala *mousi*, tu étais une enfant solitaire pratiquement sans aucune amie. Tu étais à ce point perdue dans ton monde de livres que le monde réel t'échappait complètement. Et tu étais dans une inconscience totale, abominable, du fardeau terrible que ton égoïste de sœur faisait peser sur toi.

— Elle n'avait personne d'autre, dis-je, personne.

— Elle avait vos parents, dit Mala *mousi*. Elle avait le choix. Elle a préféré demeurer dans ce piège masochiste et se servir de toi. » Ses yeux soudain se remplissent de larmes et elle murmure : « Pauvre enfant, pauvre, pauvre Geeti. »

Je m'entête. « Elle était terrifiée que personne ne veuille la croire ou la comprendre. Elle n'était même pas consciente de la possibilité d'un choix. » Les choses, pour Mala *mousi*, sont bien carrées. Mala *mousi* dit : « Ta sœur bien-aimée était faible. Elle acceptait la moindre parcelle de sa souffrance et ça en faisait une masochiste. »

Mais ce jour-là, il y a vingt ans, le sermon de Mala *mousi* à ma mère, la tension du déjeuner… Après le repas, Mala *mousi* me demanda de lui parler des livres que j'étais en train de lire. Nous sommes allées dans ma chambre, et en plein milieu de mes propos sur la triste enfance de *Jane Eyre*, je bafouillai.

« Quelque chose te tracasse, Geeti, dit Mala *mousi*.

— Non, ai-je répliqué, car si je parlais, ma sœur en mourrait.

— Est-ce que tu as eu tes règles ? »

Je rougis. « Non.

— Est-ce que tu sais pourquoi les femmes en ont ?

— Oh oui, ai-je dit d'un ton dégagé. Si les femmes ont leurs règles, c'est qu'elles peuvent avoir des bébés.

— Oui », répondit-elle, puis elle me parla de l'anatomie et des organes reproducteurs de la femme, et ensuite de ceux de l'homme. Après quoi, à mon vif embarras, elle me parla de l'acte sexuel, en le mêlant adroitement à la biologie.

Quand elle eut fini, j'ai dit : « Je parie que tu ne sais pas *à quel point* ça fait mal.

— Bêtises, a dit ma tante.

— *Moi*, je le sais, ai-je dit. *Toi*, tu l'ignores.

— En fait, a dit Mala *mousi*, je l'ignore. Pourquoi tu ne me le dis pas ?

— Tu le sauras quand tu seras mariée, ai-je dit avec tristesse.

— Mais toi, tu n'es pas mariée, Geeti. Comment le sais-tu ?

— Je connais des personnes mariées, *Mousi*, des amies, ai-je précisé à la hâte.

— Et que te disent tes amies mariées ?

— J'ai une amie mariée, ai-je dit, que son beau-frère a violée deux jours avant le mariage.

— Et ensuite ?

— Ensuite son beau-frère est venu habiter avec eux, et maintenant il la viole le matin, et son mari la viole la nuit. »

J'ai observé que les mains de Mala *mousi* étaient prises de tremblements. Elle a dit : « Geeti, mon enfant, cette femme, c'est ta sœur ? »

Je n'ai pas répondu. J'ai senti que ma gorge était paralysée. La peur sur mon visage était une réponse suffisante. « N'en parle pas à Ma », ai-je dit.

Mala *mousi* prit mes mains dans les siennes. « Geeti, ma chérie, fais-moi confiance. Est-ce que tu sais que je ne ferai jamais de mal à ta sœur ?

— Oui », ai-je murmuré, en larmes.

Elle essuya mes pleurs et dit : « Il nous faudra en parler à ta mère et à ton père.

— Non.

— Si. Ils feront revenir ta sœur à la maison. Elle sera en sécurité. Personne ne lui fera du mal. Ils ne la laisseront pas repartir. Et *quoi* qu'il arrive, je serai avec toi.

— Promis ? Mets la main sur ton cœur et promets.

— La main sur le cœur, dit-elle joignant le geste à la parole. Je le promets.

— Ma ne peut pas accepter ça, ai-je dit, elle va devenir hystérique. » Mala *mousi* me pressa la main. « Mais Papa, ai-je dit, sera courageux et fort. C'est... » Je cherchais le mot. « C'est un homme invulnérable. »

Pendant un moment nous sommes restées en silence, Mala *mousi*, un bras autour de moi, me caressait le front. J'étais envahie par un sentiment de paix et de réconfort que je n'avais jamais connu et que je n'ai plus jamais connu depuis. Alors je levai les yeux et vis que Mala *mousi*, ma forte, ma franche Mala *mousi*, pleurait sans bruit. La peur revint à toute allure, à me donner le vertige et je la regardai avec une terreur telle qu'elle me recouvrit les yeux de ses doigts humides. Elle dit : « Rien n'arrivera à Sangeeta. C'est pour toi que je pleure. »

Je soupirai profondément, puis je souris. « *Tout* va bien. » Je levai les yeux sur elle. « Regarde, tout va bien. »

Je le croyais réellement.

Et c'est ainsi que Mala *mousi* fit venir mes parents dans ma chambre et leur dit tout. Je m'attendais à des larmes et à des plaintes bruyantes, mais il n'en fut rien. Ma mère était affalée sur sa chaise, les rides légères autour de sa bouche devenues soudain plus prononcées, ses grands yeux perdus dans le vague. Ce fut mon père qui pleura, pas du tout en silence comme je croyais que les hommes pleuraient, mais avec des hoquets bruyants, incontrôlables, un tableau si inconcevable, si impossible à supporter que je sentis alors que mon univers s'effondrait de façon absolue, irrévocable.

Mala *mousi* m'aida à boucler ma valise, et ensuite je suis allée dans son appartement pour y passer une semaine. Là, elle me dit que mes parents feraient revenir ma sœur à la maison, et que c'était préférable pour moi de rester avec elle une courte période de temps.

Et ce soir-là, elle me dit avec une infinie délicatesse que ma sœur était morte dans son sommeil.

Après la première vague de chagrin, je me laissai aller dans ses bras et dis : « Elle a dû mourir d'une crise cardiaque. » Ils ne me laissèrent pas assister à la crémation, Mala *mousi* non plus, mais elle resta avec moi, me soutenant lors de mes crises périodiques de larmes.

Sangeeta n'était pas morte dans son sommeil, et naturellement, elle n'était pas morte d'une crise cardiaque. C'est ce que je découvris quatre ans après l'événement, et seulement parce que ma toute jeune cousine, une fille agaçante d'une grande précocité, voulait que je lui raconte une histoire. Absorbée dans mon livre, je n'avais ni intention ni envie de lui céder. Aussi c'est elle qui dit : « Je parie que personne ne t'a dit que Sangeeta *Didi* était morte parce qu'elle s'était pendue au ventilateur. »

Je posai mon livre.

« Je savais que je parviendrais à t'arracher à la lecture de ce livre stupide », jubila-t-elle.

Je la regardai fixement.

Elle grimaça un sourire. « Et avant de se tuer, elle a coupé la… *chose* d'Abhinay, et il est mort dans son sang. » Et saisie de confusion à évoquer la « chose » d'Abhinay, elle se couvrit la bouche et pouffa de rire.

Tous, ils savaient tous, nos parents, nos voisins, et toute la ville où nous avions vécu, et d'où nous avons déménagé un mois après sa mort. Tous savaient, puisque bien sûr cela avait fait la une des journaux locaux, et notre porte avait subi le raz-de-marée de la police, des journalistes et des curieux. Durant toute cette période, j'étais chez Mala *mousi*, tenue à l'écart des journaux et des gens, et aussitôt après je partis avec mes parents pour une autre ville, un endroit trop éloigné pour que nos proches débarquent aussi régulièrement. Tous savaient que lorsque mes parents pénétrèrent dans la maison de Sangeeta (la porte d'entrée n'était pas verrouillée), elle était pendue au ventilateur, et Abhinay gisait au-dessous, près de la porte.

Comment a-t-elle fait ? Probablement pendant qu'il dormait, du sommeil de celui qui est repu, qui n'a rien à craindre, sachant que Nikhil était absent pour une semaine en raison de son travail. Après quoi elle a dû fermer à clé la porte de la chambre, s'est mise à le regarder et à l'écouter dans ses efforts pour ramper vers la porte, à le regarder et l'écouter s'effondrer. Dans le mot qu'elle me laissa, elle écrivit : « Aujourd'hui Abhinay m'a violée pour la cinquante-deuxième fois. Je suis enceinte. Je l'entends mourir et j'aime ce bruit. » Avait-elle soigneusement posé le mot sur la table, et, mains jointes, regardé patiemment Abhinay mourir ? Ou bien, tandis qu'il hurlait, s'efforçant de ramper vers la porte verrouillée, lui avait-elle parlé à l'oreille des cinquante-deux fois ?

Il y avait sur la table de chevet une bouteille d'eau du Gange, qu'elle avait bue avant de monter sur la chaise.

Ce fut Mala *mousi* qui finalement me raconta tout ça. Mes parents, quand je fus face à eux, ne furent bons à rien. Dans la cuisine, j'empoignai ma mère et la secouai, lui demandant la vérité. Ma mère, appuyée contre le mur de la cuisine, hochait la tête, le visage baigné de larmes. Ensuite je saisis son visage entre mes deux mains et la forçai à me regarder ; mais ses yeux ruisselants regardaient le plafond. Puis je suis allée vers mon père, assis dans la véranda. Il m'avait entendue. Le visage détourné, il me dit d'une voix rauque : « Ne me demande rien.

— Raconte-moi, ai-je hurlé, raconte-moi ! »

La plus proche voisine apparut sur le pas de sa porte, et ma cousine se fit toute petite dans un coin de la véranda. Ensuite je suis allée dans la chambre de mes parents, j'ai ouvert la malle des saris de ma mère, j'ai fouillé dans les plis de ses saris jusqu'à ce que je trouve l'argent qui y était soigneusement enfoui, les économies de ma mère prélevées chaque mois sur l'argent du ménage. Je comptai quatre cents roupies en billets de dix et de cinq roupies. Le lendemain je pris le train pour la ville où vivait Mala *mousi*, la ville que nous avions quittée quatre ans plus tôt. Mes parents me laissèrent partir sans protester.

Mala *mousi* me raconta aussi que mes parents, anéantis par le choc et par la douleur, s'étaient complètement effondrés, et que Nikhil s'était occupé d'eux pendant une semaine, comme un fils l'aurait fait. Les parents de Nikhil, bien que fous de chagrin et de remords, acceptaient le destin de leur fils comme un châtiment. Eux aussi finirent par quitter la ville. Mala *mousi* me montra certains magazines de femmes, où on avait écrit sur Sangeeta, en faisant de ce cas matière à publication. On la comparaît à Draupadi sur le champ de bataille, après que la guerre eut été gagnée par les Pandava, lavant ses cheveux dans le sang de l'homme qui l'avait humiliée, exauçant son vœu comme une femme possédée.

« Mais elle n'était pas Draupadi », c'est ce que me dit aujourd'hui Mala *mousi* vingt ans après l'événement. « Elle n'avait ni le courage, ni la résistance, ni la capacité de se soutenir ou de soutenir les autres. » Ma tante, si tendre et si bienveillante envers moi, n'épargnait ni ma sœur ni ma mère. Elle me dit que ma mère avait été irresponsable à chaque étape. « D'abord, elle te confie à moi pour que je découvre ce qui te perturbe, ensuite elle se tourne vers la religion après la mort de Sangeeta, ensuite elle refuse de te dire quoi que ce soit, te laissant l'apprendre de ta cousine prodige. »

Je prends la défense de ma mère. « Tu ne peux pas espérer qu'elle en discute avec une pondération quelconque. »

Mala *mousi* grogne. « Non, en effet. Aussi c'est moi qui le fais à la place de tes parents, et par deux fois. » Elle marque un arrêt. « Elle laisse ses enfants se débrouiller au milieu d'accidents fâcheux, comme elle l'a fait elle-même quand elle s'est mariée. On pensait que son expérience personnelle la sensibiliserait au sort de ses enfants, mais non. Savais-tu que la première fois où ta mère était en train d'accoucher, elle prit un médicament pour le mal de ventre ? » Elle remarque avec satisfaction mon expression horrifiée. Elle en rajoute. « La conception de Sangeeta fut une grande découverte, fortuite, sa naissance en fut une autre. » Mala *mousi* a pratiquement cessé de voir mes parents. « Ma sœur me déprime, dit-elle.

— Tu n'es pas douée pour les euphémismes, *Mousi* », je murmure, et elle sourit à contrecœur. Ma mère ne déprime pas simplement Mala *mousi*, elle l'exaspère, elle la met en rage. Ma mère est désormais fanatiquement religieuse, elle prie et médite six heures par jour. Lors de mes visites à la maison (elles se font de plus en plus brèves, j'entends son lit grincer à quatre heures du matin, j'écoute les bruits qui accompagnent son entrée dans la salle de bains, sa toilette, sa sortie et les habits qu'elle revêt. Ensuite une odeur d'encens se fraie un chemin vers ma chambre. Si j'arrive à l'improviste chez mes parents et qu'elle est au milieu de ses prières, elle ne sort pas pour m'accueillir, et je m'assieds dans ma chambre et attends la fin de sa *puja*, tandis que mon père, toujours incapable de préparer le thé, tourne autour de moi et me dit que j'ai minci. Ma mère pratique le détachement, absolument convaincue que ce sont les attachements seuls qui apportent le chagrin. Quand elle ne prie pas, elle me pose des questions superficielles sur mon travail de chirurgien et sur ma séparation, sans toujours écouter mes réponses. Mon père, un croyant à sa façon, est toujours, étrangement, seul. De temps à autre, il hoche la tête et dit : « Rien n'est compréhensible », puis il rejoint sa femme. « Dieu a Ses desseins. » Mala *mousi* dit que dans les prières de ma mère et les soupirs de mon père ils ont perdu jusqu'à la faible capacité qu'ils avaient d'être responsables et de prendre des décisions. Elle voit toute l'affaire comme la conséquence inéluctable de leurs attitudes et de leurs choix, plutôt que comme l'action d'un Dieu qui a Ses propres desseins, comme le dit mon père, ou comme le châtiment de péchés commis dans une vie antérieure, comme le croit ma mère. Mais en dépit de toutes ses divagations, en dépit de toute son intolérance, Mala *mousi* est une femme d'un vaste optimisme et par conséquent d'un grand courage. Elle n'émet aucune plainte contre un destin cruel ou un Dieu malveillant, car bien sûr elle ne croit ni à l'un ni à l'autre, accepte quand les choses vont mal dans sa vie, et pour le reste, s'y entend pour mettre au monde des bébés, pour entretenir son jardin et pour lire avec beaucoup d'entrain.

N'y a-t-il pas un état intermédiaire, me suis-je demandé à l'âge de douze ans. Oui, il en existe un. Je suis ce cas intermédiaire ; c'est seulement une question de temps. Une question de temps pour que mon nez devienne plus fin, mes yeux, avec du khôl, plus larges, mes cheveux carrément plus épais et plus longs. Une question de temps pour que mes boutons se résorbent gentiment, que mes seins apparaissent mystérieusement, que les poils de mes bras et de mes jambes disparaissent – arrachés résolument à la cire, que mes sourcils dessinent un arc et s'écartent, après avoir été minutieusement épilés. C'était seulement une question de temps... Un temps qui ne soit pas immobile et stagnant comme celui de ma mère, mais un temps entièrement à moi. Le temps s'écoula à attendre l'homme qui serait mon Rochester, mon Rhett Butler, mon Darcy, mon David, mon Sanjeevani, ma force de vie, mon guérisseur. J'attribuai toutes ces qualités à l'homme que je finis par épouser, dont j'attendais que les yeux deviennent sombres de compassion et de compréhension quand je lui racontai l'histoire de ma vie. Folle, obsédée, dit-il de moi. Cinglée, dit-il de ma sœur. Moins il écoutait, plus ma voix devenait perçante. Quand enfin dans le lit je me détournais de lui, il disait, ce doit être de famille.

Et c'est ainsi que je suis revenue vers Mala *mousi*. Elle écouta. Sans poser de questions, sans juger. Je lui parlai de Sangeeta, de mes parents, de mon mari, lui racontai à travers mes sanglots mes rêves et mes fantasmes, mes illusions et la réalité. Et quand je mis fin à mon débordement, elle commença le sien.

Oui, j'étais un cas intermédiaire ; ni mariée, grosse,

mécontente et résignée comme ma mère, ni célibataire, intransigeante et indépendante comme Mala *mousi*, mais, séparée pour l'heure d'un mari buté et ronchon, ayant troqué mes vieilles illusions contre une autre – celle de l'empathie, de la tendresse et de la camaraderie. C'est ce que dans mes rêves je projette sur mon mari réticent, sans vouloir admettre qu'il est aussi improbable qu'il soit mon Sanjeevani que moi sa Gopi.

Et comme des possédées, Mala *mousi* et moi revenions à Sangeeta à chacune de nos rencontres. Mala *mousi* n'a toujours pas oublié l'enfant meurtrie de douze ans ou l'adolescente traumatisée de seize ans sur qui elle veillait et qu'elle conseillait. Quand elle en parle, elle le fait comme si l'enfant n'était pas moi, mais une autre fille dans un autre temps. Elle dit qu'à cette époque elle ne le supportait pas et qu'aujourd'hui elle le supporte à peine. Parfois, sans s'en rendre compte, elle parle de moi à la troisième personne. « La pauvre enfant, me dit-elle, la pauvre, pauvre enfant. » C'est comme si Mala *mousi* était devenue la Geeti de douze ans, récapitulant son expérience pour moi, moi son amie âgée de trente-deux ans, exprimant tout ce que l'enfant de douze ans n'avait jamais dit. C'est ensuite mon tour, et je deviens Sangeeta, vivant chaque jour et chaque nuit le mariage de ma sœur, recréant tout jusqu'à l'ultime journée sanglante. Puis, en gémissant, je dis à Mala *mousi* que peut-être je devrais être reconnaissante à mon mari. Une déclaration qu'elle réduit promptement en pièces, me réprimandant d'exprimer l'épitaphe résignée de toute bonne épouse : « C'est pire pour d'autres. »

Les aphorismes de Mala *mousi*, quoique judicieux, étaient trop pragmatiques pour moi, sa philosophie de la vie – pour elle, solide et nourrissante et protectrice comme un banian – était pour moi une branche trop fragile à saisir. Je voulais croire ma mère quand elle me disait : « Tout n'est qu'illusion, tout. Penser que c'est le monde réel, c'est ce qui nous conduit à la ruine. » Ses yeux étaient mornes tandis qu'elle regardait par la fenêtre de la cuisine.

« Idioties, a dit Mala *mousi* quand je lui rapportai ces propos. C'est ta mère qui se trompe. » Elle adoucit l'expression de son visage quand elle vit la mienne. « Je sais. Ça lui permet de continuer de vivre. »

Prise entre mon envie de croire ma mère et mon désir d'être approuvée par Mala *mousi*, je passais alternativement de l'espoir à la culpabilité. Comment Mala *mousi* s'en sortait-elle ? D'où tirait-elle son optimisme, comment pouvait-elle, toute seule, toujours toute seule, être si joyeuse quant à son avenir ? Et moi, comment pourrais-je seulement commencer à me libérer du passé, en aimant éperdument tout ce que je me rappelais de ma sœur, en aimant Mala *mousi* en silence, et en aimant malgré moi mon mari, en dépit de ses qualités qui le rapprochaient d'un Rhett Butler, d'un Rochester, discernant dans sa stupéfaction un signe d'espoir ?

Et Nikhil. Mon fournisseur de chocolat, mon grand, mon tendre beau-frère, aveugle violeur involontaire. Plusieurs années après la mort de Sangeeta, il vint me voir dans la maison de Mala *mousi*. Pendant les cinq premières minutes, j'étais si choquée de son changement que je ne pus parler. Il avait prématurément vieilli, il était légèrement voûté, et il avait définitivement perdu le charme qui faisait tellement partie de lui-même. Il venait pour savoir ce que Sangeeta m'avait dit. Durant toutes ces années, c'est ce qui l'avait obsédé, s'assurer que Sangeeta m'avait parlé, sans savoir ce qu'elle avait dit. Année après année, il avait rendu visite à Mala *mousi*, mais elle avait refusé de trahir ma confiance. Mes parents n'avaient pas voulu lui permettre de me voir. Mala *mousi* m'avait parlé de ses visites, sans m'en donner la raison. « Je pensais que ce serait trop dur pour toi », disait-elle en guise de défense. Chère Mala *mousi*. Au cours de toutes ces années, m'a dit Nikhil, il avait attendu de me parler. Que m'avait dit Sangeeta ? Pourquoi, comment avait-elle supporté ça ? Quand cela avait-il commencé ? Alors je le lui ai dit et son visage s'est racorni. Parcouru de frissons, il a dit : « Je croyais que c'était quelqu'un d'inhibé. Mon Dieu, je n'étais pas meilleur que mon frère. » Baissant les yeux, il murmura : « Maintenant, je comprends. » Il y eut un long silence, ensuite Nikhil me regarda, les yeux fous de douleur, et il dit : « Je croyais que tu allais me dire qu'elle m'aimait. J'en venais à penser que si j'entendais ça, je pourrais m'en aller, enfin capable de le supporter. Mais ça, oh Geeti, c'est au-delà du supportable, au-delà de l'oubli. » Après quoi, il lui fut impossible de parler. Nous sommes restés en silence pendant quinze minutes, il regardait dans le vide par la fenêtre. Finalement, quand il est parti, il a dit : « Il va me falloir prier. J'irai à Amarnath le mois prochain prier pour avoir l'occasion de me racheter envers elle lors de ma prochaine naissance. » En se retournant pour s'en aller, il dit : « Avant de venir te voir, j'avais de l'espoir. »

Je suis revenue dans le salon pour m'asseoir sur le divan, toute tremblante d'un chagrin ancien. Même encore aujourd'hui il me prend par surprise, ce sentiment, j'ai de nouveau douze ans, et une fois de plus je ne comprends rien. Ah ! la promesse de nos naissances futures où nous pouvons nous racheter des péchés commis dans la présente, qui nous fait accepter les souffrances de cette vie, en croyant que notre douleur est le *karma*, conséquence de tous les péchés commis dans l'existence antérieure. Il y a beaucoup à dire sur la philosophie hindoue, sur la croyance qui apporte avec elle résignation et espoir. Elle refuse la damnation éternelle de l'Enfer, explique l'inexplicable, elle est la seule réponse logique au tourment du pourquoi. Selon cette logique, mes parents, ma sœur, Nikhil et moi avions dû pécher voluptueusement, épouvantablement dans nos vies antérieures. Moi aussi, comme Nikhil, je prie ; comme ma mère, j'adresse des promesses aux dieux, mais je le fais en catimini. Mala *mousi* me désavouerait si elle savait, car elle relègue le cycle des renaissances dans la même catégorie que le Paradis et l'Enfer. Je prie pour que l'âme de Sangeeta repose en paix, s'il y a une autre vie, nous nous rencontrerons de nouveau. De combien de pratiques secrètes et coupables mes prières s'accompagnent ! Il est des fois où j'envie les convictions de Mala *mousi* d'une seule vie et d'une seule mort, et rien avant et rien après, j'envie aussi son optimisme et sa confiance en elle. Mais si j'avais ses convictions, je n'aurais pas son optimisme, comment pouvoir continuer à vivre, en sachant que c'est la fin, que c'est tout ce qu'il y a ? Je prie, simplement au cas où.

SA MÈRE

—

Quand elle reçut, d'Amérique, la première lettre de sa fille, la mère pleura un bon coup. Tout était super, disait sa fille. Le voyage en avion était super, son professeur qui l'attendait à l'aéroport était chouette, son université était très chouette, la maison qu'elle partageait avec deux Américaines (des filles chouettes) était super, ses cours étaient impec et l'enseignement était incroyablement super. Elle achevait sa lettre en disant qu'elle allait super bien, et espérait que ses parents aussi. La mère laissa échapper un gémissement qu'elle put à peine contrôler et fondit en larmes en une débâcle de nostalgie et de chagrin et de frustration. Qui aurait imaginé que sa fille faisait un doctorat de littérature comparée, songeait-elle, en s'essuyant les yeux avec le *pallu* de son sari, quand les seuls mots à sa disposition étaient « super », « chouette » et « impec ». Qui aurait cru qu'elle avait une médaille d'or de l'université de Delhi ? Qui aurait pensé, devant la platitude de cette lettre, sa fadeur, la monotonie de son accent, la médiocrité de ses adjectifs, qu'elle provenait d'une fille si sérieuse et qui savait bien s'exprimer ? Sa fille avait immédiatement écrit, comme elle avait dit qu'elle le ferait, songea-t-elle, en nettoyant ses lunettes maculées et en commençant à relire la lettre, qui n'avait mis que dix jours à lui parvenir. Elle examina l'écriture de sa fille. Aucun signe visible de solitude, de gêne ou d'inquiétude – une écriture ferme, ronde et nette. Elle n'avait pas précisé si l'homme exagérément amical à l'aéroport avait pris place près d'elle dans l'avion. La mère espérait que non. Une fois les Indiens montés à bord d'un avion à destination d'un pays étranger, l'anonymat les rendait cinglés. Ils se saoulaient et faisaient vivre l'enfer aux hôtesses de l'air et à tout leur entourage, mais ils croyaient, bien sûr, flirter avec finesse. Sa fille, en dépit de toutes ses discussions avec ses parents, ne savait pas comment s'en sortir avec de tels hommes. Avec la plupart des hommes. Sourcils froncés, la mère tira un bloc de papier à lettre d'une chemise posée sur la table de la salle à manger et se mit à écrire.

Mange correctement. Beaucoup de lait, de fromage et de céréales. Mal se nourrir fait vieillir plus vite. C'est pour cela que les Occidentales ont l'air exténué. Elles peuvent bien avoir la minceur d'un crayon, mais regarde les rides de leur visage. À trente ans, elles commencent à paraître fanées. Aussi ne te laisse pas prendre par ces modes stupides de régimes alimentaires. Huile tes cheveux toutes les semaines et évite les shampoings. Les produits chimiques détruisent les cheveux. (Tu peux te procurer facilement de l'huile d'amande, à défaut d'huile de noix de coco.) Malgré les centaines de shampoings qu'on trouve en Amérique, les chevelures des Américaines sont loin de valoir celles des Indiennes. Ta grand-mère avait toujours d'épais cheveux noirs quand elle est morte.

Un jour, deux mois plus tôt, sa fille avait coupé son épaisse et longue chevelure noire, juste comme ça. La soudaineté de cet acte sacrilège la hantait encore. Ce soir-là, quand elle ouvrit à sa fille, elle vit que ses cheveux lui tombaient juste sous les oreilles. La fille restait plantée là, sans regarder ni sa mère ni son père, mais comme au-delà d'eux, son visage offrant un étrange mélange de soulagement et de défi et de colère, tandis que son père, les traits convulsés, disait, pourquoi, pourquoi ? Je les aime courts, dit-elle. Quinze ans à les laisser pousser jusqu'aux genoux, à les huiler chaque semaine, et à les laver avec amour, songeait la mère, en touchant la joue de sa fille et en disant, tu es en colère contre nous… est-ce que c'est là ta vengeance ? Sa fille avait repoussé sa main, elle était passée devant ses parents, devant son beau-frère qui se tenait derrière eux et elle était entrée dans sa chambre. Pour son père, c'était comme si un de ses membres avait été amputé. Il passa des jours entiers à ruminer sur sa chaise dans un coin du salon, presque à geindre, évitant même de la regarder, tandis que sa mère disait à voix basse, tu as perfectionné l'art de nous faire du mal.

Ton beau-frère s'est finalement vu attribuer une maison pourvue de trois chambres, et il a emménagé la semaine dernière. Je crois qu'il en était vraiment soulagé, après avoir vécu ces quelques mois avec nous. En tout cas c'est l'impression qu'il donne, à vivre tout seul dans cette grande maison avec deux domestiques tandis que ta sœur continue de travailler à Bombay. Ta sœur dit que ces mariages éclatés sont inévitables, et, comme toi, elle ne manifeste aucun intérêt pour ce que sa mère pense de la question. J'imagine qu'ils continueront comme ça pendant des années, remettant à plus tard d'avoir des enfants, remettant à plus tard d'être ensemble, jusqu'à ce qu'ils soient aussi vieux que ton père et moi, jusqu'à ce qu'ils n'aient plus rien à espérer. Dis-moi, où serions-nous allés sans vous deux ? Bien sûr tu soutiendras seulement ta sœur et ton beau-frère, et leur étrange mariage égoïste. Peut-être est-ce de ça dont tu rêves aussi. Personne ne semble plus avoir de rêves normaux.

La mère avait rêvé d'amour et d'une vaste maison, de saris de soie et de saphirs. L'amour, elle l'avait eu, mais comme son mari avait à se bagarrer pour son travail et que les enfants étaient venus et qu'ils avaient fait des emprunts pour le mariage des sœurs de son mari, le reste elle ne l'avait pas eu. Dans les quinze années qui suivirent, elle avait rassemblé un joli choix de saris de soie et de bijoux pour ses filles, elles ne montrèrent aucune envie ni pour les uns ni pour les autres. La fille aînée et son mari avaient eu un simple mariage, avaient même refusé une réception, avaient tout au plus accepté un mouchoir de la part de leurs parents respectifs. Et la cadette avait fermement déclaré, avant de s'en aller, qu'elle ne songeait même pas au mariage.

La mère regarda le dos de son mari dans la véranda. C'est tout ce qu'il faisait après son retour du bureau – s'asseoir dans la véranda et penser à sa chère fille, tandis qu'elle faisait la cuisine et le ménage, s'occupait des visiteurs et écrivait des lettres à ses propres sœurs et à celles de son mari. De la solitude pour penser – quel luxe ! Elle n'avait jamais pu penser dans la solitude. Ses pensées sautaient de-ci de-là, bondissaient de haut en bas, allaient et venaient, tandis qu'elle faisait la poussière, cuisinait, nettoyait, rangeait les armoires, frottait les cuivres, cousait des boutons aux chemises et des ourlets aux saris, qu'elle prêtait une oreille attentive aux problèmes de ses voisines et tançait le blanchisseur pour n'avoir pas mis assez d'amidon sur les saris, qu'elle reprochait au laitier d'avoir coupé le lait avec de l'eau et allumait le réchaud à pétrole parce que la bouteille de gaz était vide, qu'elle enlevait les vêtements secs de la corde à linge et ne pouvait pas les repasser en raison d'une coupure de courant, pour s'apercevoir que le gâteau dans le four ne lèverait jamais. La fille était comme son père, songeait la mère – elle aussi avait voulu l'évasion dans la solitude, ce qui signifiait, bien sûr, dans le cours des choses, qu'elle ne faisait pas plus son lit qu'elle ne mettait de l'ordre dans sa chambre.

Comment t'occuperas-tu de toi, ma Rani chérie, tu as toujours eu ta mère pour veiller à ton confort. Je suis ta mère et ça ne m'ennuie pas, mais un jour tu devras le faire pour l'homme que tu épouseras et comment le pourras-tu, quand tu n'es même pas capable d'enfiler une aiguille ?

Ah oui, sa fille ne voulait pas se marier. Elle l'avait répété, avec véhémence, ces derniers mois. Le père en rendait la mère responsable. La mère ne lui avait pas appris à faire la cuisine, à coudre et les avait seulement encouragées, elle et sa sœur, à penser et à agir avec une indépendance absolument déplacée chez des filles. Comment dans ces conditions, lui demandait-il, pouvait-elle s'attendre à ce que ses filles soient soudain dociles ? Comment pouvait-elle se plaindre de ne pas avoir de petits-enfants et s'apitoyer sur elle-même, quand tout cela était son œuvre ? Parfois la mère se battait avec le père quand il proférait de telles choses, à d'autres moments elle criait ou boudait. Mais ce n'était pas vraiment une boudeuse, et perdre patience ou crier lui permettait de mieux s'en tirer.

La mère reposa son stylo. Elle s'était promis de ne pas faire la leçon à sa fille, et voilà qu'elle se mettait à remplir des pages de bêtises, alors que tout ce qu'elle voulait, c'était crier, mais pourquoi tu nous as quittés dans un tel état de colère ? Qu'est-ce qu'on n'a pas fait pour toi ? Pourquoi, pourquoi ? Non, elle ne poserait pas la question. Elle n'était pas quelqu'un à courir après la pauvre enfant comme ça.

Comme tu es loin, ma petite fille, comment tu as pu t'en aller, avec tant de colère contre le monde ? Pourquoi, ma chérie, pourquoi ? Ton père dit que je t'ai appris à être si indépendante que tout ce dont tu rêvais, c'était de t'éloi-

gner de nous. Il dit que c'est entièrement de ma faute. J'ai déjà suffisamment entendu ce refrain dans ma vie de femme mariée. Après tout ce que j'ai fait pour toi, t'instruire, te corriger, être indulgente, prendre soin de toi, il dit qu'il te comprend mieux parce que tu es comme lui. Et je ne peux même pas le nier parce que c'est vrai. Je dois dire que c'est très injuste, quand je considère que tout ce qu'il a fait pour toi et ta sœur, c'est de vous donner des chocolats et des livres.

Quand sa fille avait six ans, se souvenait la mère, l'institutrice avait demandé à la classe de faire une phrase avec le mot « bon ». Elle avait écrit, mon père est un homme bon. La mère soupira en se rappelant lui avoir demandé, ta mère n'est-elle pas une femme bonne ? Et la réponse de sa fille, Papa est plus bon.

Non, je ne comprends pas – tu parles comme lui, tu lui ressembles, tu es aussi têtue et aussi stupidement honnête. C'est comme si c'était lui qui t'avait conçue, qui t'avait donné naissance tout seul.

Elle était une *ayah*, songea la mère, en reposant son stylo, c'est tout ce qu'elle était ; c'est elle qui faisait le sale boulot et son mari récoltait tout son amour.

Le lendemain, après le départ de son mari pour le bureau, la mère continua sa lettre, en traçant des caractères plus petits, en resserrant le plus possible les espaces sur la mince feuille de l'aérogramme.

Fais-moi une lettre plus longue la prochaine fois, ma Rani. Essaie d'écrire comme si tu me parlais. Décris-moi les arbres, les immeubles, les gens. Essaie de ne pas faire seulement acte de présence. Que ta mère ressente l'Amérique à travers tes yeux. Autre chose, avant que j'oublie, tu dois prendre un bain tous les jours, sans te soucier du froid qu'il fait. Ta tante Naina, après son voyage en Europe, disait que les gens sentent mauvais tout le temps.

Les Américains sont presque aussi propres que les Indiens. Et ne prends pas la dégoûtante habitude de te servir du papier toilette, d'accord ?

La mère se moucha et s'essuya la joue.

Deux ans, ou même plus, avant que tu reviennes. Je n'arrive même pas à compter les jours d'ici deux ans. Comme nous sommes inquiets, comme nous sommes inquiets. Si tu étais partie à l'étranger avec un mari, comme nous aurions été en paix, mais à présent ? Si tu tombes malade, qui prendra soin de toi ? Tu ne sais même pas préparer le dal. *Tu ne peux pas vivre tout le temps de pain et de fromage, or te connaissant, c'est ce que tu feras. Tu vas perdre tes couleurs, ta santé, tes cheveux. Mais pourquoi je me soucierais de tes cheveux ? Tu les as coupés, juste comme ça.*

La mère posa sa joue sur sa main et fixa la porte où s'était tenue sa fille avec ses cheveux coupés court, tandis qu'elle, son mari et son beau-fils étaient comme trois personnages dans un tableau. Les cheveux courts avaient fait paraître son visage encore plus mince. Elle semblait soudain ordinaire, comme ces milliers de filles qu'on voyait à Delhi, les cheveux courts, l'allure occidentale, toutes banalement séduisantes comme toutes les autres, toutes les mêmes. Son mari disant, pourquoi, pourquoi ? les mains levées vers le ciel, retombant ensuite lentement le long de ses flancs, son beau-fils, son paresseux sourire soudain effacé de son visage ; elle se souvenait de tout, comme un film au ralenti.

J'ai toujours cru que je te comprenais, toi, tes rêves, tes problèmes, mais brusquement il me semble qu'il n'y a rien que je comprenne.

Non, rien, songeait-elle, la fatigue pesant sur ses yeux. Elle divaguait – son enfant pouvait tenir sans ça. Mais comment, comment ne pouvait-elle pas penser à sa fille, sa fille qui, au cours des derniers mois, était passée en un éclair de son habituel silence régulier à un calme si perturbé qu'il semblait que c'était la maison même qui allait se mettre à enfler, incapable de supporter cette tension ?

Suffit. Laisse-moi te donner les nouvelles avant que mon chagrin ne te mette en colère. Le jour qui suivit ton départ Mme Gupta, ma plus proche voisine, est passée me voir pour me consoler, c'est un ange. Elle m'a dit qu'elle était totalement confiante, tu reviendrais, c'étaient seulement les garçons qui ne revenaient pas. Elle dit qu'une fille considérera toujours la demeure de ses parents comme sa seule demeure, contrairement aux garçons qui s'attachent à leurs épouses. Comme tu le sais, elle a quatre fils, tous mariés, et tous, dit-elle, sous la coupe de leur femme.

C'était vrai, songeait la mère. Son propre mari se décomposait chaque fois qu'elle allait voir ses parents sans lui. Quand il l'accompagnait, il fallait tellement qu'on s'occupe de lui qu'elle n'arrivait pas à parler à sa mère, aussi préférait-elle y aller sans lui. Avec ses parents, elle se sentait choyée et déchargée de toute responsabilité. Qui la choyait à part eux ? Et quand elle revenait de chez ses parents, l'*ayah* se plaignait de ce que son mari ne parvenait jamais à trouver ses vêtements, dormait sur le couvre-lit, égarait sans arrêt ses lunettes, ne savait pas comment se servir un verre d'eau et passait son temps à guetter le facteur.

Avec tous tes beaux discours sur les droits des femmes, tu refuses de voir que ton père ne m'en a accordé aucun. Et pour couronner le tout, il dit que je suis une enquiquineuse. Si j'en suis une, c'est bien à cause de lui. Et à propos des droits des femmes, il y en a certaines qui vont trop loin. Mme Parekh a, comme disent les livres, une « liaison torride » avec un homme marié. La femme de cet homme est actuellement chez ses parents et quand le mari de Mme Parekh est en déplacement, elle passe la nuit avec lui et rentre tôt le matin pour préparer le départ des enfants pour l'école. Tout le monde a vu sa voiture garée devant l'appartement de cet homme au beau milieu de la nuit. Aujourd'hui notre ayah *a dit, les gens comme nous le font pour de l'argent. Pourquoi des* memsahibs *comme elles le font ? Bien évidemment, tu vas te lancer dans une tirade pour me dire que ce ne sont pas mes affaires et résumer la chose avec ta célèbre expression, « chacun pour soi ». Mais mon enfant, ils sont tous deux mariés. Tu n'irais tout de même pas jusqu'à les défendre ? Parfois je ne comprends pas comment tes puissants principes cohabitent avec des valeurs aussi tordues que la société juge fausses. Chacun pour soi, m'as-tu souvent dit avec colère, sans jamais avoir l'air de te rendre compte qu'on n'est jamais tout seul quand on commet une action aussi imprudente, que des familles entières se désagrègent, que des enfants en portent à jamais les stigmates. Chacun pour soi, en effet.*

Oui, elle avait une nature franche, songeait sa mère, et elle était si loyale envers ceux qu'elle aimait. Quand l'aînée s'était mariée voici cinq ans, et qu'elle-même n'en avait que dix-sept, avec quelle fermeté elle avait soutenu la décision de sa sœur et de son beau-frère de se dispenser de tout le tralala d'une noce indienne. Comme elle avait défendu plus tard la décision de sa sœur de conserver son emploi à Bombay, quand son mari fut muté à Delhi. Elle s'était mise en colère contre ses parents qui avaient écrit des lettres de reproches à leur aînée, et les avait vertement blâmés d'exprimer leur inquiétude à leur beau-fils, en avançant qu'aussi longtemps qu'il vivrait avec eux, ils ne devaient rien dire.

La mère aimait son beau-fils à sa façon. Au fond d'elle-même, elle voyait bien qu'il était irresponsable, insouciant et paresseux. Oui, il avait un charme fou, mais il n'écrivait pas régulièrement à sa femme, n'économisait pas une *païsa* sur son salaire (il n'avait même pas de police d'assurance-vie ni l'idée d'acheter une maison) et au lieu de passer les soirées à la maison comme il convient à un homme marié, il partait faire la bringue au théâtre ou dans d'autres manifestations culturelles, emmenant souvent sa belle-sœur avec lui, dépensant de grosses sommes d'argent en essence et en nourriture. Sa femme avait l'esprit trop pragmatique, disait-il à la mère, particulièrement pour l'argent. Elle croyait à l'épargne, lui croyait à la dépense. Elle voulait la sécurité, il voulait le plaisir. Il riait en disant cela, et il lui offrait une grosse boîte des plus coûteux *barfis*. La mère était obligée de sourire. Elle voulait qu'il se languisse de sa fille. Au lieu de cela, il plaisantait sur sa passion pour son travail et il attendait le jour où elle gagnerait deux fois plus que lui, ainsi pourrait-il démissionner de son travail et vivre luxueusement sur les revenus de sa femme, à lire, à flâner, à dormir. Dans ces moments-là, la mère n'avait même plus la force de sourire. Sa plus jeune fille se mettait à rire et disait que les priorités de son beau-frère étaient claires. Et la sœur aînée écrivait à la mère et l'invitait vivement à ne pas harceler sa sœur avec la question du mariage, de la laisser cultiver ses centres d'intérêts. Les sœurs se soutenaient mutuellement, songeait la mère, agacée mais heureuse.

Hier, nous avons reçu une lettre de tante Naina. Le fils de son amie, un garçon de vingt-six ans, fait son doctorat à Stanford. Il est grand, sympathique et très beau. Il est censé aussi avoir un très bon intellect, aussi ne monte pas sur tes grands chevaux. Son milieu familial est très cultivé. Ses parents sont tous deux des juristes. Ils cherchent un bon parti pour lui et tante Naina qui t'aime beaucoup a immédiatement pensé à toi et leur a signalé que tu étais aussi aux États-Unis. Bon, avant de te mettre en colère contre moi, écoute bien. Ce n'est qu'une suggestion. Nous ne voulons pas te forcer à te marier si tu ne le veux pas. Au moins rencontre-le. C'est plutôt lui qui viendra te voir à l'Université. Parlez, sortez ensemble, voyez si vous avez des affinités. Simplement rencontre-le et tâche de paraître agréable et souris pour changer. Donne-nous, à ton père et à moi, le plaisir de dire, il y a quelqu'un qui veillera sur notre enfant. Si quelque chose nous arrive, qui veillera sur toi ? Je sais la romantique que tu es, mais crois-moi, les mariages arrangés marchent très bien. D'abord, l'épouse est facilement acceptée par la famille. Bon, regarde mon cas. Notre mariage a été un mariage d'amour, or ses parents ne m'aimaient pas et désapprouvaient notre union parce que ma sœur s'était mariée en dehors de la communauté. Ils pensaient que j'étais quelqu'un de léger – moi ! – parce qu'à cette époque-là je jouais au tennis avec d'autres hommes, que je me mettais du rouge à lèvres et portais des soutiens-gorge. Je me demande pourquoi j'en portais. J'aurais dû être froide et aussi distante qu'eux. Mais j'étais d'une nature obséquieuse et accommodante. Ensuite ton père et moi avons dû marier ses sœurs. Aujourd'hui, dans un mariage arrangé, on peut choisir de ne pas avoir de telles contraintes. Je ne suis pas matérialiste, mais je ne suis pas non plus une écervelée. Je sais que tu veux avoir ton indépendance économique, et tu dois l'avoir, mais ce ne sera pas négligeable que ton mari ne soit pas accablé de dettes. Je ne fais pas de reproches à ton père. Les responsabilités sont les responsabilités. Si tu peux t'en dispenser, pourquoi commencer une vie de femme mariée avec des responsabilités ? Ne me réponds pas pour me dire que tu es fatiguée de mes remarques fastidieuses. Tu penses que je suis une enquiquineuse parce que c'est moi qui brandis la férule et que c'est ton père qui tient de beaux discours idéalistes. Quand tu seras mariée, peut-être alors comprendras-tu qu'un père et un mari sont deux choses très différentes. Dans un mariage arrangé tu n'auras pas de désillusions, car tu n'auras pas eu d'illusions au départ. C'est pour cela que les mariages arrangés marchent. Bien entendu, nous ne mettrons pas de pression sur toi. Fais-nous savoir si tu es d'accord pour que ce garçon te rencontre et j'écrirai en ce sens à tante Naina. Chaque jour je prie pour que tu n'épouses pas un Américain. Ce serait vraiment très dur pour nous. Tiens, regarde ton père et moi. Quels que soient les défauts de ton père, l'infidélité n'en fait pas partie. Ces Américains, ils divorcent pour un oui ou pour un non. Ils ne connaissent pas le sens de l'expression « sainteté du mariage ». Ma chérie, si tu épouses un Américain et qu'il divorce et que nous ne sommes plus de ce monde, que feras-tu ?

Quand le laitier est venu tôt ce matin, il a demandé de tes nouvelles. Je lui ai dit que tu étais très loin. Il a soupiré et a dit qu'en effet c'était très loin. Je pense qu'il compatit parce que depuis ton départ il n'a plus coupé le lait avec de l'eau. Quand le facteur est venu, il a dit, comment va bébé ? J'ai répondu, vous êtes le seul à présent à nous apporter de ses nouvelles. Il a aussitôt demandé un bakchich. J'ai dit, pas question, qu'est-ce que ça veut dire, un bakchich, ce n'est pas Diwali. Il a rétorqué, quand j'ai apporté la première lettre de votre bébé, ça n'était pas comme Diwali ? Alors je lui ai donné un pourboire. Notre balayeuse a eu une querelle avec son mari parce qu'il s'est encore saoulé et a dépensé au jeu tout son salaire. Elle a piqué une grosse colère et elle a quitté la maison en jurant qu'elle ne reviendrait que s'il faisait le serment, au temple, de ne plus jamais boire. Ton père dit, elle mérite un coup de chapeau. Ton père est toujours subjugué par les femmes qui savent se défendre. Si c'était moi, il se penserait trahi.

Trahison, trahison, retournait la mère dans sa tête. Son travail l'avait trahi, son sévère de père, par manque de tendresse, l'avait trahi. L'Inde elle-même l'avait trahi après l'Indépendance. Et cette trahison, il s'emportait contre elle chaque soir, chaque nuit. Il lui disait que parfois il se sentait heureux que sa fille ait quitté un pays où des épouses étaient brûlées à cause d'une dot, où tout le monde était corrompu, où les gens se tuaient entre eux au nom de la religion, et où tant de personnes usaient encore de discrimination envers les *harijans*. Au moins, disait-il, sa fille était-elle dans un pays plus civilisé. Ce qui avait le don de mettre la mère très en colère. Elle disait, en Amérique, les pères maltraitaient leurs propres enfants. Les épouses étaient insultées et battues, exactement comme les classes de domestiques en Inde. Des amis en violaient d'autres. Personne ne s'occupait des gens âgés. En Inde, disait la mère, chaque femme touchait un salaire égal à travail égal. En Amérique, on se battait encore pour ça. L'Amérique pourrait-elle avoir un jour une femme président ? Jamais. Les Américains étaient aussi cinglés que les Indiens pour ce qui touchait la religion, prêts à donner des millions à des charlatans proclamant que le Seigneur avait demandé de l'argent. Elle aussi était cultivée, disait-elle à son mari, et elle savait qu'aucun Indien ne se séparerait de son argent aussi facilement. Quant à la discrimination à l'égard des intouchables en Inde – cela ne se produisait que chez les gens incultes, tandis que la discrimination à l'égard des Noirs était endémique, même parmi les Américains instruits. Les Noirs étaient les intouchables américains. La mère était désormais dans son élément. Elle aussi avait lu *Time* et

Newsweek, disait-elle à son mari, et elle savait qu'en Inde il n'y avait jamais eu le moindre problème de ségrégation dans les bus qui aurait concerné les *harijans*, comme c'était le cas en Amérique, il n'y avait pas si longtemps.

Ne gueule pas, lui dit son mari, et baisse le ton. Je peux t'entendre sans que tu hurles. La mère piqua une énorme colère et le père quitta la pièce.

Tu ferais bien de nous donner ton point de vue sur ce pays – tu peux nous donner une image plus équilibrée. Ton père pense que je suis la proverbiale grenouille dans le puits. Bon, peut-être est-ce vrai, mais il est lui aussi une grenouille dans un autre puits et les Américains sont tous des grenouilles dans un puits vaste et riche. Rends-toi compte un peu, quand ta tante était en Amérique, plusieurs Américains instruits lui ont demandé s'il y avait des routes en Inde et si les gens vivaient dans des arbres. Ils croyaient que ta tante avait appris son anglais en Amérique.

La mère se fit une tasse de thé, qu'elle but lentement, à petites gorgées. Son beau-fils n'était même pas à la maison le soir où sa fille était partie. La mère en fut profondément affectée. Il aurait pu au moins proposer de les conduire en voiture à l'aéroport, les consoler dans leur chagrin. Mais il était sorti pour l'une de ses pièces de théâtre et avait réapparu quelques minutes après leur retour de l'aéroport, les cheveux en bataille, les yeux brillants. Il s'arrêta brièvement dans le salon où le père et la mère étaient assis en silence, à des angles opposés, ouvrit la bouche pour dire quelque chose, puis haussa légèrement les épaules et passa dans sa chambre.

Égoïste, songea la mère. Tête en l'air. Sa fille ne s'était même pas enquise de lui lors de son départ.

Avait-elle décelé que son noceur de beau-frère n'avait pas une once de jugeote en lui ?

Les deux mois précédant le départ de sa fille avaient été les pires. Non seulement elle avait cessé de parler à ses parents, mais à lui aussi. Sa mère en était effrayée. On peut dire et faire ce que l'on veut avec ses parents, dit-elle une fois à son enfant murée dans le silence, les parents accepteront tout. Ne lui bats pas froid à lui non plus. S'il te prend en grippe, toi et tes humeurs, tu te couperas même de ta sœur. Penses-y, les liens du mariage sont plus forts que les attaches entre sœurs. Sa fille avait continué à lire son livre. Et peu après, elle avait coupé ses cheveux. Mélisande, lui avait dit une fois son beau-frère, en la regardant dans la cour se sécher les cheveux qui lui descendaient sous les genoux, comme de la soie noire. Mélisande, répétait-il, tandis que la mère souriait et regardait son enfant se peigner avec ses doigts, Mélisande, Mélisande, dénoue tes cheveux. Oh elle ne ferait pas ça, avait dit la mère, fière de savoir, elle est trop sage et réservée, et sa fille était rentrée dans la chambre et le lendemain elle les avait coupés, juste comme ça.

La mère acheva son thé et poursuivit sa lettre.

Laisse-moi finir par un conseil, et ne te mets pas tout de suite à grogner. Tout d'abord, tiens-toi à distance des Américains. Tu es innocente et tu n'as aucune idée de ce que sont les hommes. Les hommes ont plus de sensations physiques que les femmes. Je suis sûre que tu me comprends. Les amitiés platoniques entre les deux sexes n'existent pas. En Amérique, ils ne font même pas semblant. Là-bas, s'embrasser est aussi ordinaire que de se tenir la main. Et après ça, tu sais ce qui arrive. Une chose en entraîne une autre et la suite, on la connaît, tu nous amèneras un beau-fils américain. Tu sais très bien que même ça nous l'accepterons s'il le faut, mais ça nous rendra très malheureux.

Deuxième chose, s'il y a une association indienne dans ton université, s'il te plaît rejoins-la. Tu pourrais y rencontrer des Indiens sympathiques, avec les mêmes centres d'intérêt que toi. Pour les réunions, porte toujours un sari et tâche de te montrer agréable. Ton père ne croit pas à de telles associations, mais je sens que c'est indispensable.

La mère était fatiguée de prodiguer des conseils. Qu'est-ce qui t'a tellement changée les derniers mois avant ton départ, avait-elle envie de crier, pourquoi partir à l'étranger était moins une aventure qu'une fuite ? À l'aéroport, quand la mère avait pris la fille dans ses bras, elle avait senti, avec son instinct maternel, que sa fille ne reviendrait pas.

Il y avait eu une brève période où son enfant avait semblé soudain heureuse, ce qui était étrange, si l'on considérait que ses examens de fin d'étude se rapprochaient de plus en plus. Elle travaillait tard dans la nuit et la mère se réveillait parfois aux bruits que sa fille faisait en se préparant un café dans la cuisine. Une fois, en se rendant à la salle de bains, elle avait entendu des rires dans la cuisine, où elle pénétra pour découvrir sa fille et son beau-fils en train de faire cuire une énorme omelette. Il venait juste de rentrer d'une de ses tardives balades nocturnes. Une omelette à une heure du matin, grommela la mère tout endormie, et les deux jeunes gens redoublèrent de rires quand le toast sortit carbonisé et que l'omelette colla à la poêle. Idiots d'enfants, dit la mère, qui retourna se coucher.

Ensuite, quelques semaines plus tard : ce calme spécial et mouvementé pendant que sa fille continuait à étudier pour ses examens et arrêtait de leur parler, visage blême et cernes sous les yeux, dégageant une tension qui agrippait la mère comme des tentacules et laissait le père dans un état de confusion douloureux. Elle les interrompait nerveusement, quand ils lui posaient des questions, aussi cessèrent-ils. Je lui parlerai après les examens, se disait la mère. Elle arrêta même de prendre ses repas avec eux, dînant soit avant qu'ils aient pris place à table, soit beaucoup plus tard, et ensuite seulement dans sa chambre.

Et cet air crispé sur son visage… la mère en sursauta. C'était de la souffrance, pas de la colère. Chez sa fille, c'était de la souffrance, de la souffrance. Elle cachait quelque chose. Douze ans auparavant, quand l'enfant avait dix ans, sa mère avait vu le même air crispé, tendu, sur son visage. L'enfant portait un secret depuis trois jours, évitant ses parents et sa sœur, passant de longues heures dans la salle de bains, et se déplaçant presque furtivement dans la maison. La mère remarqua que deux rouleaux de coton avaient disparu du tiroir de sa coiffeuse, et qu'un vieux drap qu'elle avait laissé dans l'armoire pour le découper en chiffons à poussière, avait aussi disparu. Le troisième jour elle vit sa fille se diriger vers la salle de bains avec une bosse suspecte sous sa chemise. Elle l'arrêta, ses mains posées sur les bras tremblants de l'enfant, plongea sous sa chemise et en retira un gros rouleau de coton. Elle guida l'enfant vers la salle de bains, souleva sa jupe et abaissa sa petite culotte. La fille regardait le visage de sa mère, les yeux remplis de terreur, s'attendant à ce que la même terreur apparaisse sur son visage, tandis que sa mère voyait le sang couler de la partie tabou de son corps et y reconnaissait les signes de la mort imminente de sa fille. La mère dit, ma chérie, pourquoi tu ne m'en as pas parlé, et l'enfant, ne percevant que de la compassion, sut qu'elle vivrait, et elle pleura.

L'omniscience que donne le fait d'être mère ne pouvait durer qu'un certain temps, songeait-elle, elle qui ne pouvait plus deviner les secrets de sa fille. Douze ans auparavant, il y avait eu la disparition du coton et du drap, mais aujourd'hui ? La mère ferma les yeux et le visage de sa fille flotta devant elle, regard sombre, nez délicat et longue chevelure tressée – non, non, c'était fini désormais, elle ne pourrait jamais se la représenter avec son nouveau visage. Après que sa fille eut coupé ses cheveux, la mère perdit momentanément sa vivacité. Et sa fille devint ordonnée, contrairement à toute attente – sa chambre impeccable, son bureau toujours en ordre, sans la moindre poussière, et même son armoire soigneusement rangée. Les remontrances quotidiennes de la mère, qui étaient autant de déclarations d'amour, s'interrompirent, et elle pensa en mourir de tristesse. Ainsi un jour, quand la mère surprit sa fille debout dans sa chambre, regardant par la fenêtre, un grand mouchoir blanc plaqué sur le visage, la mère dit, ne pleure pas, ma chérie, ne pleure pas, puis, ignores-tu que ce n'est pas hygiénique d'utiliser le mouchoir de quelqu'un d'autre, est-ce que tu n'enregistres rien de ce que je te dis, ma Rani ? Et sa fille, rougissante, de dire, il est propre, et la mère le lui prenant des mains et le reniflant pour maugréer, propre, quelle bêtise, et ce n'est même pas celui de ton père, c'est celui de ton beau-frère, il a son odeur, et c'était vrai, il sent la cigarette et l'après-rasage, et Dieu sait quoi encore, et la mère l'avait mis au lavage.

Le visage de la mère tressaillit. Ses doigts sur le stylo se relâchèrent et ses yeux s'écarquillèrent. Sa fille n'avait pas pleuré. Ses yeux, quand ils se tournèrent vers sa mère, avaient cet air crispé, mais ils étaient secs quand elle retira le mouchoir de son nez. Il avait l'odeur de son beau-frère quand elle le pressait sur son visage, et elle n'était pas en train d'essuyer ses larmes.

La mère poussa un gémissement. Si Dieu était omniscient, ça n'avait pas semblé le déranger. Pourquoi n'avait-Il pas récusé l'omniscience d'une mère ? Oh, ma chérie, pensa la mère. Elle porta la main à sa gorge douloureuse. Les larmes ne s'écouleraient pas maintenant. Elle se mit à écrire.

Parfois quand on est inquiet, et qu'il n'y a pas de solution à cette inquiétude, la prière est une aide. Elle vous donne la force de continuer. Je sais que tu ne crois pas aux rites. Mais tout ce que je te demande de faire, c'est d'allumer une lampe le matin, d'allumer un bâton d'encens, de joindre les mains, de fermer les yeux et de penser à la vérité et aux actions justes. C'est tout. Observe ces gestes et garde bien la petite statue en argent de Ganesh, que j'ai placée dans ta valise, dans un coin de ton armoire ou sur ton bureau.

Pour la mère qui avait prié toute sa vie, la prière c'était comme se laver ou se brosser les dents ou couper les oignons. Elle avait trouvé de la force dans les paysages que ces choses créaient, et parfois une certaine paix. Une fois, quand son mari lui fit le reproche de n'avoir préparé que huit plats pour une réception, elle avait eu envie de briser toute la vaisselle dans la cuisine, mais au bout de cinq minutes passées dans un coin avec ses dieux, elle n'en avait rien fait. C'est ce qu'elle ne pouvait expliquer à son enfant. Elle ne pouvait pas dire, tout va bien, ce sont des choses qui arrivent, ou déclarer, tu oublieras, sachant très bien que sa fille n'oublierait pas. *Si tu ne reviens pas l'année prochaine*, écrivit-elle, sachant pertinemment qu'elle ne reviendrait pas, *c'est moi qui irai te voir*. Elle ferait semblant d'avoir une crise cardiaque, se dit la mère, son cœur battant très fort, les larmes coulant maintenant avec rapidité, et se tenant la tête à deux mains. Elle téléphonerait à sa fille pour dire, je veux te voir avant de mourir, alors sa fille rentrerait à la maison, oui, elle rentrerait à la maison, et elle laisserait repousser ses cheveux.

GLOSSAIRE

Amarnath : lieu de pèlerinage dans les Himalayas.

Ammaji (ou *Amma*) : terme par lequel on s'adresse à une mère ou à une belle-mère.

Ayah : domestique qui s'occupe de la maison et des enfants, sorte de gouvernante-nourrice.

Bahu : belle-fille.

Bania : caste supérieure formée de commerçants aisés, connus pour leur goût de l'argent. Plus de deux millions de Banias vivent à Delhi.

Barfi : friandise à base de lait et de sucre, qui se présente sous une forme de losange recouvert d'une feuille d'argent.

Barsati : appartement d'une ou deux pièces, avec terrasse, au sommet d'une maison.

Bhabi : terme respectueux pour désigner l'épouse du frère (hindi).

Bidi : petite cigarette indienne faite de tabac haché très fin enroulé dans une feuille.

Chachaji : oncle, le frère du père.

Chappati : galette de pain sans levain, dont s'accompagnent tous les plats indiens.

Communauté : ici, le terme fait référence à la région géographique d'où l'on vient. Chaque État de l'Inde, avec sa langue propre et ses coutumes particulières, forme dans un sens large une « communauté ».

Dacoït : brigands, issus souvent des rangs de paysans dépossédés de leurs terres.

Dahi : yaourt.

Dahi vada : en-cas fait de lentilles frites trempées dans du yaourt.

Dal : lentilles.

Devatas : divinités.

Dhaba : petit restaurant de fortune où l'on sert du thé et des en-cas.

Dhanda : travail ; dans le contexte, prostitution.

Dholak : percussion à deux faces dont on joue ordinairement lors d'un mariage.

Didi : terme familier pour désigner une sœur plus âgée.

Diwali : fête de la lumière.

Draupadi : épouse des cinq frères Pandava dans le *Mahabharata.*

Duryodhana : le premier des Kaurava.

Dussasana : redoutable Kaurava, tué par le Pandava Bhima.

Ganesh : dieu à tête d'éléphant, fils de Shiva, protecteur de toutes les créatures.

Gopi : bergère. Toutes sont amoureuses du dieu Krishna.

Gulab jamun : boulettes à base de lait en poudre, de farine et de sirop.

Hai Ram : ô *Ram* (exclamation équivalent à « ô mon Dieu »).

Hanuman : dieu singe, fidèle du dieu Rama, héros du poème épique le *Ramayana.*

Harijan : littéralement « né de Hari », c'est-à-dire « enfant de dieu » – terme dont Gandhi s'est servi pour rebaptiser les « intouchables », plus communément nommés « parias ».

Jamun : baie rouge que l'on consomme pendant la mousson.

-ji : suffixe qui s'accole à un nom propre et ajoute une nuance de déférence ou d'affection.

Kabadiwalla : chiffonnier.

Kadhai : casserole en fonte utilisée pour les fritures. Ressemble au wok chinois.

Kali : forme redoutable de la déesse, parèdre de Shiva.

Kanjivaram : forme anglicisée de Kancheepuram, ville du sud de l'Inde (État du Tamil Nadu), réputée pour ses saris dont les motifs s'inspirent de la décoration des temples.

Karma : théorie philosophique qui subordonne la vie présente aux actions de sa vie antérieure, et la vie future aux actions de la vie actuelle.

Kaurava : le clan rival des Pandava, dans le *Mahabharata*.

Khadi : plat à base de yaourt.

Koyal : coucou, oiseau toujours associé au temps de la mousson.

Krishna Kanhaiyya : Krishna l'Adolescent.

Kurta : tunique ample, portée par les hommes et les femmes.

Lahenga : jupe indienne descendant jusqu'aux talons.

Lakshmana : frère de Rama.

Lakshmi : déesse de la fortune.

Lassi : boisson faite de yaourt liquide, soit salé, soit sucré.

Mahabharata : un des deux grands poèmes épiques indiens.

Mangalsutra : chaîne en or enfilée dans des perles noires, uniquement portée par les femmes mariées.

Memsahib : vocable utilisé par les domestiques quand ils s'adressent à la maîtresse de maison.

Mousi : terme d'adresse à la sœur de la mère, donc la tante.

Namaste : salut respectueux. Les mains sont jointes devant la poitrine de la personne qui le prononce.

Paan : chique indienne à base de noix de bétel.

Païsa : monnaie indienne qui équivaut à un centième de roupie.

Pakoda (ou *pakora*) : petit en-cas de légumes ou de viande roulés dans de la farine de pois chiche, et frits.

Pallu : extrémité libre du sari qu'une femme rejette en général sur l'épaule (terme hindi penjabi).

Pandava : le clan rival des Kaurava dans le *Mahabharata*. Désigne plus spécifiquement les cinq fils de Kunti, dont le plus illustre est Arjuna.

Pandit : brahmane habilité à présider une cérémonie de mariage ou toute cérémonie religieuse.

Paratha : galette de farine, feuilletée et moelleuse.

Parvati : déesse, incarnation de l'énergie primordiale. Parèdre du dieu Shiva.

Payal : chaînette de cheville.

Peda : friandise à base de sucre, cardamome et pistache.

Pottilocus : prononciation altérée de *Portulaca oleracea*, pourpier.

Puja : petite liturgie où l'on adresse des prières aux dieux.

Puri-aloo : pain fait de farine et frit, fourré de pommes de terre.

Pyjama-kurta : tenue traditionnelle qui associe un pantalon flottant et une tunique ample.

Radha : bergère préférée de Krishna.

Raj : dénomination non officielle de la période de domination britannique du sous-continent indien.

Rakshash : catégorie de démons très célèbres dans la mythologie hindoue. Ils sont connus pour leurs pouvoirs de transformation et leur force physique.

Rama : incarnation du dieu Vishnu. Voir *Sita*.

Ramayana : épopée indienne qui narre le destin de Rama, incarnation du dieu Vishnu, et de son épouse Sita.

Rangoli : décoration typiquement indienne, qui consiste en dessins tracés sur le sol des maisons, à l'occasion d'une fête.

Rani : reine.

Rasmalai : dessert indien fait de boulettes de farine de maïs et de lait caillé, nappées d'un sirop de sucre, parfumées à l'eau de rose et semées de pistaches hachées.

Ravana : le plus illustre des *rakshash*, maître de l'île de Lanka (Ceylan). Dans l'épopée du *Ramayana*, il s'oppose au dieu Rama, dont il enlève l'épouse, la princesse Sita.

Rickshaw : véhicule motorisé et bâché, version améliorée du *cycle-rickshaw* où le conducteur pédale.

Sahib : vocable qui s'applique à un homme plus âgé que soi ou à un supérieur.

Samaj : un lieu où sont célébrés des événements importants, comme les mariages.

Sanjeevani : littéralement, « donneur de vie ». Cette plante fut apportée par Hanuman pour rendre à la vie Lakshmana, le frère de Rama, lors de la guerre contre Ravana.

Sarasvati : déesse de la connaissance, de l'éloquence et des arts. Parèdre du dieu Brahma.

Shani : la planète Saturne.

Shehnaï : sorte de hautbois indien.

Shiva : l'un des trois dieux de la trinité mythologique, celui qui préside, entre autres, à la résorption du monde, à la fin d'un cycle cosmique. Les deux autres sont Brahma, dieu créateur, et Vishnu, dont le rôle est de faire durer le monde.

Shloka : verset classique de la poésie sanskrite, le plus souvent formé de deux hémistiches de 16 pieds chacun.

Sindoor : poudre rouge qu'on applique dans la raie de la chevelure pour signifier son état de femme mariée.

Sita : fille du roi Janaka, née d'un sillon de la terre. Elle épouse le dieu Rama, neuvième incarnation du dieu Vishnu. Le destin de Rama et de Sita fait l'objet du vaste poème épique le *Ramayana*. Sita, capturée par le démon Ravana, fut toujours soupçonnée par son époux – entièrement à tort – d'avoir perdu son honneur lors de sa captivité.

Venkateshvara : forme du dieu Vishnu, « celui qui détruit les fautes ».

Yanna : terme méprisant désignant les Indiens du sud.

TABLE

la collection de poche des éditions Zulma

1. David Toscana, *El último lector,* roman traduit de l'espagnol (Mexique) par François-Michel Durazzo ¶ 2. Anjana Appachana, *Mes seuls dieux,* nouvelles traduites de l'anglais (Inde) par Alain Porte ¶ 3. Zoyâ Pirzâd, *C'est moi qui éteins les lumières,* roman traduit du persan (Iran) par Christophe Balaÿ ¶ 4. Gert Ledig, *Sous les bombes,* roman traduit de l'allemand par Cécile Wajsbrot ¶

Couverture créée par David Pearson et imprimée chez J. London à Paris ¶ Texte composé et mis en page par les Ateliers Graphiques de l'Ardoisière à Bègles ¶ Reproduit et achevé d'imprimer en avril 2013 par Normandie Roto Impression s.a.s. à Lonrai pour le compte des éditions Zulma à Honfleur ¶ isbn : 978-2-84304-643-8 ¶ Dépôt légal : mai 2013 ¶ N° d'imprimeur : 131600 ¶ Imprimé en France ¶